Canadienne, Shari [illegible] t de devenir professeure d'anglais, puis de se consacrer à l'écriture. Best-seller en Grande-Bretagne et aux États-Unis, *Le Couple d'à côté* (2017) est son premier thriller. Il est suivi de *L'Étranger dans la maison* (2019), d'*Un assassin parmi nous* (2020), d'*Une voisine encombrante* (2021), puis de *En secondes noces* (2023). Tous ses romans ont paru aux Presses de la Cité et sont repris chez Pocket.

Retrouvez toute l'actualité de l'auteure sur :
https://sharilapena.com

EN SECONDES NOCES

ÉGALEMENT CHEZ POCKET

LE COUPLE D'À CÔTÉ
L'ÉTRANGER DANS LA MAISON
UN ASSASSIN PARMI NOUS
UNE VOISINE ENCOMBRANTE
EN SECONDES NOCES

SHARI LAPENA

EN SECONDES NOCES

Traduit de l'anglais (Canada)
par Romane Lafore

Les Presses de la Cité

Titre original :
THE END OF HER
publié aux États-Unis par Viking, une marque de Penguin Random House LLC, en 2020.

Ce livre est une œuvre de fiction. Les noms, les personnages, les lieux et les événements sont le fruit de l'imagination de l'auteur ou sont utilisés fictivement. Toute ressemblance avec des personnes réelles, vivantes ou mortes, serait pure coïncidence.

ISBN : 978-2-266-33824-0
Dépôt légal : janvier 2024

À Pilar

Prologue

10 janvier 2009
Creemore, Colorado

La neige tombe depuis deux jours maintenant, lourde, inexorable, et ne semble pas près de s'arrêter. Ce serait de la folie de mettre le nez dehors. Mais les chasse-neige sont passés, se rappelle Lindsey. Elle jette un œil maussade par la fenêtre, toujours aussi agitée, prise au piège – au piège de ces montagnes qui l'encerclent, dans ce petit village du Colorado à 50 kilomètres de Denver. Au piège de cette interminable tempête de neige qui impose son silence immaculé. Parfois, le silence lui donne envie de crier.

Son mari la rejoint dans le salon, une minuscule pièce encombrée de meubles bon marché, aux étagères fixées par des vis branlantes.

— Tout va bien ? s'enquiert Patrick quand elle se retourne pour le regarder, ses mains reposant sur son ventre rond de femme enceinte.

La dispute de la veille au soir a laissé des traces : ils marchent encore sur des œufs.

Elle est heureuse de quitter cet endroit où elle se sent complètement isolée. Neige ou pas, ils iront rendre visite quelques jours à sa mère et sa sœur à Grand Junction. Le climat y est bien moins hostile. Ses valises sont prêtes, entreposées près de la porte. Il lui tarde de retrouver la chaleur de sa famille – elle a faim de compagnie, d'attention. Elle ne pouvait pas imaginer que vivre loin des siens serait si dur. Elle a hâte de retourner dans les cafés où elle avait ses habitudes, de retrouver ses amis restés là-bas. Ils s'extasieront sur la taille de son ventre, voudront le toucher ; l'arrivée imminente du bébé galvanisera tout le monde. Et Lindsey se sentira mieux. Sur tous les plans. Alors seulement, elle pourra songer au retour.

Ou alors elle restera à Grand Junction.

— Je ferais mieux d'aller déneiger l'allée, dit Patrick en enfilant bottes, manteau, gants et bonnet. Je vais mettre le chauffage dans la voiture.

Lindsey acquiesce et regarde à nouveau par la fenêtre.

1

Août 2018
Aylesford, État de New York

Hanna Bright installe le petit Teddy dans son transat sous le porche et s'assoit à côté de lui avec son livre. Les températures vont monter dans la journée mais pour l'instant il fait bon, ici, à l'abri du soleil. Elle remarque deux voitures garées de l'autre côté de la rue, quelques numéros plus bas. La maison est en vente ; une visite, sans doute. Elle se replonge dans sa lecture.

Soudain, un mouvement sur le trottoir d'en face la distrait. Un homme massif, en costume, qu'elle reconnaît comme l'agent immobilier, est en train de discuter avec une femme dans l'allée. Hanna les observe discrètement. S'agit-il d'une acheteuse sérieuse ? La maison n'est pas sur le marché depuis longtemps, et le quartier est recherché ; les choses devraient aller vite. Même si Teddy n'a que 6 mois, elle espère voir arriver une jeune famille et des tas de copains pour son fils. Il y a déjà les petites jumelles de Stephanie, dans la maison d'en face. Elles ont 4 mois et Hanna est rapidement devenue amie avec leur sympathique maman. La femme qui discute avec l'agent immobilier a l'air seule – pas un mari en vue, pas un enfant.

Tous deux se serrent la main et la visiteuse repart en direction de sa voiture. Alors qu'elle s'apprête à ouvrir sa portière, son regard croise celui de Hanna et, à la grande surprise de celle-ci, elle traverse la rue pour venir la voir. Que lui veut-elle ?

— Bonjour ! s'exclame la femme d'une voix amicale.

Elle doit avoir la trentaine, séduisante. Cheveux blonds jusqu'aux épaules, silhouette élancée, joli minois. Après avoir jeté un œil sur Teddy, Hanna quitte son fauteuil et descend les marches du perron.

— Bonjour, puis-je vous aider ? demande-t-elle poliment.

— Je viens de visiter la maison d'en face, répond la femme alors que Hanna vient à sa rencontre, se protégeant d'une main de l'éclat du soleil. Je peux vous poser quelques questions sur le quartier ?

Une acheteuse sérieuse, donc. Hanna est un peu déçue.

— Bien sûr, répond-elle.

— Mon mari et moi aimons bien le coin. Vous pensez que c'est adapté pour élever des enfants ? Je vois que vous avez un bébé, sourit-elle en désignant Teddy sur le porche.

Hanna se détend et décrit le quartier avec enthousiasme. Peut-être l'inconnue est-elle déjà enceinte, au tout début de sa grossesse.

La discussion achevée, la femme a déjà rejoint sa voiture lorsque Hanna réalise qu'elle n'a même pas pensé à lui demander son nom. Oh, elle aura tout le temps pour cela lorsqu'elles seront voisines.

Quelque chose la tracasse pourtant, une arrière-pensée lancinante qu'elle ne parvient pas à formuler. Et puis Teddy se met à pleurer, et quand elle sort le bébé de son transat, Hanna a un déclic : la femme ne portait pas d'alliance. Est-ce si grave, après tout ? Beaucoup de gens fondent une famille sans se marier, de nos jours. Elle a pourtant mentionné un mari. Et puis, qui visite une nouvelle maison sans son conjoint ?

Stephanie Kilgour a couché les petites pour la sieste du matin et est redescendue au salon. Enfin assise sur son canapé, elle s'autorise à fermer les yeux quelques instants. Elle est si fatiguée qu'elle ignore comment elle parvient à sortir du lit chaque jour à 6 heures, quand les bébés se mettent à pleurer. Rien ni personne ne pouvait la préparer à ça. Elle laisse son corps s'enfoncer dans le moelleux canapé, sa tête lourde contre les coussins. Se détend enfin. Si elle s'abandonnait, elle pourrait s'assoupir sur-le-champ. Mieux vaut cependant éviter : les jumelles ne dorment jamais plus d'une demi-heure le matin et l'effort pour s'extraire du sommeil après une si courte pause n'en vaudrait pas la peine. Elle s'octroiera une vraie sieste après le déjeuner, en même temps que les filles.

Emma et Jackie sont la meilleure chose qui lui soit arrivée. Mais à quel prix ? Comment pouvait-elle imaginer les séquelles sur son corps et sur son esprit ? Les gens qui savaient qu'elle portait des jumelles – elle n'en a pas fait mystère – plaisantaient souvent sur le défi qui l'attendait. Elle souriait béatement, toute au bonheur de sa grossesse, sc félicitant même secrètement de se sentir si bien, d'accueillir si facilement les transformations de son corps.

Stephanie a toujours été du genre à vouloir tout contrôler. Elle a passé un temps fou à organiser l'arrivée des bébés, préparant minutieusement chaque aspect de son accouchement, voulant le meilleur pour elle et ses enfants. Elle n'était pas présomptueuse au point de se croire capable de se passer de péridurale mais elle voulait une naissance naturelle, même pour des jumelles.

Dès la salle de travail, pourtant, son plan a déraillé. Détresse respiratoire et césarienne d'urgence. Elle avait fantasmé sur une playlist relaxante, des lumières douces et une respiration abdominale, au lieu de quoi elle a eu droit aux bips des machines, aux fréquences cardiaques préoccupantes, au stress du personnel médical et à un transfert en urgence vers le bloc opératoire. Elle se souvient de Patrick lui tenant la main, livide de peur. Mais ce qu'elle se rappelle le mieux, au-delà de la panique quand les bébés lui ont été enlevées pour être placées sous observation avant même qu'elle puisse les prendre dans ses bras, c'est la nausée et les incontrôlables frissons qui l'ont saisie juste après la naissance. Heureusement, les filles s'en sont sorties, en pleine santé et avec un bon poids.

Mais pendant les premiers jours, Stephanie a eu du mal – alors qu'elle se débattait avec le manque de sommeil, la douleur de la cicatrice, la difficulté de devoir allaiter simultanément deux nourrissons qui semblaient réclamer son sein à chaque instant – à ne pas voir cet accouchement comme un échec. Les semaines qui ont suivi ont été les plus éprouvantes de son existence. Et même si les bébés ont vite commencé à se nourrir correctement, elle repense encore souvent à l'angoisse que la césarienne a représentée, pour elle, pour tout le monde. *On n'a pas toujours le choix*, se rappelle-t-elle comme un mantra. Ce qui compte, c'est que les petites et elle soient en bonne santé. Stephanie est stupéfaite de constater combien elle a pu être naïve. À l'époque où elle croyait encore qu'on pouvait tout contrôler.

Et que dire des coliques ? Les filles dormaient mal dès le début, mais les choses ont empiré à leurs 6 semaines. Elles pleuraient, gesticulaient, refusaient d'être couchées. Sa pédiatre, le docteur Prashad, lui a assuré que la plupart des cas de coliques se résolvaient autour des 12 semaines de l'enfant. C'était il y a plus d'un mois et la situation n'a pas évolué d'un iota. Stephanie et Patrick prennent sur eux. Ils n'ont pas eu une vraie nuit de sommeil depuis la naissance. Les pleurs commencent au début de la soirée et se poursuivent jusqu'à 1 ou 2 heures du matin, et les petites se réveillent à nouveau à l'aube. *Violent* est le seul adjectif qui lui vient à l'esprit pour décrire la situation.

La respiration de Stephanie devient plus profonde et, en quelques secondes, elle sombre.

Tout à coup, un son perçant – un *bip bip* insistant – l'arrache du sommeil. Elle a encore l'esprit vaseux mais elle comprend de quoi il s'agit. L'alarme incendie. Une odeur de fumée lui emplit les narines. Elle bondit du canapé, les yeux écarquillés de terreur. Ça vient de la cuisine. Que faire ? Un instant paralysée, elle pense aux petites à l'étage puis se décide. Sur la cuisinière, de grandes flammes s'élèvent d'une poêle à frire. Elle reste sur le seuil, interdite, sans aucun souvenir d'avoir mis quelque chose sur le feu. Puis elle pénètre dans la pièce et fouille frénétiquement le placard à côté du four pour y trouver l'extincteur.

Paniquée, elle ne sait plus comment s'en servir. Elle se retourne pour faire face au désastre : les flammes lèchent désormais le plafond dans un bruissement sinistre. La chaleur est insupportable. Son cœur bat à tout rompre pendant qu'elle cède à l'indécision. Doit-elle rester ici, à gâcher de précieuses secondes en essayant de faire fonctionner l'extincteur, ou doit-elle courir à l'étage pour récupérer ses filles ? En aurait-elle seulement le temps ? Ne devrait-elle pas d'abord appeler les pompiers ? Elle sait soudain quoi faire – elle ouvre un placard à la hâte, attrape un couvercle métallique et l'abat sur la poêle à frire. Privé d'oxygène, le feu ne tarde pas à s'éteindre. Puis elle saisit une manique et tend le bras pour éteindre la plaque.

Stephanie pousse un long soupir de soulagement. La pièce empeste la fumée. Ses yeux irrités pleurent. Elle s'appuie contre le plan de travail, tremblant comme une feuille maintenant que le danger est derrière elle. L'alarme s'égosille toujours, mais pas celle de la cuisine, comprend-elle après un instant : l'alarme de l'étage. Elle enclenche la hotte, ouvre la fenêtre au-dessus de l'évier et monte quatre à quatre les escaliers. Elle doit sortir l'escabeau pour atteindre le détecteur de fumée dans le couloir. Les mains gourdes, elle le désamorce enfin. Et inévitablement, dans le silence qui suit, elle entend les pleurs.

Vite, aller voir les petites. « Chut, chut, maman est là… » Elle prend ses filles dans ses bras, l'une après l'autre, les berce, les couvre de baisers. Mais elle sait qu'elles ne se rendormiront plus, maintenant : l'incident a mis leurs nerfs à vif. Stephanie descend d'abord Jackie, puis Emma, et les installe dans le salon avec leurs hochets préférés.

Dans la cuisine, l'air n'est plus trouble mais l'odeur de la fumée est encore bien présente. Elle fixe la cuisinière comme si elle constituait toujours une menace et prend la manique pour étudier le contenu de la poêle. On dirait qu'il n'y a que de l'huile. S'apprêtait-elle à faire frire quelque chose ? Elle n'en a aucun souvenir. Comment aurait-elle pu mettre une poêle sur le feu, l'y oublier et s'endormir ? Elle songe avec horreur au peu de temps qu'il aurait fallu pour que l'incendie se propage.

Encore secouée, elle retourne au salon et s'assoit au fond du canapé, un bébé dans chaque bras.

— Je suis désolée, je suis désolée…, répète-t-elle inlassablement en embrassant leurs crânes duveteux, en caressant leurs joues veloutées.

Elle se retient de pleurer.

Il faut qu'elle pense à demander à Patrick de vérifier le détecteur de fumée de la cuisine quand il rentrera ce soir.

2

Le lundi, Stephanie est déjà épuisée juste après le déjeuner. Elle fixe d'un œil vide le mur de la salle d'attente, les traits brouillés par la fatigue. La nuit précédente a été particulièrement éprouvante. Les jumelles sont encore sanglées dans leur double poussette, se tortillant comme des diables ; c'est la seule façon que leur mère a trouvée pour les contenir avant leur rendez-vous. Combien de temps vont-elles encore devoir attendre ? S'il est une chose que Stephanie a apprise en devenant mère, c'est l'importance du timing. L'idéal serait que les filles restent éveillées le temps de la consultation puis qu'elles s'endorment dans la voiture pendant le trajet du retour. Elle les transportera encore endormies à l'intérieur pour leur sieste de l'après-midi, l'une après l'autre, laissant la seconde dans la voiture verrouillée le temps d'installer la première dans son berceau…

La porte s'ouvre brusquement et le docteur Prashad apparaît, tout sourire. Stephanie sait qu'elle est maman, elle aussi, qu'elle connaît sa situation et compatit – même si elle n'a pas de jumelles.

— Comment allons-nous, aujourd'hui ? demande gentiment la médecin.

Stephanie a l'impression que la réponse va de soi. Elle n'avait pas rendez-vous, et ce n'est pas la première fois qu'elle débarque à l'improviste chez le docteur Prashad.

— Pas super, admet-elle avec un faible sourire, les yeux instantanément mouillés.

Et merde. Depuis quand le plus anodin signe de sympathie suffit-il à la faire pleurer ? C'est le manque de sommeil, pas besoin de chercher plus loin. Il va falloir que ça change, sans quoi elle risque vraiment de perdre les pédales.

Elle détourne le regard pour observer ses bébés. Le docteur Prashad semble navrée :

— Avec un seul, déjà, les coliques sont difficiles à gérer. Je n'ose pas imaginer avec deux…

— C'est l'enfer, confirme Stephanie avec un léger rictus. Elles pleurent de 19 heures à 1 ou 2 heures du matin, toutes les nuits. Absolument toutes les nuits. Patrick et moi sommes obligés de les mettre dans leurs transats et de les écouter hurler le temps de réchauffer de quoi dîner. Puis on les prend dans les bras et on fait des tours dans le salon pendant des heures.

Elle s'essuie les yeux d'un revers de main, hésite, puis poursuit :

— J'ai lu tous les manuels d'aide à la parentalité, on a tout essayé, rien ne marche… Est-ce que… est-ce que vous pensez qu'on aurait pu passer à côté de quelque chose ?

Accuser son médecin est bien la dernière chose que voudrait avoir l'air de faire Stephanie. Mais la question se pose.

— Ce sont des bébés en bonne santé, soupire la pédiatre. On les a examinées de la tête aux pieds. Les origines des coliques représentent encore un mystère pour la médecine, ce qui n'aide pas. Mais croyez-moi, ça va passer.

Stephanie prend une longue inspiration avant de lancer :

— Mais quand ? Combien de temps est-ce que ça va encore durer ?

Elle entend l'épuisement – voire le désespoir – poindre dans sa voix et s'en veut de renvoyer l'image de cette femme pleurnicheuse, incapable d'affronter l'adversité. Stephanie méprise ce genre de femmes. Elle a toujours affronté l'adversité, et avec succès.

— Impossible de le dire, malheureusement, déplore la médecin en secouant la tête. Généralement, les douleurs s'arrêtent d'un coup, quand le système digestif des bébés est suffisamment mature. Je vous l'ai déjà dit, la plupart des nourrissons dépassent ce stade à leurs 3 mois, mais certains continuent à en souffrir jusqu'à 9 mois. En tout cas, rassurez-vous, je n'ai jamais entendu parler de coliques qui auraient persisté chez un enfant de 2 ans.

Stephanie n'arrive pas à se résoudre à avouer à la médecin le vrai motif de sa visite. Elle a failli mettre le feu à sa maison pendant que son mari était au travail. Patrick était hors de lui quand elle lui a raconté ce qui s'était passé – le pire étant qu'elle ne se souvenait même pas d'avoir posé la poêle sur la plaque. Et si le docteur Prashad la jugeait inapte ? Elle se demande bien pourquoi elle s'est donné tout ce mal pour venir. Que s'imaginait-elle ? La pédiatre lui a resservi le même discours que la fois précédente.

— Est-ce qu'il y a quelque chose que je ne fais pas bien ? demande Stephanie, sans grand espoir.

— Non, pas de ce que j'entends. Vous m'avez décrit votre routine, vous faites absolument ce qu'il faut. Mais vous n'avez pas de chance, voilà tout.

Le docteur Prashad pose sur Stephanie un regard compatissant.

— Ça va passer, assure-t-elle encore d'une voix douce. L'important est que vous preniez soin de vous pendant cette période. Vous avez de l'aide ? Pouvez-vous demander à une baby-sitter ou à quelqu'un de votre famille de venir garder les jumelles, une nuit ? Même quelques heures, histoire de vous reposer un peu. Tout est bon à prendre.

— On a essayé, répond Stephanie, lasse. Mais je n'arrive pas à dormir quand j'entends les petites pleurer.

Les cris de ses enfants provoquent en Stephanie une réaction viscérale qu'il lui est tout bonnement impossible d'ignorer. Elle tourne la tête vers la poussette : les jumelles ont cessé de gigoter et semblent sur le point de s'endormir. Il faut qu'elle quitte le cabinet au plus vite si elle ne veut pas louper le créneau de la sieste, qui lui permettra de dormir, elle aussi. Avec les quatre heures de la nuit, les deux heures de la sieste constituent les seules plages de sommeil sur lesquelles elle peut compter. La plupart du temps, elle force Patrick à aller se coucher à minuit et reste seule avec les filles afin de permettre à son mari d'être un tant soit peu efficace au bureau le lendemain.

Une fois revenue à la voiture, Stephanie installe les bébés dans leur siège auto tout en se demandant s'il est prudent de sa part de prendre le volant. Depuis quelques jours, ses réflexes ont dangereusement ralenti – et, de fait, ce n'est qu'après avoir attaché les jumelles, refermé les portières arrière et mis la clé dans le contact qu'elle s'aperçoit qu'elle a laissé la poussette sur le trottoir. Quelle cruche. Cette étourderie aurait pu lui coûter plusieurs centaines de dollars. Elle n'aurait certainement pas retrouvé la poussette si elle avait dû faire demi-tour pour la récupérer en catastrophe. *Ressaisis-toi*, s'ordonne-t-elle.

Redoublant d'attention, elle parcourt les dix minutes de route qui séparent Aylesford de sa banlieue confortable, s'engage dans sa rue, puis dans l'allée, tire le frein à main et jette un coup d'œil au rétroviseur. Dieu merci, les petites ont sombré.

En un rien de temps, les voilà couchées dans leur berceau, béates et endormies. Pourquoi ce miracle ne se produit-il jamais la nuit ? Si Stephanie les embarque le soir pour une virée en voiture et qu'elle roule jusqu'à ce qu'elles s'assoupissent, elle peut être sûre qu'elles se réveilleront à peine le seuil de la maison franchi. Il n'y a pas plus frustrant. Stephanie ne s'est jamais sentie aussi impuissante que face à un bébé inconsolable – ou plutôt deux.

Soulagée, elle attrape le babyphone et se dirige vers sa chambre, insensible aux appels du panier débordant de linge sale dans la buanderie comme à l'odeur nauséabonde de la poubelle à couches sempiternellement pleine. Elle ne veut qu'une chose : dormir. Elle a entendu dire que le manque de sommeil prolongé pouvait rendre fou, jusqu'aux hallucinations.

Alors que sa tête s'enfonce dans l'oreiller, elle a à peine le temps de se demander pourquoi l'alarme de la cuisine ne s'est pas déclenchée l'autre jour – Patrick a démonté le détecteur de fumée sans rien trouver d'anormal – que ça y est, elle dort à poings fermés.

3

Patrick Kilgour regagne son bureau après un rendez-vous très insatisfaisant avec un nouveau client. Il s'attendait à mieux. Force est de constater qu'il a perdu de son éclat, de sa prestance. Pendant toute la présentation, il a senti peser sur lui le regard peu amène de son associé. « Reprends-toi », lui a même soufflé Niall avant de tourner les talons.

Patrick se laisse tomber dans son fauteuil et pivote pour se retrouver face à la fenêtre. La vue est à couper le souffle, avec ses deux ponts enjambant l'Hudson et les sommets des Catskills pointant au loin, mais il est trop exténué pour en profiter. Ses yeux le brûlent, tout son corps semble courbaturé. Le prix à payer pour des semaines de privation de sommeil. Il rappellera peut-être le client quand il aura retrouvé énergie et concentration.

Il est 16 heures et ses paupières sont déjà lourdes. Il se retourne face à son ordinateur, lorgne un instant le divan en cuir adossé au mur d'en face puis se ressaisit, desserre sa cravate, ouvre le premier bouton de sa chemise et revient à son écran. Il a du travail à finir avant de rentrer chez lui. Là-bas, toute activité intellectuelle est inenvisageable.

Puis le besoin de caféine lui fait quitter son bureau. À côté de la machine à expresso installée en face de la réception, une femme attend, la tête baissée, plongée dans un magazine. Patrick l'observe à la dérobée – son profil, ses cheveux blonds – et la remet aussitôt. Heureusement Kerri, la standardiste à l'œil de lynx, n'est pas là pour assister à la scène. Patrick attend que sa tasse se remplisse, dos à la femme qui ne semble pas avoir remarqué sa présence.

Erica Voss. Il la reconnaîtrait entre mille. Un frisson d'incrédulité le traverse. Que fait-elle ici ? Voilà plus de neuf ans qu'il ne l'a pas revue. Le passé le submerge. Patrick n'a plus sommeil : tout son organisme est irradié d'adrénaline. Que va-t-il se passer quand Erica relèvera la tête ?

Des pas approchent. C'est Niall. Patrick va devoir se retourner. Il fait lentement volte-face tandis qu'Erica redresse la tête, lui jette un regard sans paraître le reconnaître, puis se lève. Niall lui tend la main.

— Je suis navré. Vous attendez depuis longtemps ? On dirait bien que Kerri n'est pas à son poste. Je suis Niall Foote. Et voici mon associé, Patrick Kilgour, ajoute-t-il en constatant sa présence près de la machine à café.

Patrick a la bouche trop sèche pour prononcer le moindre mot. Il reste planté là, sans s'avancer pour serrer la main d'Erica, à peine capable de lui adresser un sourire figé. Elle ne donne toujours pas l'impression de l'avoir reconnu, mais il n'est pas dupe. Elle a toujours été meilleure que lui pour dissimuler sa surprise. Son sang-froid force l'admiration.

— Mme Voss candidate pour le poste d'assistante administrative en CDD, précise Niall avant d'escorter la nouvelle venue vers son bureau, sans remarquer la détresse de Patrick.

Après avoir entendu la porte se refermer derrière eux, étouffant la voix de Niall, Patrick revient à son café et, au moment d'y ajouter du lait et du sucre, se rend compte que ses mains tremblent.

Erica Voss, à Aylesford ? Aux dernières nouvelles, elle habitait Denver.

Il décide soudain de rentrer plus tôt, abandonne son café sur la table, récupère son attaché-case et quitte aussitôt le bureau.

Le bruit de la porte d'entrée réveille Stephanie. Désorientée, elle jette un œil au radio-réveil : même pas 16 h 30. Elle se redresse, l'oreille tendue. La pièce est plongée dans l'obscurité, les rideaux tirés. Quelqu'un monte l'escalier. Stephanie contrôle l'écran du babyphone : les petites dorment encore.

Elle se lève – trop vite, la tête lui tourne et elle manque de défaillir – et traverse le couloir vers l'escalier. Patrick est en bas, le regard dirigé vers elle. Il semble différent, sans qu'elle sache trop pourquoi. Peut-être n'est-ce dû qu'au fait qu'il soit rentré inhabituellement tôt.

— Désolé, je ne voulais pas te réveiller, dit-il à mi-voix.

— Que se passe-t-il ? demande-t-elle en descendant.

— Rien du tout, je suis juste parti tôt. Je suis claqué.

— Ne m'en parle pas.

Elle le serre contre elle et lui donne un baiser.

— Comment s'est passé ton rendez-vous ?

— Bof, admet-il en grimaçant.

Stephanie sent une pointe de compassion la traverser. Elle n'ignore rien des difficultés que traverse son mari. Ce dernier lui en a fait part. Du reste, elle ne supporte pas d'être tenue à l'écart ; elle a toujours voulu tout savoir.

Elle s'inquiète pour lui – dans le métier d'architecte, les erreurs peuvent coûter cher. Devoir veiller à tant de détails avec si peu d'heures de sommeil au compteur… Mais elle essaie de se persuader que bientôt tout cela sera derrière eux : les filles vont commencer à faire leurs nuits, et eux avec.

En l'observant de plus près, elle comprend ce qui a changé chez lui : ses mâchoires sont crispées, comme si quelque chose le tracassait. Bien sûr, il est épuisé, comme elle, mais c'est autre chose, une nervosité nouvelle qui frémit sous la surface.

— Ça ne va pas ? On dirait que tu es à cran, lance-t-elle, l'air de rien.

— Pas spécialement, non. C'est juste que… Je n'étais pas au top de ma forme pendant cette réunion. Je n'y ai pas mis mon énergie habituelle. Pas sûr de les avoir bluffés. J'aurais peut-être dû leur dire que j'ai des jumelles en bas âge qui font des coliques, qui sait.

L'intonation de Patrick s'est durcie et Stephanie se crispe un peu. On dirait presque qu'il l'accuse. Elle respire pour ne pas partir au quart de tour.

— Écoute, dit-elle au bout d'un moment, on est tous les deux en sous-régime ces jours-ci. On est crevés, c'est comme ça. Mais on va traverser cette épreuve. Ça va aller.

Elle pose les mains sur les épaules de son mari et le regarde dans les yeux, ces yeux si fatigués.

Ne lui a-t-il pas tenu exactement les mêmes propos, quelques nuits plus tôt ? Il faut qu'ils se soutiennent quand l'un des deux semble sur le point de flancher. Jusqu'ici, c'est l'entraide qui leur a permis de tenir. Patrick hoche la tête et lui adresse ce sourire qui la fait craquer.

— Je sais, dit-il en l'embrassant.

— Pourquoi tu ne t'allongerais pas sur le canapé un moment ? Je vais commencer à préparer le dîner avant que les petites se réveillent.

Elle se rend dans la cuisine, s'affaire en essayant d'être aussi discrète que possible. Lorsqu'elle va jeter un coup d'œil dans le salon quelques minutes plus tard, elle s'attend à trouver son mari endormi mais le découvre fixant le plafond, les yeux grands ouverts. Puis elle entend un premier cri. C'est parti pour une nouvelle nuit.

4

Le lendemain matin, à l'agence, Patrick tombe sur un message d'Erica Voss en consultant ses mails du matin. Son sang se glace dans ses veines. Sa main hésite sur la souris : le supprimer sans le lire ? Ce ne serait pas prudent. Il se résout à l'ouvrir.

Salut Patrick,

J'imagine que tu as dû être surpris de me revoir. On peut peut-être prendre un verre un de ces jours, en souvenir du bon vieux temps. Qu'en dis-tu ?

Bien à toi,
Erica

Bien que le contenu du message semble inoffensif, un malaise s'empare de Patrick. Mieux vaut ne pas réveiller le chat qui dort, surtout celui-ci. Mais il ne peut pas se contenter de l'ignorer. Après un moment d'hésitation, il compose sa réponse :

Salut Erica,

Le monde est petit. On peut se voir pour un verre rapide.

Patrick

Est-il en train de commettre une erreur ? Patrick considère ces trois lignes un long moment avant d'appuyer sur « Envoyer ». Pendant les minutes qui suivent, il est incapable de faire autre chose que de fixer son écran. La réponse ne tarde pas.

Super ! Je n'habite pas loin, à Newburgh. Je peux te retrouver aujourd'hui à Aylesford après le boulot. Ça t'irait ?

Erica

Patrick a un coup au cœur. Erica est censée vivre à Denver. Qu'est-ce qu'elle prépare ? Que lui veut-elle ? Son trouble augmente.

Assise dans le salon de son appartement de Newburgh, Erica guette un nouveau message de Patrick sur l'écran de son ordinateur portable. Elle l'imagine dans son bureau de Blanker Street, en train de se demander quoi répondre, la stupeur se lisant sur son visage.

Elle a adoré observer sa réaction, la veille. Patrick codirige une petite agence d'architecture en plein centre-ville, au quatrième étage d'un building flambant neuf. Il ne semble pas à plaindre. Mais sa réussite n'étonne guère Erica : il a toujours été ambitieux. La voir semble lui avoir causé un choc.

Cela fait neuf ans qu'ils ne se sont pas parlé. Erica se détourne un instant de son ordinateur et balaie du regard son appartement à peine meublé. Elle vient d'emménager, et ça se voit. Puis un bip la ramène à son écran, et elle sourit.

Que dirais-tu de 5 heures au Pilot ? C'est sur Bristow Street.

Patrick

Formidable. On se voit là-bas.

Erica

Erica n'a jamais douté du fait que Patrick accepterait son invitation : ils ont vécu bien trop de choses ensemble. Quel homme est-il devenu ? A-t-il changé ? À parier, elle dirait non.

Patrick quitte son bureau peu avant 17 heures et se dirige vers la rue calme dans laquelle il a fixé le rendez-vous. Au moins, il ne risque pas de tomber sur une connaissance ; le Pilot est un vieux rade, aux antipodes des établissements chics où il a ses habitudes. Patrick pousse la porte du bar en resserrant nerveusement sa cravate. Il a pris soin d'arriver cinq minutes en retard. Son regard scanne la salle plongée dans une semi-obscurité et soudain il la voit, buvant une bière au goulot à une table isolée, quasiment la même que celle qu'elle était neuf ans plus tôt, en un peu moins mince. À 20 ans, Erica était une bombe, une vraie blonde aux traits fins et à la peau sublime. Patrick la fixe jusqu'à ce qu'elle tourne la tête et l'aperçoive à son tour. Elle se fige.

Patrick déglutit et s'approche. Quelques notes de son parfum l'atteignent. Exotique et séduisant, le même qu'elle portait à l'époque. La sensation est déconcertante. En un éclair, le voilà téléporté au Colorado, dans leur bar préféré, riant et enchaînant les bières, si jeunes… Avec la vie devant eux. Lindsey assise à ses côtés, sa main posée sur son ventre rond. Erica qui le regardait depuis l'autre côté de la table.

— Erica, la salue-t-il en s'asseyant en face d'elle.

— Patrick. Tu as l'air en forme.

Il regrette aussitôt de ne pas avoir commandé une bière avant de la rejoindre. Maintenant, il n'a plus qu'à attendre l'hypothétique venue d'un serveur. Malgré sa gêne, il essaie de sourire. Lui d'ordinaire si à l'aise dans les relations sociales est incapable de déchiffrer la situation. Le silence s'installe, pesant. Enfin, un serveur approche. Entre-temps, Patrick a changé d'avis sur la bière et commande un scotch. Ses goûts ont évolué avec le temps ; il se demande si c'est aussi le cas d'Erica. Peut-être ne fait-elle simplement pas assez confiance à l'hygiène de l'endroit pour s'autoriser une boisson au verre. Se rend-elle compte à quel point il est nerveux ?

— Donc comme ça, tu habites à Newburgh, maintenant ?

— Oui, j'ai quitté Denver il y a peu. Je sentais que c'était le moment de changer.

Patrick acquiesce, faussement détendu.

— Je ne suis pas loin, ajoute-t-elle. Une demi-heure de trajet seulement.

Patrick laisse passer quelques secondes avant de comprendre qu'elle n'en dira pas plus.

— Quelle drôle de coïncidence, fait-il. Toi, dans mon agence.

Un autre silence embarrassant, puis le scotch arrive et Patrick en vide la moitié. Il n'a rien d'autre à ajouter. De tous les endroits qu'elle aurait pu choisir, pourquoi celui-ci ?

Erica se penche légèrement vers lui, ses mains fines sur sa bouteille de bière, arrachant peu à peu l'étiquette. Elle faisait déjà ça, à l'époque.

— Je savais que tu étais dans le coin, alors j'ai fait des recherches. Quand j'ai réalisé que nous étions si proches, je me suis dit, pourquoi pas ?

Patrick la dévisage, puis demande :

— Tu n'es pas intéressée par le poste, n'est-ce pas ?

— Non, répond-elle en souriant. J'ai déjà un boulot.

En proie à un malaise grandissant, Patrick reprend une longue gorgée de scotch. À quel jeu joue-t-elle ?

— Alors pourquoi as-tu candidaté ?

— Je voulais être sûre que c'était toi.

— Tu aurais pu me recontacter sans cette mise en scène.

— Je ne suis pas sûre que tu m'aurais répondu.

Patrick garde le silence.

— Quand tu as quitté le Colorado, poursuit Erica, tout ce que je savais, c'était que tu avais parlé à Greg de retourner à New York.

Nous y voilà. Il avait quitté le Colorado à la hâte, juste après l'enterrement de Lindsey, sans laisser d'adresse. Il ressentait le besoin de mettre de la distance. Et il doutait que quiconque – Erica comprise – souhaite garder le contact avec lui. La situation était trop dure pour tout le monde. Il valait mieux disparaître. Erica était la meilleure amie de sa femme. Qui sait ? Peut-être est-elle venue s'excuser pour la façon dont elle l'a traité pendant les obsèques. Elle doit avoir eu le temps d'y repenser depuis. Ils étaient tous dans un état second. Quelle période terrible.

— Oui, eh bien, c'était sans doute mieux pour tout le monde, élude-t-il.

Erica le regarde, songeuse, et il poursuit :

— Sans Lindsey, je ne voulais qu'une chose : rentrer chez moi.

Patrick avait tout plaqué quelques mois après le début de son stage ; de retour à New York, il avait dû repartir de zéro. Cela lui était égal à l'époque. Il avale un nouveau trait de scotch et s'aperçoit qu'il a déjà vidé son verre. Après un temps, il se penche en avant et baisse la voix :

— J'étais absolument dévasté.

— Je sais. Moi aussi.

À son retour à la maison, plus tardif que d'habitude, Patrick devine que Stephanie l'attendait impatiemment. Elle a besoin d'aide avec les petites. Il s'attelle à la tâche mais son esprit est ailleurs, occupé à repasser ce rendez-vous avec Erica. La conversation est restée superficielle. Erica n'a rien voulu révéler sur sa vie personnelle, Patrick a simplement remarqué qu'elle ne portait pas d'alliance. Quand elle a tenté, subtilement, de flirter avec lui, il n'a pas mordu à l'hameçon. Il lui a dit avoir fait un mariage heureux et qu'il était le père de petites jumelles.

Après trente minutes, Patrick a regardé sa montre et annoncé qu'il devait partir. Il pensait en avoir fini avec ce fantôme du passé, mais Erica a insisté pour qu'ils échangent leurs numéros de portable. Maintenant, l'affaire semble… en suspens. Et cela l'inquiète.

5

Postée au bord du terrain de football, Cheryl Manning fait un signe de la main à son fils de 9 ans, Devin. Il entrera en CM1 en septembre mais pour l'instant, c'est le mois d'août, et Devin passe ses journées en stage de foot. Il aime le sport et il y excelle, pour le plus grand bonheur de sa mère. De son père également, d'ailleurs. Devin s'est révélé être un vrai petit athlète.

Elle le regarde courir sur le terrain. Son mari et elle ont beaucoup dépensé pour leur fils. Ce stage coûte les yeux de la tête, tout comme son équipement, mais ils peuvent se le permettre, alors pourquoi ne pas lui donner tous les moyens de réaliser son potentiel ? De fait, dépenser de l'argent pour Devin enchante Cheryl ; elle a toujours trouvé étrange d'entendre les mères de son entourage – qui peuvent se le permettre, elles aussi – se plaindre du prix astronomique des activités extrascolaires.

Quoi de plus satisfaisant que de voir son enfant briller et se savoir en partie responsable de son succès ? Cheryl reste à admirer son jeune footballeur – son visage adorable, ses cheveux bruns ébouriffés par le vent, son grand sourire – tandis qu'il dribble habilement. Mère et fils s'échangent un nouveau signe de la main. Cheryl est flattée d'avoir un garçon si sûr de lui, capable d'interpeller ses partenaires sur le terrain, un leader né. Devin s'est toujours fait des amis en un rien de temps. Elle devrait y aller au lieu de rester plantée là comme une cruche, mais elle a envie de profiter une minute de plus du soleil matinal et du talent de son fils.

— Devin se débrouille vraiment bien, lance l'entraîneur en s'approchant. Il a un don.

— C'est ce qu'on nous a dit, oui, répond Cheryl avec un sourire modeste.

Elle ne voudrait pas avoir l'air de se vanter.

S'époumonant dans son sifflet, l'entraîneur repart faire l'appel et commencer les exercices. Cheryl devrait s'en aller, elle le sait. Tous les autres parents ont pris congé, souvent pour conduire un deuxième voire un troisième enfant à un autre stage d'été. Mais Devin est fils unique, et Cheryl mère au foyer. Elle n'est attendue nulle part. Elle traîne toujours longtemps après le début des entraînements. Comme si elle n'arrivait pas à croire que Devin est son fils.

Cheryl aurait adoré avoir une fille aussi. Elle aurait été l'une de ces mères efficaces et zélées, filant du football à la danse classique sans jamais arriver en retard. Mais Cheryl et Gary n'ont qu'un enfant – et chaque jour, déjà, ils remercient le ciel de leur avoir offert cette chance.

Cheryl ne peut pas avoir d'enfant. Quel choc, le jour où elle a appris qu'elle était stérile… Plus qu'un choc, un traumatisme, un bouleversement radical et profond. Toutes ces années à essayer, tous ces efforts héroïques, en vain. Les déceptions chroniques avaient laissé place à la dépression. Elle se voyait comme une ratée. Autour d'elle, toutes les femmes tombaient enceintes en un claquement de doigts. Cheryl était secrètement terrorisée à l'idée que Gary la quitte. Elle n'aime pas repenser à cette période.

Le couple s'était tourné vers l'adoption après avoir épuisé toutes les autres options, y compris la fécondation *in vitro*. Or le parcours jusqu'à l'adoption était lui aussi semé d'embûches. Ils étaient parvenus à un accord pour accueillir une petite fille, sauf que la mère biologique avait changé d'avis juste après son accouchement. Cheryl et Gary en avaient eu le cœur brisé. Ils s'étaient retrouvés comme des idiots, les bras et les poches vides après avoir pris en charge tous les frais de la grossesse. Mais ils avaient décidé de retenter leur chance.

En faisant appel à la même agence d'adoption privée, ils étaient entrés en contact avec une autre jeune femme. Il s'agissait d'une adoption ouverte, qui permettait aux futurs adoptants de rencontrer la mère biologique de leur enfant. La candidate avait tout de suite plu à Cheryl et son mari : elle semblait intelligente, décidée. La tête sur les épaules, aucun problème de drogue ni d'alcool. La jeune femme avait confié au couple qu'elle n'était pas prête à élever un enfant seule. Elle voulait finir ses études et épargner à son fils une vie matériellement difficile, privée de la présence d'un père. Elle pensait d'abord à lui avant de penser à elle.

Physiquement aussi, la candidate cochait toutes les cases : elle était séduisante et avait de nombreux points communs avec Cheryl – cheveux blonds, yeux bleus, grande et mince, ossature délicate. Cheryl était attachée à l'idée d'avoir un enfant qui lui ressemblerait d'une façon ou d'une autre. Son époux et elle ne savaient rien du géniteur, excepté qu'il était blanc, détenteur d'un diplôme universitaire, et qu'il ne désirait pas devenir père.

Cependant Devin devait avoir pris de lui, car plus le garçon grandissait, moins il ressemblait à Cheryl.

Enfin, Cheryl se résout à quitter le stade. Elle dit au revoir à son fils mais celui-ci est trop occupé avec son ballon pour s'en apercevoir. Sur le chemin du retour, une fois de plus, elle mesure sa chance. Avoir un enfant pareil. Bon à l'école, par-dessus le marché ! Elle entend tellement de diagnostics fâcheux autour d'elle. Trouble de l'apprentissage, hyperactivité, allergie… Finalement, elle fait partie des mères qui s'en sortent le mieux.

Personne dans l'entourage du couple ne sait que Devin a été adopté, pas même l'intéressé. Gary et Cheryl ont décidé de n'apprendre la vérité à leur fils qu'à son douzième ou treizième anniversaire. Exception faite de la famille proche, tout le monde croit donc que le garçon est leur enfant biologique. Cheryl tient à ce secret – cela ne regarde personne. Devin pourra le révéler, s'il le souhaite, bien qu'elle espère qu'il gardera l'information pour lui, tout comme elle espère qu'il ne voudra jamais rien savoir de sa mère biologique. Tant d'enfants adoptés font la démarche, de nos jours. D'après Cheryl, rien de bon ne peut sortir de cette initiative. Devin a déjà tout l'amour et toute l'attention qu'il lui faut, ici, avec eux.

Cheryl vient de pousser la porte de chez elle. Dieu merci, la climatisation fonctionne à plein régime. L'air est si lourd, si humide, aujourd'hui. La famille habite une maison charmante ; Gary touche un salaire plus que confortable en tant que promoteur immobilier.

Alors qu'elle hésite à se préparer un café glacé pour aller le siroter au bord de la piscine, elle se retrouve à songer au passé. Elle monte à l'étage et pousse la porte de la chambre de Devin. Elle a vu d'autres chambres de petits garçons, celles des copains de son fils. Rien qu'à y repenser, elle en a des frissons. Les autres mères reprochent souvent à leurs enfants d'être paresseux et désordonnés, mais s'interrogent-elles sur la façon dont elles les ont éduqués ? Un enfant a besoin de limites, d'objectifs. L'éducation est la clé de tout. Gary et elle obligent Devin à ranger sa chambre tous les week-ends.

Cheryl s'approche du lit, garni d'une couette décorée de dessins d'avions. Devin a toujours aimé les avions. Un jour, dit-il, il sera pilote. Peut-être bien, puisque tout semble à sa portée. Cheryl est si ambitieuse pour lui, si investie, au point qu'elle préfère ne pas y songer. Sans doute est-ce parce que Devin est fils unique. Souvent, elle se surprend à rêver au futur de son petit – comment il vivra lui, comment ils vivront eux. Devin aura tout réussi. Les yeux de Cheryl se posent sur sa commode, surmontée de plusieurs trophées : endurance, football, hockey. Son armoire regorge d'équipements sportifs, ses murs sont tapissés de posters de ses joueurs favoris.

Cheryl se met en quête de l'album photo. Elle le tire de la bibliothèque et s'assoit sur le lit. Pourquoi aujourd'hui ? Pourquoi se replonger maintenant dans ces souvenirs ?

Elle ouvre l'album contenant plusieurs photos de bébé soigneusement sélectionnées, imprimées et collées sur les pages. Bien que tous les clichés soient aujourd'hui dématérialisés, Cheryl tenait à avoir cet album. Sur la première photo, prise à l'hôpital juste après sa naissance, Devin apparaît tout rouge et fripé sous un bonnet de laine bleue. Cheryl et Gary n'avaient pas pu être là. Ils avaient attendu le coup de fil à la maison, l'estomac noué, épouvantés à l'idée que la mère biologique suive l'exemple de la précédente et décide de garder l'enfant.

Car le comportement d'Erica, cette jeune femme qui leur avait tant plu au début, avait peu à peu changé. Au départ, il ne s'agissait que de détails. Elle avait dû débourser une grosse somme pour faire réparer sa voiture : Cheryl et Gary pouvaient-ils l'aider ? Dans le cas contraire, elle risquait de ne plus pouvoir se rendre aux rendez-vous de suivi de grossesse… Bien sûr, le couple avait toujours été d'accord pour prendre en charge le loyer, les courses, les vêtements de maternité et ainsi de suite. Après tout, Erica avait quitté son job pour le bien de l'enfant, dès qu'elle avait appris qu'elle était enceinte. Elle leur avait dit qu'elle travaillait à mi-temps dans un pressing et qu'elle avait lu que les produits chimiques pouvaient avoir des effets néfastes sur le bébé.

Plus tard, alors qu'elle approchait du terme, elle était passée voir le couple à l'improviste, assurant qu'elle avait vraiment besoin d'argent et que, sans cela, elle « ne savait pas ce qu'elle ferait ». Cheryl et Gary s'étaient sentis profondément mal à l'aise. Ils avaient essayé, avec tact, d'enquêter sur la raison de cette urgence. La jeune femme avait expliqué que c'était pour ses études : si elle était obligée d'abandonner son rêve de faire médecine, elle préférait encore garder l'enfant et l'élever seule. Elle leur avait demandé 100 000 dollars.

Sonnés, Cheryl et Gary s'étaient retirés dans la cuisine pour préparer une infusion et discuter à voix basse. Cheryl était au bord des larmes. Pendant ce temps, dans le salon, le ventre démesurément gonflé par l'enfant, *leur* enfant, Erica attendait tranquillement sa tasse ainsi que l'énorme somme qu'elle leur réclamait.

— On a l'argent, avait dit Gary. Faisons-lui un chèque et basta.

— Mais c'est illégal, tu le sais ! avait rétorqué une Cheryl toute pâle. On ne peut pas lui donner plus que les dépenses réglementaires. Il va falloir prévenir l'agence.

— Non, pas la peine, avait répondu Gary, sombre. Elle n'en parlera pas, elle risquerait d'aller en prison. Personne ne le saura.

— Mais…, avait gémi Cheryl. Et si on la paie et qu'elle finit par garder le bébé ?

— C'est un risque à prendre. Tu le veux, cet enfant, oui ou non ?

— Bien sûr que oui !

— Moi aussi.

Ils étaient repartis au salon avec la théière et leur carnet de chèques. Erica avait répondu qu'elle préférait du liquide.

Miraculeusement, elle n'avait pas changé d'avis. Elle avait pris l'argent, puis le bébé était né et elle avait signé de bonne grâce les papiers officialisant son renoncement à ses droits parentaux. Elle leur avait fait savoir qu'elle préférait finalement ne pas garder contact avec eux ni avec l'enfant : elle pensait que ce serait plus facile ainsi. Cheryl et Gary en avaient été profondément soulagés, même si, bien sûr, ils avaient gardé cela pour eux. Passé la période permettant à la mère biologique de se rétracter, Devin était devenu leur fils, et Erica avait disparu de leurs vies. Mais, avant de partir, elle leur avait donné une photo de la naissance, que Cheryl avait précieusement conservée.

Et aujourd'hui, neuf ans plus tard, Cheryl regarde à nouveau cette photo. Car il s'est passé quelque chose, récemment. Cheryl a cru apercevoir Erica au parc, observant Devin taper dans un ballon, un appareil photo autour du cou. La jeune femme s'est volatilisée avant que Cheryl puisse s'assurer qu'elle ne rêvait pas. Et si Erica était revenue ?

6

Erica sort de sa douche, enfile une mini-jupe noire, un chemisier en soie bleu ciel, et se maquille avec soin en repensant à son rendez-vous de la veille avec Patrick. Dans le miroir, son reflet la satisfait.

Elle ne savait pas à quoi s'attendre, depuis tout ce temps. Mais il faut admettre que Patrick n'a rien perdu de son charme. Mieux encore : il appartient à cette catégorie d'hommes qui se bonifient avec le temps. Autrefois grand et mince, il a maintenant pris de la carrure. Ses cheveux bruns sont plus courts et élégamment coupés, et son costume semblait très cher.

Erica n'en doute pas : Patrick n'a pas apprécié sa visite surprise à l'agence. Sa nervosité était palpable. Sans doute a-t-il peur de voir leur ancienne attraction renaître et entraver son mariage, et sans doute a-t-il raison de se méfier. Il n'a jamais su résister à ses pulsions.

Le pouvoir de séduction d'Erica a toujours été sa meilleure arme.

Toute la matinée, à l'agence, Patrick lutte pour se concentrer. Niall chantonne pour lui-même, ce qui ne fait que l'irriter davantage. Son associé finit par quitter son bureau pour prendre sa pause déjeuner, avec quelques mots pour Kerri avant de sortir.

De sa fenêtre, Patrick regarde le fleuve, maussade. Il a une tonne de travail à abattre mais il ne peut s'empêcher de penser à Erica, à la façon dont elle s'est présentée à l'agence, feignant de ne pas le reconnaître alors qu'elle savait parfaitement qu'elle l'y trouverait. Elle voulait le mettre en difficulté. Délibérément.

La veille, l'air de rien, Patrick a demandé à Niall comment s'était passé l'entretien. « Ce n'est pas la meilleure candidate », s'est-il entendu répondre, à son grand soulagement. Erica ne reviendra jamais au bureau et Patrick n'aura pas à avouer qu'ils se connaissent. De toute façon, elle n'était pas vraiment intéressée par le poste.

Il se lève et gagne sa table à dessin d'un pas las. Il planche sur une villa de luxe pour un médecin renommé, ce qui réclame une certaine concentration.

Assis sur le siège passager, Niall observe la conductrice. Les fenêtres sont ouvertes et le vent fait gracieusement virevolter ses cheveux autour de son visage. Sur son nez, des lunettes de soleil griffées. Une fois de plus, Niall se demande pourquoi diable elle candidatait pour un poste de remplaçante. Son mari l'a peut-être quittée depuis peu. Il espère avoir bientôt le fin mot de l'histoire.

Il ne s'attendait pas à ce qu'Erica Voss l'appelle dans la matinée pour l'inviter à déjeuner. Drôle de tactique de la part de quelqu'un qui souhaite se faire embaucher, pour le moins déplacée. Il a hésité à accepter, puis a cédé lorsque la jeune femme lui a proposé de venir le chercher devant la fontaine du centre-ville.

L'adrénaline monte ; il se doute des raisons pour lesquelles Erica a voulu le revoir. Aujourd'hui, elle est extraordinairement sexy. Elle a troqué le sage tailleur pantalon qu'elle portait le jour de son entretien contre une mini-jupe et un chemisier soyeux qui laissent entrevoir de longues jambes et un décolleté plongeant, un spectacle qu'il apprécie en connaisseur.

— Quoi ? fait-elle en lui jetant un coup d'œil provocateur.

— Je me demande ce qui me vaut l'honneur de cette invitation.

Niall n'a pas rappelé Erica pour le poste. Il n'a pas l'intention de le faire. Elle est bien trop spectaculaire, bien trop sexy, pour qu'il prenne le risque de la faire entrer dans l'agence. Sa femme deviendrait dingue. Il n'a qu'une inquiétude : qu'Erica s'attende à ce qu'il l'embauche. Si c'est le cas, il passera son tour. Il ne veut pas mélanger travail et plaisir.

— J'ai quelque chose à fêter, lance-t-elle.

— Quoi donc ?

— Je viens de trouver un poste à l'hôpital de Newburgh.

Niall sent son sourire s'élargir. Aucun problème, donc. Il n'a finalement pas rêvé : cette attirance lors de l'entretien d'embauche était bien réciproque.

La voiture s'arrête sur le parking de l'hôtel Connaught, au bout de Water Street.

— J'ai réservé, dit Erica en claquant la portière.

Le couple se dirige vers l'entrée et passe devant les chasseurs pour gagner le restaurant gastronomique au rez-de-chaussée. Pendant tout le trajet, Niall est hypnotisé par la façon dont le corps d'Erica chaloupe entre les tables. Un serveur les installe près d'une fenêtre. Niall scanne la salle du regard – Aylesford est un village. Il ne connaît personne et commence à se détendre. Si quelqu'un devait le reconnaître – l'une des amies de sa femme, par exemple –, il présenterait Erica comme une potentielle cliente, un promoteur. Elle en a le look.

— Alors, Niall, parlez-moi de vous, minaude Erica après avoir commandé le vin.

Le déjeuner se déroule comme prévu. Il lui plaît, elle lui plaît. La seule interrogation concerne la chambre d'hôtel : comment s'y rendre sans attirer l'attention, et comment la payer. Niall ne peut pas laisser Erica le faire, mais il ne peut pas non plus laisser apparaître sur son relevé de carte bancaire la mention d'une chambre d'hôtel à Aylesford. Nancy vérifiera. Depuis qu'elle l'a pris en faute à l'occasion de sa première – et seule – incartade, Nancy vérifie tout. Pourtant, Niall est loin d'être un coureur. Il a résisté à la tentation pendant les huit premières années de son mariage, acceptant avec philosophie la routine et la baisse du désir, mais à l'automne il a vécu une histoire aussi brève qu'excitante avec une femme rencontrée au club de golf. Nancy l'a su. A beaucoup crié, pleuré, menacé. Les représailles ont duré des semaines. Elle a exigé qu'ils consultent un thérapeute conjugal, et Niall a accepté parce qu'il ne voulait pas ruiner son mariage : il aime Nancy et leur jeune fils, Henry, et il ne pourrait pas imaginer vivre sans eux. Par ailleurs, un divorce l'aurait mis sur la paille – ces histoires finissent toujours de la même façon. Niall a donc mis fin à sa relation et accédé à toutes les requêtes de son épouse. Il lui a promis de ne jamais recommencer. Et il a tenu bon ! Mais voilà, cette femme superbe flirte avec lui de l'autre côté de la table, et la tentation est cruelle.

Au fond, il n'hésite pas vraiment. Il réfléchit surtout à comment éviter de se faire prendre. Après tout, Nancy ne peut pas être blessée par ce qu'elle ignore. Quel mal y a-t-il à s'offrir un peu de bon temps, tant que sa femme n'est pas au courant ?

Il jette un coup d'œil vers le lobby, à la recherche d'un distributeur. Il lui faut du liquide. Puis il croise le regard d'Erica et tous les deux savent très bien ce qui va suivre. Niall règle l'addition avec sa carte professionnelle et escorte Erica hors du restaurant. Il retire de l'argent au distributeur, réserve une chambre sous un faux nom tandis qu'Erica se rend aux toilettes, et lui envoie le numéro de la chambre par texto une fois qu'il se trouve dans l'ascenseur. Arrivé au neuvième étage, il gagne la chambre, enlève sa veste et desserre sa cravate. En vitesse, il prévient Kerri par SMS que son déjeuner s'éternise et qu'il souhaiterait repousser son rendez-vous de 15 heures, puis il entend toquer légèrement à la porte.

Il va recommencer. Nancy ne doit jamais l'apprendre. Puis il ouvre la porte et ne pense plus du tout à sa femme.

C'est un jour d'été radieux, parfait pour une virée à la pataugeoire derrière la médiathèque. Hanna et Stephanie se sont mises d'accord pour y aller ensemble, et cette dernière a convié d'autres mamans de leur groupe de quartier à se joindre à elles. Amy et Jen sont venues avec leurs petits garçons, et Barb avec sa fille.

Assise au bord du bassin, Stephanie trempe ses pieds dans l'eau tiède et peu profonde. Hanna n'est pas loin, barbotant avec Teddy, tandis que Jackie et Emma gazouillent gaiement. Tous les bébés portent chapeaux et couches de piscine, et Stephanie a enfilé des bouées à chacune de ses filles, car elle ne peut pas les porter toutes les deux en même temps. Les femmes papotent entre elles, principalement au sujet de leurs enfants. Elles ont déjà été à la bibliothèque emprunter des livres pour leurs têtes blondes, formant une joyeuse caravane de poussettes. Puis elles ont pique-niqué au parc. À son retour à la maison, Stephanie compte bien coucher les filles pour la sieste et profiter elle aussi d'un peu de sommeil.

— N'est-ce pas merveilleux ? demande Hanna, radieuse, en regardant Teddy éclater de rire.

Stephanie ne peut pas dire le contraire. Elle se sent un peu plus reposée aujourd'hui, et cela a un effet immédiat sur son moral. C'est d'ailleurs ce léger mieux qui lui a permis de contacter les autres mamans, des femmes qu'elle connaît pourtant peu. Difficile d'être sociable quand on est épuisée. Stephanie contemple ses deux petites filles, leurs grands yeux bleus de poupée, leur rire cristallin, leur joie communicative. Elle a de la chance et elle le sait. D'avoir Patrick, et Emma, et Jackie – deux bébés parfaits, en pleine santé. Elle a ce qu'elle a toujours rêvé d'avoir. Les coliques vont passer.

— On dirait que quelqu'un a sommeil…, fait Hanna avec un clin d'œil en direction de Jackie, qui bâille bruyamment.

C'est l'heure pour tout le monde de rentrer à la maison.

7

En fin de journée, Patrick reçoit un appel sur son portable. Erica. Il s'y attendait, ce qui n'empêche pas son pouls de s'emballer quand son nom s'affiche sur l'écran.

— On va boire un verre ? demande la jeune femme. Même endroit ? Dans une demi-heure ?

L'espace d'un instant, Patrick hésite à décliner, mais il n'a pas le choix et il le sait.

— Entendu.

En ce qui le concerne, le désir s'est évanoui. Erica ne l'attire plus : elle lui fait peur. Il sera catégorique. Pas question pour lui de tromper sa femme. Puis il partira. Il n'a pas l'intention de commettre deux fois la même erreur. Il faut qu'Erica le comprenne.

Sur le chemin du Pilot, il se répète que les circonstances ont changé. Il est avec Stephanie, maintenant. Il a une famille.

Erica est assise dans le même coin que la veille. *Calme-toi*, s'intime Patrick. *Il n'y a rien à craindre. Tu lui expliques la situation et tu rentres à la maison.* Il prend place face à la jeune femme, se trouve de nouveau incommodé par ce parfum ressurgi du passé, et remarque le long regard chargé de sous-entendus qu'Erica lui lance par-dessus sa bière.

— J'imagine que tu te demandes ce que je fais ici ? lui lance-t-elle après un long moment de silence.

— En effet, oui, admet Patrick, mal à l'aise.

— Tu sais… On pourrait reprendre là où on s'est arrêtés…

Patrick affiche un sourire navré avant de secouer la tête.

— Non, c'était il y a une éternité. Je ne vais pas tromper Stephanie, lâche-t-il dans un soupir.

— Vraiment ? insiste Erica en haussant un sourcil.

— Vraiment, oui.

— Pourquoi donc ? Ça ne te dérangeait pas de tromper Lindsey.

Le coup porte.

— C'était différent.

— Comment ça, différent ? réplique Erica, tranchante.

— J'étais plus jeune, avance Patrick après un moment d'hésitation. Bon sang, je n'avais que 23 ans ! J'étais un môme. Je ne pensais qu'à moi.

— Tu ne veux pas boire quelque chose ?

Ce n'était pas son intention initiale, mais il a changé d'avis. Il hèle le serveur et commande un scotch.

— Tu l'aimes, ta femme ? s'enquiert Erica une fois le serveur parti.

— Oui, de tout mon cœur.

— Alors voilà la différence. Tu n'aimais pas Lindsey.

— Bien sûr que je l'aimais, se hâte t-il dc dire.

Erica lui lance un regard perçant.

— Ce n'est pas le souvenir que j'en ai gardé.

Patrick frémit.

C'est un fait : il a couché avec la meilleure amie de Lindsey. Il s'est mal comporté, mais Erica aussi. Il a trompé sa femme, Erica a trompé son amie. Dans la lumière tamisée du bar, Patrick la dévisage. Il doit mettre fin à cette histoire une bonne fois pour toutes.

— Écoute, Erica…

Après l'accident, elle l'a évité. Patrick pensait que c'était parce qu'elle s'en voulait. Il se souvient de la façon dont elle le regardait, dans cette salle mortuaire où reposait le cercueil de Lindsey, et il repousse l'image.

— Je suis marié, père de deux enfants. Je ne cherche pas à avoir une relation extraconjugale. J'aurais dû être plus clair hier. Mais c'est pour ça que je suis venu aujourd'hui : pour te le dire droit dans les yeux.

— Je vois, fait Erica, soudain glaciale.

Patrick reste quelques secondes interdit. Ce n'est pas possible, elle ne peut pas espérer voir renaître leur histoire. Pourquoi est-elle ici ?

— Cela fait presque dix ans, reprend Erica. J'ai eu le temps de réfléchir.

— À quoi ?

— À l'accident, répond-elle en le fixant intensément. Toi aussi, tu y repenses ?

— J'essaie d'éviter. Mais ça m'arrive.

— Moi, j'y pense beaucoup.

Un ange passe.

— Lindsey te manque, c'est normal, souffle Patrick. À moi aussi.

— Ce n'est pas de ça que je parle, dit-elle en levant la tête. Je pense à la façon dont elle est morte.

— Tu m'accuses ? riposte Patrick, désarçonné.

— Bien sûr que je t'accuse. Tout le monde t'accuse.

La réponse le frappe en plein ventre, comme un uppercut.

— Je m'en veux aussi, lâche-t-il, la voix chargée d'amertume. Chaque jour que Dieu fait. Mais c'était un accident.

— Ce n'est pas parce qu'on a dit que c'était un accident que c'en était vraiment un.

— Pardon ? s'écrie Patrick.

Erica garde le silence.

— Tu veux dire… Tu sous-entends que j'aurais tué ma femme de façon délibérée ?

— Ça m'a traversé l'esprit.

— Mais enfin… comment peux-tu penser une chose pareille ?

Le cœur de Patrick bat à tout rompre. La police a conclu à un accident. Il n'y a pas eu de doute. Pas le moindre soupçon. C'était une tragédie, voilà tout. À l'époque, tout le monde lui a adressé des regards compatissants, et personne n'aurait osé suggérer qu'il était responsable du drame. Qu'il avait volontairement causé la mort de sa femme.

Mais voilà Erica qui l'affirme sans ambages, d'un ton froid :

— Souviens-toi. Tu me disais que tu te sentais pris au piège, que tu étais malheureux. Je pensais que tu étais amoureux de moi. Imagine ce que j'ai éprouvé quand elle est morte. J'ai cru… J'ai eu peur que tu aies agi délibérément. Je n'ai pas cessé de vivre avec ce fardeau depuis.

Patrick se sent sur le point de perdre pied. D'où Erica sort-elle une chose pareille ? Il n'a jamais tenu de tels propos, et tous deux le savent très bien.

À nouveau, le souvenir de l'enterrement vient le percuter : comment Erica l'avait repoussé, comment elle lui avait tourné le dos.

— Tu délires, siffle-t-il.

— Vraiment ?

L'horreur de la situation lui éclate en pleine face. Ça y est, Patrick a compris la vraie raison de sa réapparition. Il inspire à fond et s'efforce de contrôler le tremblement de sa voix :

— Tu te trompes. J'étais un mauvais mari, et tu étais une mauvaise amie, mais c'est tout. Je n'ai pas tué Lindsey pour être avec toi, et tu le sais très bien, merde !

— Alors quoi, ta parole devrait me suffire ? lance-t-elle, presque taquine.

Patrick est à bout de nerfs, le cœur battant.

— Je ne sais pas quoi te dire de plus, Erica, prononce-t-il d'un ton qu'il espère ferme. C'était un accident. La police a dit que c'était un accident. La presse a dit que c'était un accident. Tu sembles la seule à penser le contraire – et tu sais aussi bien que moi que ce ne sont que des suppositions.

Patrick se répète qu'il n'a aucune inquiétude à avoir.

Seulement, il n'a toujours pas avoué la vérité à Stephanie au sujet de sa première femme. Il compte le faire, bien sûr, il en a toujours l'intention. Pour l'instant, il s'est contenté de lui raconter que Lindsey était morte dans un accident de voiture. Mais Erica sait ce qu'il s'est réellement passé ce jour-là. Si elle le répétait à Stephanie ? Dans son état, avec les jumelles qui l'épuisent… Patrick ne parvient pas à imaginer pire moment pour une telle révélation. Stephanie ne serait pas en mesure de réagir de manière rationnelle. Elle ne comprendrait pas.

Quel idiot. Pourquoi a-t-il accepté ce rendez-vous ? Il aurait dû s'en douter.

Comme si elle lisait dans ses pensées, Erica demande :

— Ta femme est au courant ?

Patrick sent le rouge lui monter aux joues. Il ne doit rien laisser paraître – mais n'est-ce pas déjà trop tard ?

— Je vois…, relève en effet Erica. Tu ne lui as jamais dit. C'est vrai, dans le fond… Qui épouserait un homme qui a trompé sa première femme ? Un homme qui l'a tuée, même si c'était par accident ?

Elle le nargue. Patrick est sonné. Il regarde sa tortionnaire sans dire un mot. Puis Erica porte l'estocade.

— Je me demande si je devrais lui dire…

— Pourquoi est-ce que tu ferais ça ? bredouille Patrick.

— Il faut peut-être qu'elle sache quel type d'homme elle a épousé. Qui me dit que tu ne lui as pas prévu un destin similaire ?

Soudain, la haine prend le dessus, une fureur indomptable.

— Espèce de garce, sale perverse ! Tu es complètement malade !

Ils se dévisagent quelques instants en silence. Patrick a envie de vomir.

— C'est quoi, le plan, Erica ? Pourquoi est-ce que tu es venue me chercher ? Qu'est-ce que tu veux ?

Les yeux bleus d'Erica sont froids, déterminés.

— De l'argent.

C'est donc ça. Du chantage. Erica veut qu'il achète son silence. Comment a-t-il pu être assez idiot pour ne pas voir le coup venir ?

— Ça tombe mal, grogne-t-il, parce que je n'en ai pas.

— Un talentueux architecte comme toi ?

Voilà pourquoi cette peste furetait dans sa vie. Elle s'est introduite dans son agence pour tenter de se faire une idée de son capital.

— Écoute, tente-t-il d'argumenter alors qu'il se sent transpirer à grosses gouttes. Les affaires sont dures, depuis quelque temps. Même si je le voulais, je ne pourrais rien te donner.

Erica se penche en avant.

— Tu me prends pour une idiote ? J'ai mené mon enquête. Je sais que ton business se porte à merveille. Et je sais aussi que ta femme est friquée. L'argent n'est pas un problème pour toi, conclut-elle sereinement en se laissant aller contre le dossier de sa chaise.

Patrick sent son estomac se nouer. Comment peut-elle savoir une chose pareille ? Une vraie terreur le saisit. Il voit son avenir se dérouler sous ses yeux – complètement différent de ce qu'il avait programmé. Il lui faut mettre un terme à cette folie.

— Tu n'auras rien de moi, déclare-t-il en mobilisant tout ce qui lui reste de volonté. Mets-toi bien ça dans la tête.

— Ah bon ?

— Oui. Je vais tout raconter à Stephanie.

C'est ce qu'il a décidé de faire : parler à sa femme dès qu'il rentrera à la maison, afin de couper l'herbe sous le pied d'Erica. Il ne lui reste plus qu'à espérer que Stephanie se range de son côté, même après avoir entendu qu'il a trompé sa première femme. Même après avoir appris les vraies circonstances de sa mort.

— Tout, vraiment ? demande Erica, incrédule.

— Je vais lui dire la vérité, point. Et je vais lui expliquer qui tu es, ce que tu comptes faire. Je ne mens pas à mon épouse.

Patrick s'avance à son tour, tout près de son beau visage.

— Je n'ai pas peur de toi. Et je ne vais pas te verser le moindre centime.

— Peut-être que ce n'est pas ta femme qui devrait t'inquiéter, lui répond Erica.

— Comment ça ?

— Peut-être que je vais enfin aller voir la police et leur demander de rouvrir l'affaire.

— Pourquoi tu ferais ça ?

— Pourquoi pas ?

Patrick reste bouche bée, puis il finit son verre en une gorgée, se lève, jette quelques billets sur la table et sort du bar sans se retourner.

8

Arrimées à leurs chaises hautes, les jumelles attendent leur bouillie à base de céréales et de lait maternel. Patrick n'est toujours pas rentré du bureau et Stephanie commence à s'irriter. La veille, elle a senti l'odeur de scotch dans son haleine – son mari s'est sûrement octroyé un petit verre après le travail, mais elle a fait comme si elle n'avait rien remarqué. Elle ne veut pas avoir l'air de le fliquer ou de l'envier. Elle espère simplement qu'il ne tardera plus. Les repas sont toujours acrobatiques, Stephanie doit placer une cuillère de bouillie alternativement dans la petite bouche de l'une puis de l'autre de ses filles, et elle ne dirait pas non à un coup de main. Elle a l'impression d'être une maman oiseau, à leur donner ainsi la becquée. L'image lui réchauffe le cœur.

Enfin, elle entend la porte s'ouvrir, mais elle est trop occupée pour tourner la tête. Patrick semble s'éterniser dans l'entrée. Une autre cuillère pour Emma – la plupart finit sur son menton. Stephanie racle le surplus sur le visage de son bébé avec le bord de la cuillère. Qu'est-ce qu'il fabrique ? Pourquoi ne se précipite-t-il pas dans la cuisine pour l'aider ?

— Patrick ? s'impatiente-t-elle.

— J'arrive.

— Il y a un problème ? demande Stephanie quand elle voit son mari débarquer dans la pièce, le visage défait.

Son estomac se noue. La situation à l'agence doit être plus critique qu'elle ne le pensait. Au fond, Patrick ne lui dit peut-être pas tout, maintenant qu'elle est accaparée toute la journée par les jumelles. Son agacement grimpe, mêlé d'angoisse.

Patrick tire une chaise de sous la table de la cuisine et s'y affale.

— Il faut que je te dise quelque chose.

Tout de suite, Stephanie imagine le pire. Un problème grave – une action en justice, une erreur. Patrick exerce un métier difficile, où les incidents sont monnaie courante. Et elle n'a jamais fait confiance à Niall, même si son mari le défend.

— C'est le travail ? demande-t-elle.

— Non, répond-il, l'air surpris.

Ce qui l'étonne en retour : de quoi d'autre pourrait-il s'agir ?

— Mon Dieu, souffle Patrick, je ne sais pas par où commencer.

Jackie et Emma commencent à s'énerver : Stephanie retourne à la bouillie en se forçant à rester calme, affichant un grand sourire maternel tandis qu'elle tend une autre cuillerée à l'une de ses filles.

— Une cuillère pour maman…, chantonne-t-elle. C'est bien… Miam miam !

Puis elle glisse, en direction de son mari :

— Dis-moi. Je peux tout entendre.

— Tu sais que je t'aime, Stephanie, amorce-t-il, sincère.

Stephanie le dévisage. Elle est vraiment inquiète, maintenant. Patrick a sur le visage l'expression torturée d'une personne sur le point de faire un aveu. Qu'a-t-il fait ? Ils n'ont pas eu de rapport sexuel depuis que les jumelles sont nées. S'agit-il de cela ?

— Tu te souviens que je t'ai dit que ma première femme, Lindsey, était morte dans un accident de voiture, dit Patrick, dont les yeux s'embuent.

— Oui, répond Stephanie d'une voix incertaine.

Elle n'arrive pas à imaginer ce qui pourrait suivre.

— Je ne t'ai pas tout dit.

Mutique, pétrifiée, Stephanie fixe son époux.

— Je ne t'en ai jamais parlé parce que… Parce que c'était ma faute, lâche-t-il, très pâle.

Seigneur. Tout le corps de Stephanie se tend : comment aurait-elle pu voir le coup venir ? Elle n'y était pas du tout préparée.

Patrick se tasse encore plus sur sa chaise.

— Il faut que je te raconte ce qu'il s'est passé.

— D'accord, murmure-t-elle.

— C'était l'hiver, il y avait une grosse tempête. Nous devions aller rendre visite à sa mère. Mais il y avait tellement de neige… Je ne voulais pas y aller, elle a insisté.

Soudain, Patrick s'arrête, incapable d'aller plus loin. Stephanie souffre de le voir en proie à une détresse si palpable.

— C'est toi qui conduisais ? chuchote-t-elle.

Même les bébés ont arrêté de piailler, comme s'ils avaient perçu la tension ambiante. Patrick secoue la tête.

— Non. Nous ne sommes jamais partis.

Stephanie ne comprend pas. Cela n'a aucun sens.

— Elle est montée dans la voiture pour se réchauffer. Lindsey a toujours été si impatiente… Je lui avais dit, pourtant, d'attendre à la maison, mais elle est sortie avant que j'aie pu finir. Je ne savais pas que c'était dangereux.

Patrick déglutit.

— Qu'est-ce qui était dangereux ? insiste Stephanie, perdue.

— Il fallait que je déblaie la voiture, reprend Patrick. Ça prenait du temps parce qu'il y avait de la neige presque jusqu'au toit. Elle avait tellement hâte de retrouver sa mère et sa sœur…

Patrick hésite avant de poursuivre :

— Elle avait du mal à vivre loin de sa famille. Elle était enceinte de huit mois et je travaillais comme un forçat.

Stephanie se sent chavirer. Elle ignorait que l'épouse défunte de son mari était enceinte quand elle est morte. Elle se blinde pour la suite du récit.

— Il faisait très froid. Je lui ai dit de rentrer à l'appartement, mais elle insisté pour s'installer dans la voiture. Moi, j'ai continué à utiliser ma pelle. Je n'avais aucune idée que le pot d'échappement était bouché par la neige, que tout le monoxyde de carbone était en train de remonter dans l'habitacle… Qu'elle était en train de mourir.

Patrick étrangle un sanglot tandis que Stephanie contemple son mari, les yeux remplis d'effroi. Mais il est perdu dans ses souvenirs, comme hermétique au monde extérieur.

— Après… après avoir terminé, reprend-il, j'ai rangé la pelle et je suis remonté chercher les valises. J'ai mis les bagages dans le coffre, et c'est quand j'ai ouvert ma portière que…

Patrick semble avoir du mal à reprendre son souffle.

— Au début, j'ai cru qu'elle s'était endormie.

Il jette un coup d'œil fugace à sa femme.

— Mais j'ai vite compris que quelque chose n'allait pas. Elle n'avait pas l'air normal. Je l'ai attrapée par l'épaule, je l'ai secouée, mais sa tête n'arrêtait pas de retomber sur sa poitrine. Et… et j'ai su qu'elle était morte. J'ai commencé à crier. J'étais devenu fou. Je me suis extirpé de la voiture, j'ai hurlé à l'aide, j'ai appelé le Samu. Et puis des voisins ont accouru. J'avais perdu les pédales – je ne me souviens plus de grand-chose, sauf des gens qui tiraient Lindsey hors de la voiture et l'allongeaient dans la neige. Quelqu'un a essayé de lui faire un massage cardiaque. Les pompiers sont arrivés très vite, mais c'était trop tard. Elle était morte. Le bébé aussi.

Patrick se prend la tête entre les mains.

— Si seulement j'avais su ce qui était en train de se passer. Si seulement j'étais allé la voir plus tôt, avant d'aller ranger la pelle, avant d'aller chercher les bagages…

Il éclate en sanglots.

Stephanie s'extrait de la sidération pour enlacer son mari. Elle ne sait pas quoi dire. Impuissante, elle le voit sombrer. Les bébés se mettent à pleurer à leur tour. Elle-même est engourdie par le choc. Elle n'avait aucune idée que, depuis le début de leur relation, il portait ce terrible fardeau. Elle le serre dans ses bras tandis que des soubresauts le parcourent, lui murmure des mots de réconfort. Jamais elle n'avait entendu d'histoire aussi triste. Elle ne peut même pas imaginer…

— C'était un accident, lui glisse-t-elle en l'étreignant jusqu'à ce qu'il cesse de trembler.

Elle ne l'avait jamais vu dans cet état, plongé dans un chagrin si insondable, comme brisé en mille morceaux. Enfin, il lève la tête, les yeux rougis.

— Je suis désolé. Je suis désolé de te l'avoir caché…

À présent, les bébés s'époumonent de concert. Patrick et Stephanie essuient leurs petits visages, les détachent de leurs chaises hautes et les emmènent dans le salon afin de les installer dans leurs balancelles, ce qui les distraira au moins quelques minutes.

Patrick se laisse tomber sur le canapé, comme si toute force l'avait abandonné. Stephanie vient s'asseoir à côté de lui.

— Pourquoi ne m'as-tu rien dit ? demande-t-elle doucement.

— J'avais trop honte, répond-il, complètement éteint. Tu ne peux pas imaginer comme j'ai honte, depuis tout ce temps. Je ne savais pas qu'on pouvait s'empoisonner au monoxyde de carbone de cette façon.

Stephanie secoue la tête. Elle non plus. Une erreur toute simple, aux conséquences tragiques.

— Je n'avais que 23 ans. J'étais dévasté. Par le chagrin et par la culpabilité. J'ai quitté le Colorado juste après les obsèques, jc suis rentré à New York. Il m'a fallu du temps pour m'en remettre. Mais j'y pense encore, crois-moi. Tous les jours.

Patrick adresse à son épouse un long regard épuisé.

— Et puis il y a trois ans, je t'ai rencontrée, et j'ai eu l'impression de revivre.

Il détourne la tête.

— Je suis désolé, souffle-t-il. C'est tellement injuste. Te balancer tout ça comme ça.

— Tu n'as pas à t'excuser. J'aurais aimé que tu m'en parles plus tôt, mais je suis heureuse que tu l'aies fait maintenant.

Ce que Stephanie n'ose pas demander, c'est pourquoi aujourd'hui.

— Je ne voulais pas que ça empiète sur notre vie à tous les deux. Je ne voulais pas t'imposer ce fardeau. C'était le mien, c'était ma croix. Je devais la porter seul.

Stephanie prend son visage entre ses mains.

— Patrick, je t'aime et je t'aimerai toujours. Nous avons fait ensemble deux magnifiques petites filles. Ce qu'il s'est passé est effroyable et je suis tellement, tellement désolée pour toi…

Elle marque une pause avant de poursuivre :

— Je ne voudrais surtout pas avoir l'air de minimiser ce qui est arrivé, mais c'est le passé. Il faut que tu lâches prise, que tu te pardonnes. Nous sommes en train de construire un avenir ensemble.

Patrick relève la tête, mais son visage est toujours livide, et son regard retombe vers le sol.

— J'ai envie de mettre tout ça derrière moi, lâche-t-il enfin. Dieu sait que j'ai assez souffert.

— Tu *peux* mettre tout ça derrière toi. Est-ce que tu as déjà vu quelqu'un, un psy, un thérapeute ?

— Non, répond Patrick en reniflant.

— Tu devrais peut-être, lui conseille-t-elle avec douceur.

Patrick a toujours les yeux rivés sur le plancher. Il prend une profonde inspiration.

— Il y a encore un autre problème dans cette histoire.

Stephanie attend la suite, anxieuse.

— Lindsey avait une amie, Erica. Elle vient d'emménager dans le coin, à Newburgh. Elle a repris contact avec moi il y a quelques jours. Elle voulait qu'on prenne un verre.

— D'accord, articule Stephanie, sur ses gardes. Et donc ?

Elle n'a pas oublié l'haleine alcoolisée de son mari.

— Elle me menace.

9

Erica se prélasse dans sa baignoire, de l'eau chaude jusqu'au cou, s'enivrant du parfum de lavande. Elle pense à Niall. C'est un homme séduisant, étonnamment doué au lit. Elle a pris du bon temps.

Cette candidature chez Foote & Kilgour avait pour seul but de faire paniquer Patrick. Elle voulait le prendre par surprise. Elle ne s'attendait pas à être si puissamment attirée par son associé, lequel – Erica n'a pas pu s'empêcher de remarquer son alliance et les photos sur son bureau – est père de famille. Elle connaît les hommes mariés, surtout ceux qui ont des enfants. Ils ne craignent rien tant que d'être pris la main dans le sac.

Son esprit revient à Patrick. Bien sûr, il a dit qu'il ne paierait pas. Mais il n'était pas sérieux.

Alarmée, Stephanie dévisage son mari :

— Te menace comment ?

— Elle m'a menacé de tout te raconter, et j'ai dit que je m'en chargerai moi-même, admet-il, misérable. Je n'ai rien à cacher.

L'inquiétude de Stephanie est à son comble.

— Elle veut de l'argent, reprend Patrick après un temps. Sinon, elle dit qu'elle ira voir la police du Colorado pour leur demander de réexaminer les circonstances de l'accident. Ils pourraient rouvrir l'enquête.

— Quoi ? s'exclame Stephanie, incrédule. Elle te fait du chantage ?

— Oui.

— Qu'est-ce qu'elle entend par rouvrir l'enquête ? Quelle enquête ? insiste-t-elle avec un mauvais pressentiment.

Patrick évite son regard. Il a de nouveau baissé la tête.

— C'était un accident, et ça a été classé comme un accident, évidemment. Il n'a jamais été question d'autre chose ! Mais elle prétend maintenant pouvoir retourner voir la police. Elle menace de leur dire que… que ça n'en était pas un.

Les informations peinent à arriver jusqu'au cerveau de Stephanie.

— Pourquoi ferait-elle une chose pareille ? bafouille-t-elle.

— Pour l'argent ! Elle ne cherche qu'à m'effrayer pour que je crache au bassinet.

— Mais elle ne peut pas faire ça, si ? Elle ne peut pas se pointer comme ça et leur demander de rouvrir l'enquête. Ça n'a pas de sens.

— Bien sûr que non ! Elle délire. C'est ce que je lui ai dit, affirme Patrick en la regardant enfin.

— Mais…, avance Stephanie, indécise sur la façon dont elle doit poser la question. Est-ce qu'elle pourrait le faire ? Je veux dire… Est-ce qu'on a de quoi s'inquiéter ?

— Je ne sais pas, balbutie-t-il, plus troublé qu'elle ne l'aurait voulu. Elle sait qu'on a de l'argent. Elle a appris pour ton héritage, j'ignore comment. Elle ne serait jamais revenue, sinon.

Comment cette femme pourrait-elle être au courant ? Stephanie est restée très discrète sur sa situation financière.

— Mais il lui faudrait des raisons valables, proteste-t-elle.

Patrick garde le silence un long moment. Il a à nouveau détourné les yeux.

— Elle n'a pas de raisons valables, si ?

— Bien sûr que non. Mais elle assure le contraire.

— Comment ça ? s'étouffe Stephanie.

— C'est ridicule…

— Dis-moi.

Patrick secoue la tête, comme navré par le grotesque de la situation.

— Elle dit qu'elle va leur raconter que je voulais me débarrasser de Lindsey.

À présent, il semble écrasé par l'embarras ; il lui jette un coup d'œil fugace, malaisé.

— Je ne comprends pas, insiste Stephanie, le ventre noué.

— Elle veut leur dire que j'étais amoureux d'elle, ce qui est strictement faux. Je le sais, et elle le sait. Mais elle est prête à tous les mensonges pour arriver à ses fins.

Puis il ajoute, désespéré :

— Je pense sérieusement que c'est une sociopathe, Stephanie. Elle n'a aucun scrupule, aucune forme de moralité. Dieu seul sait ce qu'elle est capable de dire ou de faire. Elle veut de l'argent, il n'y a pas de doute, mais à l'entendre, on dirait qu'elle croit à ses propres mensonges. C'est une actrice redoutable.

— Comment l'as-tu connue ? demande Stephanie, la bouche sèche.

— C'était la meilleure amie de Lindsey.

— Et à quel point est-ce que vous étiez proches ?

— J'étais jeune, fait Patrick en se forçant à regarder sa femme dans les yeux. Jeune et très idiot. Je ne voudrais pas que tu croies…

Il ne parvient pas à aller au bout de sa phrase.

— Que je croie quoi ?

Mais Stephanie pense déjà connaître la réponse.

— Tu couchais avec elle ? demande-t-elle d'un ton sec.

Le silence de Patrick parle de lui-même.

— Oh mon Dieu, souffle-t-elle avant de se lever du canapé pour observer son mari d'en haut, horrifiée. Tu as couché avec la meilleure amie de ta femme, et maintenant elle dit que tu étais amoureux d'elle. C'est vrai ? Tu étais amoureux d'elle ?

Dans sa balancelle, Jackie commence à pleurer, aussitôt imitée par Emma. Les petites n'aiment pas entendre leur mère prendre des accents si agressifs.

— J'ai couché avec elle quelques fois, admet Patrick. Rien de plus. On avait bu. On était jeunes. Ça ne voulait rien dire. Rien ! Et maintenant, elle croit pouvoir s'en servir contre moi, parce qu'elle a besoin de fric.

Patrick se lève à son tour, passe une main nerveuse dans ses cheveux.

— Elle n'a jamais rien dit avant. Parce qu'elle savait qu'il n'y avait rien à dire. Elle savait que c'était un accident. Elle savait que j'étais dévasté par ce qu'il s'était passé.

Il essaie de prendre la main de sa femme, implorant.

— Il faut que tu me croies, Stephanie. Je ne te tromperai jamais, si c'est ce qui t'inquiète. Je ne suis plus celui que j'étais.

Mais Stephanie ne sait plus quoi penser. Il a trompé sa première femme. Elle arrive à peine à y croire. Certes, cela remonte à près de dix ans, mais les gens changent-ils vraiment ?

— Si tu me trompes, déclare-t-elle d'une voix privée de la moindre compassion, je te quitte et j'emmène les jumelles avec moi.

Il semble choqué par son ton.

— D'accord. Je comprends. Je ne te serai jamais infidèle, je te le jure. Je ne l'ai jamais été et je ne le serai jamais. N'en parlons même pas, car ça n'arrivera pas. Ce qui doit nous préoccuper, maintenant, c'est cette… cette situation.

Stephanie inspire à fond. Elle a du mal à se concentrer avec les petites qui hurlent si fort qu'ils sont obligés de hausser la voix. Elle se penche vers elles, réenclenche le minuteur de leurs balancelles dans l'espoir de les apaiser à nouveau. Pendant un temps, la technique fonctionne. Soudain emplie d'une nervosité incontrôlable, elle fait les cent pas dans le salon, toute fatigue disparue.

— Qu'est-ce qu'on va faire ? Si elle va voir la police avec ces mensonges, ça serait… ça reviendrait à t'accuser de meurtre ! s'étrangle-t-elle. Pense aux répercussions que cela aurait sur nous, sur notre réputation…

— L’enquête aurait lieu au Colorado, essaie de tempérer Patrick. Dans le pire des cas, je devrais y retourner pour donner ma version de l’histoire, ce que j’ai déjà fait. Ils m’avaient cru, à l’époque. Et ils me croiront à nouveau. Ils ne rouvriront jamais l’enquête. Et personne ne sera au courant.

— Je n’en suis pas si sûre, Patrick.

Il s’assombrit et se met lui aussi à faire les cent pas.

— Merde ! On ne va quand même pas la laisser ruiner notre vie comme ça ! Ce ne sont que des mensonges !

— Est-ce qu’il faudrait qu’on en parle à un avocat ?

— Pas tout de suite, non, répond-il en secouant la tête. Elle laissera peut-être tomber quand on refusera de la payer.

Stephanie s’accorde quelques secondes de réflexion, le souffle court.

— Tu m’as dit que tu la pensais sociopathe. Tu le crois vraiment ?

— Je n’en sais rien.

— Si elle est folle, personne ne l’écoutera.

— Mais elle n’a pas l’air folle, soupire Patrick. Elle paraît même tout à fait normale. Sauf que moi, je sais qu’elle ment.

Puis il ajoute, hésitant :

— Écoute… on pourrait peut-être lui filer un peu d’argent, juste histoire qu’elle s’en aille.

— Hors de question, réplique Stephanie. Si on cède une fois, elle ne s’arrêtera plus. Elle va nous harceler jusqu’à la fin de nos vies. Nous saigner à blanc.

Stephanie est convaincue qu’il faut lui tenir tête, coûte que coûte, même si l’idée de ce qui les attend la rend malade.

— Nous n'allons pas utiliser l'argent durement gagné par mes parents pour payer une femme qui te fait du chantage à propos d'un crime que tu n'as pas commis. Réfléchis deux secondes, Patrick ! Ce serait de la folie pure. Je n'arrive pas à croire que tu aies ne serait-ce qu'envisagé de lui donner quoi que ce soit !

— Tu as raison, acquiesce Patrick.

— Peut-être que je pourrais lui parler, propose soudain Stephanie.

Patrick regarde sa femme, stupéfait.

— Quoi ?

— Pour lui montrer que je te crois, que je te soutiens. Ça pourrait lui couper l'herbe sous le pied. Et si j'arrivais à la raisonner ?

— Non ! s'exclame Patrick en secouant la tête. C'est impossible de raisonner cette femme. Je ne veux pas qu'elle s'approche de toi ni des enfants. Elle est toxique, et potentiellement dangereuse.

Puis il ajoute :

— Je veux dire, qui de normalement constitué inventerait une histoire pareille ?

10

Nancy Foote a couché son fils et s'apprête à lancer la machine du soir. Elle attrape la chemise de son mari, jetée en travers du lit – Niall ne prend jamais la peine de mettre son linge dans la panière –, mais quelque chose l'arrête : un faible parfum s'en dégage. Son sang se glace.

Non. Il ne ferait pas ça. Pas après la dernière fois.

Incrédule, elle porte la chemise à ses narines. C'est une fragrance féminine, florale, exotique, très subtile. Nancy essaie de se raisonner : cela ne veut rien dire. Quelqu'un au bureau a peut-être eu la main lourde sur le parfum…

Mais si Nancy déteste qu'on lui mente, elle déteste encore plus se mentir à elle-même. La dernière fois qu'elle a décelé une semblable odeur sur les vêtements de son mari, il entretenait une relation avec Anne O'Dowd.

Elle se laisse tomber sur le lit, le cœur tambourinant dans sa poitrine. Depuis que Niall l'a trompée, elle ne parvient plus à lui faire confiance. Elle garde sans cesse un œil sur lui, fouille les poches de ses vestes et de ses pantalons le soir venu, à la recherche d'indices – un reçu, une serviette de cocktail, un petit mot – mais sans avoir rien trouvé jusque-là. Malheureusement, elle ne connaît pas le mot de passe de son téléphone.

Pas ça, pense-t-elle. *Pas encore ça.* Elle n'en aurait pas la force. Devrait-elle confronter son époux ? D'expérience, elle sait qu'il niera. Il niera jusqu'à ce qu'elle lui présente une preuve irréfutable, comme la fois précédente.

Elle lui a assuré qu'elle lui avait pardonné son histoire avec Anne, mais ce n'est pas tout à fait vrai : elle veut juste sauver son mariage. Elle aime encore Niall, et leur petit garçon, Henry, n'a que 4 ans. La vie de mère célibataire, se plier à la garde alternée d'une semaine sur l'autre, devoir constamment rappeler à Niall de verser la pension alimentaire – Nancy a des amies divorcées, elle connaît la musique. Très peu pour elle.

Il sera plus intelligent, cette fois, plus prudent. Lui aussi tient à leur mariage. Il a paniqué quand il a réalisé ce que sa petite passade risquait de coûter à son couple et à sa famille. Il avait l'air complètement dévasté. Sur ce point-là au moins, il ne mentait pas.

Alors pourquoi a-t-il recommencé ? Pourquoi l'a-t-il encore trompée ?

Patrick se glisse sous la couette peu après minuit. Stephanie lui a fait signe de monter se coucher pendant qu'elle allaitait les petites sur le canapé, un bébé à chaque sein. Il sait qu'elles seront calmes le temps que durera la tétée mais que les cris reprendront juste après. Stephanie est loin d'en avoir fini. Mais c'est leur routine : lui profite de quelques heures de sommeil supplémentaires la nuit, elle de la sieste de l'après-midi. Cela fait plusieurs mois qu'ils tournent à un régime de six heures de sommeil par jour. Et pourtant, ce soir, Patrick ne parvient pas à s'endormir.

Quand il était encore en bas, marchant inlassablement dans le salon avec un bébé dans les bras, il n'attendait qu'une chose : pouvoir se mettre au lit. Or, voilà qu'il est incapable de mettre son cerveau en veille. Payer Erica serait stupide. Ils doivent tenir bon, ne pas se laisser intimider par son bluff. Mais si elle ne lâchait pas ? Si elle allait vraiment voir les autorités et parvenait à éveiller leur attention ? Est-ce possible, après tout ce temps ? Le fait qu'elle ait mis neuf ans à réapparaître la décrédibilisera forcément à leurs yeux. Il dira en outre qu'elle essayait de le faire chanter, et cela mettra un terme à l'affaire. Forcément. Non, il n'a vraiment aucun souci à se faire.

Cependant, même si cela s'arrête là, Erica aura fait des dégâts. Patrick a déjà l'impression de déceler une méfiance nouvelle sur le visage de Stephanie – pas au sujet de l'accident, mais de lui-même. Il sait à quoi elle pense : *Patrick a trompé sa première femme – pourrait-il me tromper aussi ?*

Son épouse lui a fait une frayeur lorsqu'elle a suggéré de parler à Erica. Il ne faut absolument pas que les deux femmes se rencontrent. Il doit tout faire pour éviter cette éventualité. Il a toujours flairé un danger chez Erica. Peut-être est-ce d'ailleurs cette sensation de menace permanente qui l'a tant attiré, à l'époque. Mais il a beaucoup trop à perdre, aujourd'hui. Que se passerait-il si elle se pointait chez lui pour débiter ses mensonges ? Elle sait être convaincante. Il n'a d'autre choix que de faire confiance à Stephanie : espérer qu'elle l'aime assez pour reconnaître la vérité.

Il sombre enfin dans un sommeil agité.

La nuit a porté conseil : pas question pour Nancy de se laisser prendre pour une idiote. Si son mari a recommencé à voir quelqu'un, elle doit le savoir. Elle se verse une tasse de café en repensant à la façon dont Niall sifflotait en quittant la maison, ce matin. Il sifflait aussi, pendant sa période Anne O'Dowd.

Nancy s'assoit à la table de sa cuisine, son téléphone dans la main. Elle n'a jamais été très douée pour la technologie ; elle a appris le strict minimum, ce dont elle a besoin au quotidien, et essaie autant que possible d'ignorer le reste. Elle n'utilise pas d'applications. Elle sait se servir d'un ordinateur et se débrouille sur les réseaux sociaux, mais n'a guère d'enthousiasme pour tout ça. Rien à voir avec son mari, qui a une appli pour chaque aspect de son existence et file le parfait amour avec sa nouvelle Tesla X, portières qui ressemblent à des ailes et silhouette futuriste. Nancy a peur de la conduire, elle la trouve intimidante. De toute façon, elle a sa propre voiture. Mais quand Niall a acheté la sienne, poussé par l'exaltation du moment, il a donné une clé à sa femme et installé l'application Tesla sur son téléphone avant de s'évertuer à lui en expliquer le fonctionnement. Nancy a écouté d'une oreille distraite et ne s'en est jamais servie depuis.

Aujourd'hui, néanmoins, nécessité fait loi. Nancy clique sur l'icône Tesla et, après l'avoir étudiée, estime qu'elle peut en tirer quelque chose. Par exemple, elle peut voir que la voiture de Niall est actuellement garée au 111 Bleeker Street, non loin de l'agence. À tout moment, elle peut savoir où se trouve le véhicule de son mari. Voilà qui pourrait lui être utile.

Erica quitte son logement spartiate et grimpe dans sa voiture. Elle doute que Patrick ait raconté quoi que ce soit à son épouse. Il a toujours été du genre secret. Non, sa femme vit sûrement encore dans l'ignorance et ne peut pas imaginer ce qui va lui tomber sur la tête, quand l'affaire éclatera. Si elle éclate… Elle devrait lui être reconnaissante, se persuade Erica : peut-être Patrick avait-il l'intention de les tuer un jour, elle et ses jumelles. Un tel homme est capable de tout. Elle se répète qu'elle rend service à cette femme, en définitive.

Dévorée par la curiosité, elle s'engage sur la nationale, direction Aylesford. Elle sait déjà où habite la petite famille, à quoi elle ressemble. Elle y est déjà allée. Elle a même visité une maison à vendre, quelques numéros plus loin, sur Danbury Drive. D'après les sites des agences immobilières, le quartier est un des plus prisés d'Aylesford. Comment douter du fait que les Kilgour ont de l'argent ? Elle va repasser devant chez eux, aujourd'hui. Observer cette nouvelle épouse.

Stephanie se réveille en sursaut, incapable de dire combien de temps elle a dormi. Quelques minutes, des heures ? Elle jette un œil au radio-réveil : 14 h 37. Quelqu'un est en train de l'appeler par son prénom. Qui donc ? Elle se redresse dans son lit, se demandant un moment si elle n'a pas rêvé.

— Stephanie ?

C'est la voix de Hanna, en bas des escaliers. Que se passe-t-il ? Pourquoi Hanna est-elle entrée chez elle ? Au souvenir du début d'incendie dans la cuisine, Stephanie bondit hors de son lit. Aucune odeur de fumée. Elle descend encore les marches quand elle l'aperçoit dans l'entrée, la porte ouverte derrière elle.

— Qu'est-ce que tu fais ici ? demande-t-elle, désorientée.

Hanna a l'air embêté.

— J'ai vu que ta porte était ouverte, je suis rentrée pour vérifier que tout allait bien.

Stephanie pensait pourtant avoir fermé la porte à clé en revenant des courses – mais peut-être pas, après tout. Elle est incapable de se rappeler.

— J'ai dû oublier de la fermer, bafouille Stephanie, la main sur le front. Je suis en train de perdre la tête. Honnêtement, si les filles ne se mettent pas bientôt à faire leurs nuits, je vais péter les plombs.

Stephanie n'a rien dit à Hanna à propos de la poêle en feu. Elle n'en a parlé qu'à Patrick. Sa voisine n'a qu'un enfant, qui dort parfaitement ; elle pourrait avoir une mauvaise opinion de Stephanie, même sans le vouloir.

— Je suis désolée de t'avoir réveillée, mais j'étais inquiète, dit Hanna en fermant la porte.

— Non, pas de problème, assure Stephanie avec un pâle sourire.

Elle fixe le sol d'un air éteint. Elle était sûre d'avoir laissé son gros sac à main noir par terre, juste à côté du guéridon.

— Où est passé mon sac ? s'inquiète-t-elle.

À son tour, Hanna inspecte l'entrée.

— Je l'avais laissé juste ici.

Mais, à l'évidence, il n'y est pas. Stephanie se rend dans la cuisine, regarde sur le plan de travail, la table, partout. En vain. Hanna a fait de même dans le salon.

— Il ne pourrait pas être en haut ? demande-t-elle.

Stephanie secoue la tête mais se décide quand même à remonter. Rien dans sa chambre ni dans celle des petites, encore endormies. L'inquiétude monte d'un cran. Cela ne fait plus de doute : quelqu'un s'est introduit chez elle et lui a volé son sac à main. Cet individu aurait tout aussi bien pu prendre les bébés sans qu'elle s'en aperçoive. Et tout ça à cause d'elle, parce qu'elle a oublié de fermer la porte convenablement. Et qu'elle a laissé son sac dans l'entrée.

— Comment ai-je pu être aussi bête ? gémit-elle après avoir rejoint Hanna au rez-de-chaussée. Il y avait mon portefeuille dedans, mes pièces d'identité. Tout ! Je vais devoir refaire tous mes papiers.

À la seule idée des démarches qui l'attendent, elle est à bout de forces.

— Ne sois pas trop dure avec toi-même, tente de la consoler Hanna. On devrait pouvoir laisser sa porte déverrouillée sans craindre que quelqu'un vienne nous voler notre sac à main.

— Tu as dit qu'elle était grande ouverte.

— C'était le cas quand je suis passée, admet Hanna.

— Patrick va être dans tous ses états. Il se fait du souci pour moi. Je suis tellement distraite en ce moment.

— Je vais t'aider pour les papiers, propose Hanna. J'ai dû les refaire moi aussi, quand je me suis fait voler mon sac à l'arrachée dans une rue de New York.

— Merci, Hanna, je ne sais pas ce que je ferais sans toi, soupire Stephanie en essayant de ravaler sa détresse.

Puis elle se rappelle quelque chose.

— J'avais aussi un double de la clé de la maison dans mon sac. Il va falloir que je change les serrures…

L'espace d'un instant, Stephanie est tentée d'inviter Hanna à prendre un café et de tout lui raconter : le passé de Patrick, cette femme qui les menace. Mais elle ne peut pas. Elle doit garder cela pour elle. Même si ça paraît trop lourd à porter.

11

Stephanie se débat pour extraire du coffre la double poussette. Après la pluie de la nuit, le ciel s'est éclairci et la journée s'annonce radieuse. Il n'est pas encore 11 heures mais elle est réveillée depuis l'aube. Elle a avalé deux cafés pour dissiper le brouillard qui règne dans sa tête, bien que le manque de sommeil ne soit pas, ce matin, la cause de son incapacité à se concentrer sur la moindre question pratique, comme ce qu'elle doit emporter pour sa sortie avec les jumelles. Patrick et elle sont à cran. À tout moment, ils s'attendent à voir réapparaître Erica Voss. Et l'incident de la veille, ce sac volé dans le vestibule pendant la sieste, n'a pas contribué à les détendre. Contrarié, Patrick a imploré son épouse d'être plus prudente et a appelé un serrurier sur-le-champ.

La fatigue de Stephanie rend chaque aspect de son existence encore plus ingérable, encore plus accablant. Comment la vie peut-elle vous jouer de si mauvais tours ? Elle n'était qu'une mère au foyer sans histoire, une épouse aimante, et la voilà au cœur d'une effroyable tentative de chantage. C'était déjà assez dur d'apprendre que Patrick avait trompé sa première femme – elle a encore du mal à y croire. Quant au reste…

La veille au soir, ils ont parlé d'aller voir la police d'Aylesford. Patrick était contre, mais Stephanie a l'impression que c'est l'option la plus raisonnable. Ils pourraient porter plainte contre Erica, ou au moins lui faire peur. Ils sont parvenus à un accord : dès qu'Erica recontactera Patrick, ce dernier lui dira que sa femme est au courant de toute l'histoire et qu'ils ne lui verseront pas un centime. Cela suffira peut-être à la décourager.

Stephanie garde son téléphone à portée de main, impatiente d'avoir des nouvelles de son époux.

Ce matin, ses jumelles portent leurs adorables tenues assorties. Il faut qu'elle sorte, qu'elle aille prendre l'air, qu'elle montre à ses filles arbres, fleurs et papillons. Elles finiront leur promenade au parc, sur une couverture à côté du bac à sable, et elle sortira tous les jouets qu'elle a amenés dans l'espoir de les occuper un moment. La plupart du temps, elle croise là-bas quelqu'un de sa connaissance ; la plupart du temps, elle s'en réjouit. Pas aujourd'hui. Aujourd'hui, Stephanie n'est pas sûre de vouloir rencontrer qui que ce soit. Elle ne peut parler de ce qu'elle traverse à personne, pas même à Hanna, sa plus proche amie.

Stephanie hisse les petites dans leur poussette, les sangle et ferme la maison à clé. Après un sourire et une caresse sur le menton de ses deux filles, elle entame sa balade en leur chuchotant des mots doux. Elle s'arrête un instant pour faire une photo et l'envoie aussitôt à Patrick.

Pas de réponse. Il est sans doute en réunion. Elle imagine à quel point il doit lutter pour se concentrer sur son travail dans de telles circonstances.

Le parc n'est plus qu'à quelques mètres. Stephanie aperçoit un groupe de mamans assises sous les arbres, à côté de leurs enfants qui jouent dans le bac à sable. La voie est libre : elle n'en connaît aucune, sinon de vue. En quelques minutes, elle a sorti les jumelles de leur poussette et les a étendues sur la couverture. Elle doit garder un œil sur elles mais ne peut s'empêcher de surveiller nerveusement l'écran de son téléphone. Toujours pas de nouvelles de Patrick. A-t-il parlé à Erica ? Cela fait deux jours, maintenant, que cette dernière l'a menacé. Cherche-t-elle à les faire mariner ?

Un bip retentit.

R.A.S. pour l'instant. Je te tiens au courant.

Stephanie repose son portable, mécontente. Elle continue à penser qu'ils devraient se rendre au commissariat. Ils sont de braves citoyens respectueux de la loi, victimes des agissements d'une criminelle. Patrick n'a rien fait de mal. La police du coin a d'autres chats à fouetter que de rouvrir une enquête au Colorado. Stephanie ne voit pas de meilleure option.

— Qu'est-ce qu'elles sont mignonnes, lance une femme assise non loin, sur le rebord du bac à sable.

Arrachée à ses sombres pensées, Stephanie tourne la tête vers la nouvelle venue.

— Oh, merci, répond-elle avec un sourire absent.

Elle a l'habitude de ce genre de compliments – les gens raffolent des jumeaux –, mais aucune mère ne se lasse de les entendre.

— Est-ce qu'on se connaît ? demande Stephanie.

Le visage de cette femme lui dit quelque chose.

— Je ne crois pas, non… À moins que… oui, c'est ça, je vous ai aperçue au supermarché, hier. Vous attendiez à la caisse.

— Exact, ça me revient aussi.

— Vous achetiez des couches et du chocolat noir.

Stephanie est quelque peu déconcertée par autant de précision.

— Quel âge ont-elles ? fait l'inconnue.

— Quatre mois et demi.

Mais où sont ses enfants ? Elle semble seule. Que fait-elle alors à côté du bac à sable ? Stephanie étudie son visage de plus près. Très séduisante, avec ses cheveux blonds attachés en queue-de-cheval, son jean ajusté et sa veste élégante. Soudain, la jeune maman prend conscience de son allure à elle – ses cheveux à peine peignés, son tee-shirt maculé de taches de lait, le jean de grossesse qu'elle porte encore. Elle sait qu'elle ne retrouvera pas de sitôt sa silhouette d'avant les jumelles, et elle ressent de fugaces élans de jalousie, voire de regret, face à cette mince et jolie femme. Mais il lui suffit de regarder ses bébés pour se moquer à nouveau de son apparence. Emma et Jackie en valent évidemment la peine. Elles sont tout pour elle. Que représentent à côté de ça quelques kilos en trop ?

— C'est tellement craquant, les jumeaux, remarque la nouvelle venue.

Stephanie acquiesce.

— Oui, deux fois plus craquant et deux fois plus épuisant.

— Ma sœur a des jumeaux. Son mari est avocat, et il dit que c'est comme purger deux peines en même temps plutôt que l'une à la suite de l'autre.

Les deux femmes rient, puis Stephanie demande, piquée par la curiosité :

— Vous habitez le quartier ?

— Pas encore. On est en train de chercher, avec mon mari. Je me suis dit que j'allais faire un tour dans le coin, traîner dans les parcs, les commerces et les cafés pour me faire une meilleure idée. Je pense qu'il est indispensable de connaître l'endroit où on va vivre, quand bien même on aurait un coup de cœur sur une maison. Histoire d'avoir une vision d'ensemble.

Stephanie hoche la tête, bien que Patrick et elle aient fait exactement le contraire : ils ont visité une maison, en sont tombés amoureux, et ont pris pour argent comptant tout ce que l'agent immobilier leur a dit sur le quartier. Heureusement, ils s'y plaisent.

— Vous vivez ici depuis longtemps ? s'enquiert la femme.

— Presque deux ans, répond Stephanie. Nous avons emménagé juste après notre mariage.

Disant cela, elle remarque que l'inconnue ne porte pas d'alliance.

— Et ça vous plaît, ici ?

— Oh oui, on adore.

La femme dégaine alors son téléphone portable. Ses traits se durcissent tandis qu'elle tape un bref message.

— Un problème ? demande Stephanie avec tact.

— Non, rien de grave, sourit la femme tandis que son portable se met à sonner. Rien que je ne puisse régler.

Patrick ne peut pas penser à autre chose. Les menaces, l'affreuse situation dans laquelle il se trouve : Erica s'infiltre dans chaque interstice de son esprit, même quand il est en rendez-vous avec un client. Il ne cesse de vérifier ses messages, en vain. Il faut qu'il règle cette affaire. Qu'il en finisse pour de bon.

Enfin, Erica lui écrit :

Appelle-moi.

Patrick contemple son téléphone. Sa mâchoire est crispée ; tout son corps s'est raidi. Doit-il accéder à sa requête ? Osera-t-il la mettre au pied du mur ? Il a un terrible moment de doute. C'est sa parole contre la sienne. Et elle ment si prodigieusement bien…

Puis il l'appelle.

— Erica ?

— Oui.

— J'ai tout raconté à Stephanie, commence-t-il. Et elle est d'accord avec moi : tu n'auras rien de nous.

Il attend sa réponse. Et celle-ci est pour le moins inattendue.

12

Elle raccroche, puis il reçoit un SMS :

Je suis au parc, en train de discuter avec ta femme. Les jumelles sont ton portrait craché.

Patrick est pris d'un vertige, comme si son cerveau s'était soudainement vidé de son sang. Pendant un instant, il est incapable de réfléchir. Erica serait-elle capable de s'en prendre à Stephanie et à ses filles ? Elle n'est pas violente, en tout cas pas qu'il sache. Mais elle est manipulatrice. Elle sait que cela va l'ébranler. Elle a dû suivre Stephanie quand celle-ci a quitté la maison. La respiration de Patrick s'emballe, il doit se calmer. Il inspire et expire plusieurs fois d'affilée, les yeux fixés sur le message, à la recherche d'une solution.

Son téléphone bipe à nouveau.

Je crois vraiment que ta femme et moi pourrions devenir copines.

En pièce jointe, un cliché de Stephanie et des jumelles, installées sur une couverture. Stephanie ne regarde pas l'objectif, elle soulève à bout de bras un bébé souriant, ignorant sans doute qu'elle est en train d'être prise en photo. A-t-elle seulement idée d'à qui elle parle ? Patrick lui envoie un SMS aussitôt.

C'est elle. Tu es en train de parler à Erica. Elle vient de m'envoyer une photo de toi. Prends les filles et pars !

Pas de réponse. Ce silence le rend fou. Il avait demandé à Stephanie de garder son téléphone à portée de main. Est-elle trop occupée avec les jumelles, ou s'est-il passé quelque chose ? Patrick tente de se rassurer : à cette heure-ci, le parc doit être très fréquenté. Rien ne peut arriver à sa famille au beau milieu de la journée.

N'empêche, il décide d'appeler Stephanie. Le téléphone sonne dans le vide ; l'attente est interminable. Enfin, son épouse répond, alors même qu'il commençait à paniquer. Elle a le souffle court.

— Que se passe-t-il ? demande Patrick précipitamment.

— Quoi ? Où est le problème ? répond-elle sur la défensive. J'étais juste en train d'installer les petites dans la poussette.

— Cette femme qui était avec toi, elle est encore là ? s'enquiert-il en baissant la voix.

— Non, elle vient de partir. Comment est-ce que tu sais que j'étais avec une femme ?

Patrick ferme les yeux.

— C'était Erica.

Stephanie tourne la tête dans la direction prise par la blonde quelques instants plus tôt, mais cette dernière a disparu. Son sang se glace tandis qu'elle écoute les explications de son mari.

— Elle ne t'a pas dit qui elle était ? l'interroge-t-il.

— Non, dit-elle d'une voix blanche. Elle a juste papoté avec moi, puis elle a reçu un appel.

L'idée qu'il ait discuté avec sa maître chanteuse alors qu'elle s'occupait de Jackie et Emma, sans qu'elle en sache rien, l'a ébranlée.

— Elle avait l'air tellement sympa…, balbutie-t-elle.

— Elle n'est pas sympa, crois-moi, martèle Patrick. Elle essaie de nous rendre fous !

— Je l'ai déjà vue. Hier… J'étais au supermarché et elle attendait derrière moi dans la file. Elle se souvenait même de ce que j'ai acheté.

— Bon Dieu…

— Il faut que je rentre à la maison pour nourrir les petites, annonce Stephanie d'une voix tremblante. Je te laisse.

— Entendu. Je te tiendrai au courant si elle revient vers moi.

Stephanie finit de harnacher ses filles en jetant des coups d'œil anxieux par-dessus son épaule. Cette femme avait l'air si inoffensive… Décidément, les apparences peuvent être trompeuses. Pressée de rentrer chez elle pour pouvoir s'enfermer à double tour, Stephanie file sur le trottoir, et repense aux récents événements. Patrick a déclaré à Erica qu'ils ne la paieraient pas – alors qu'elle n'était qu'à quelques mètres de sa femme et de ses enfants. Plus que jamais, Stephanie est convaincue qu'ils devraient aller voir la police.

De retour à la maison, les jumelles nourries, changées et couchées pour la sieste, elle est trop troublée pour se mettre au lit. Elle va dans le salon, ouvre son ordinateur et se résout à faire ce qu'elle avait craint de faire jusqu'alors. En un rien de temps, elle trouve ce qu'elle cherche sur Google : un article paru dans un journal de Denver.

UN ACCIDENT TRAGIQUE COÛTE LA VIE À UNE FEMME ENCEINTE

10 janvier 2009

Un accident tragique a coûté la vie à Lindsey Kilgour, 21 ans, au cœur de la communauté de Creemore, municipalité des Rocheuses. Le coroner du comté a constaté que la jeune femme, enceinte de huit mois, était morte des suites d'une intoxication au monoxyde de carbone. Elle se trouvait dans l'habitacle de leur voiture, moteur allumé, tandis que son époux, Patrick Kilgour, déblayait le véhicule enseveli par la récente tempête de neige. Le couple s'apprêtait à rendre visite à leur famille à Grand Junction.

Le mari a découvert sa femme inconsciente et a aussitôt appelé les secours. Dépêchées sur place, les équipes médicales ne sont pas parvenues à réanimer la victime.

La police a conclu à l'accident. Le monoxyde de carbone est un gaz sans couleur ni odeur qui peut tuer en quelques minutes. Les autorités ont saisi l'occasion pour sensibiliser la population à ce risque, accru en période de tempête, et pour inviter les conducteurs à veiller à ce que le pot d'échappement de leur véhicule ne soit pas obstrué par la neige, afin d'éviter que le gaz mortel ne s'infiltre à travers le plancher et remonte jusqu'à l'habitacle.

Stephanie est sonnée. Le pire, ce sont les photos. L'une d'elles montre une voiture dans la neige, le toit recouvert d'une épaisse couche blanche. Elle reste longtemps à la regarder. La première femme de son mari est morte dans cette voiture. Un frisson lui parcourt l'échine. Mais la deuxième photo, plus grande, l'hypnotise encore davantage. Il s'agit d'un portrait de Patrick, un gros plan flou où son visage semble déformé par une grimace de douleur. Il est bien plus jeune, plus mince, les cheveux plus longs, mais c'est indéniablement lui. Stephanie se sent déborder de compassion.

La jeune femme recule au fond de sa chaise. Elle ne savait pas. Elle n'a jamais été très portée sur les réseaux sociaux, mais elle avait cherché son mari en ligne, une fois, quand ils avaient commencé à se fréquenter. Qui ne le fait pas ? Il y avait tellement d'homonymes, cependant, qu'elle avait vite laissé tomber. Aujourd'hui, elle relance sa recherche et fait défiler plusieurs pages avant de retomber sur l'article.

Une fois de plus, elle examine les photos. Elle le sait : l'expression de Patrick, sur cette image d'un noir et blanc granuleux, va la hanter toute sa vie.

Elle est lancée, elle ne peut plus s'arrêter. Sur certains sites, elle trouve d'autres articles avec les mêmes clichés de la voiture, de son mari. Mais d'autres comportent également une photo de sa femme, souriant face caméra. Et ce qui la frappe, en contemplant ce portrait, c'est à quel point Lindsey semble heureuse.

13

Quelque chose se trame, Niall en est sûr. Son collaborateur a l'air préoccupé, et Niall doute que ce ne soit que par les coliques de ses filles. Il repense à leur récente conversation.

Patrick s'était effondré sur la chaise en face du bureau de Niall, l'air à la fois nerveux et exténué, et s'était excusé pour sa piètre prestation lors du rendez-vous client, quelques jours plus tôt. Il avait mis ça sur le compte de son manque de sommeil, admis qu'il avait l'impression de marcher dans le brouillard la plupart du temps.

— Stephanie ne peut pas s'occuper des jumelles ? avait demandé Niall. Je veux dire, elle a quitté son boulot pour rester à la maison avec elles, non ?

Patrick lui avait jeté un regard noir que Niall n'avait pas pris la peine d'interpréter. D'accord, il avait peut-être été un peu raide, et sa propre femme ne l'aurait pas loupé si elle l'avait entendu dire une chose pareille, mais l'agence n'a pas le droit à l'erreur. Or, dernièrement, les performances de Patrick inquiètent son associé. Ils ont construit une jolie affaire ensemble, en quatre ans, et il n'est pas question pour Niall de voir leurs efforts réduits à néant.

— Tu n'as pas idée de ce que c'est, d'avoir des jumelles. Et puis, ton gosse n'a jamais souffert de coliques.

C'était vrai. Niall et Nancy ne projetaient pas de donner un petit frère ou une petite sœur à Henry. Ce dernier avait été un bébé très facile ; du reste, Nancy était restée à la maison pour l'élever et pour permettre à son mari de se concentrer sur son business. Manifestement, les choses se passaient différemment chez Patrick. Mais Niall était frustré de ne rien pouvoir y faire.

Il avait alors décidé de tenter une approche plus diplomatique.

— Tu sais comme tu comptes pour cette boîte, Patrick. On a tous les deux besoin que tu sois au top.

— Je sais, avait répondu Patrick. Je… je vais essayer de trouver une solution.

Et ils en étaient restés là, sans la moindre stratégie pour régler le problème.

À présent, Niall se tient parfaitement immobile au-dessus de sa table à dessin. Il vient d'entendre fuser des éclats de voix : Patrick est au téléphone, manifestement hors de lui. Il l'a très distinctement entendu dire : « Que se passe-t-il ? » Niall tend l'oreille ; trop tard, Patrick a déjà baissé d'un ton. Il se décide à passer une tête dans le bureau de son associé.

— Tout va bien ?

— Oui, oui.

Patrick a l'air désemparé, et semble vouloir le cacher.

— J'ai cru t'entendre t'engueuler avec quelqu'un au téléphone.

— Ah, ça, élude Patrick avec un petit rire. J'étais juste en train de parler avec Stephanie. Les petites pleuraient toutes les deux en même temps et elle n'entendait rien. C'est un peu frustrant, parfois.

— Je comprends, fait Niall avant de rejoindre son bureau.

Il se demande à nouveau s'il y aurait autre chose, quelque chose que Patrick lui cacherait. Mais, après tout, son associé n'est pas le seul à avoir ses petits secrets, songe Niall en se remémorant le corps nu d'Erica étendu sur les draps. Il meurt d'envie de la toucher à nouveau. Erica sait qu'il est marié, et cela ne lui pose pas de souci. Son seul problème, à lui, reste Nancy. Elle ne doit pas le découvrir.

Il a été imprudent avec Anne, voilà tout. Il ne refera pas la même erreur.

Patrick attrape sa veste et quitte le bureau. Il a la sensation que Niall est constamment perché sur son épaule – la dernière chose dont il ait besoin en ce moment.

De toute façon, Patrick est incapable de se concentrer sur quoi que ce soit. Il faut qu'il aille prendre des nouvelles de sa famille. Soudain, rien ne semble plus urgent que de rentrer chez lui pour s'assurer que sa femme et ses enfants vont bien. Il se précipite jusqu'à son Audi, garée non loin de l'agence.

« Je crois vraiment que ta femme et moi pourrions devenir copines. » L'idée lui donne la chair de poule. Penser qu'Erica était assise à quelques mètres de sa femme et de ses enfants quand elle lui a demandé par texto de l'appeler. Elle a deviné qu'il n'était pas prêt à payer et a cherché le meilleur moyen de faire

pression sur lui. Elle pourrait mentir à Stephanie, lui raconter qu'ils ont couché ensemble dans un hôtel quelconque. Erica joue avec lui. Veut lui montrer qu'elle serait capable d'atomiser son existence en un seul claquement de doigts.

Non, Erica veut de l'argent, c'est tout, se raisonne-t-il. Elle n'a pas l'intention de s'en prendre à sa famille.

Patrick sort du parking et roule le plus vite possible en direction de chez lui. Son téléphone bipe. Il jette un coup d'œil sur l'écran : nouveau SMS d'Erica. Instantanément, ses mains deviennent moites sur le volant. Il s'arrête à la première station-service, reste assis un temps, concentré sur sa respiration, puis ouvre le texto. Il a peur d'elle, maintenant. De ce qu'elle peut dire, ou faire. Il l'enverra au diable. Il menacera d'aller voir la police.

Il lit le message.

Il faut qu'on se voie. Maintenant.

Patrick déteste son ton péremptoire. Il a envie de lui dire d'aller se faire foutre.

Je ne peux pas. Je suis occupé.

La réponse ne se fait pas attendre.

Je serai dans le parc au pied du Skyway Bridge d'ici vingt minutes.

C'est la merde. La merde totale. Il donne un coup sur le volant, sent la douleur irradier de sa main jusqu'à son coude. Que faire maintenant ? Le chantage, c'est nouveau pour lui. Quelles sont ses options ? Il pourrait appeler les flics, leur dire qu'Erica le menace et traque sa femme et ses enfants. La police irait la cueillir au parc. Mais que se passerait-il ensuite ?

Nouveau message :

Il y a quelque chose que tu dois savoir.

À peine l'a-t-il lu qu'il sait qu'il sera au rendez-vous.

14

Erica repose son téléphone et se regarde dans le rétroviseur. Elle est à peu près sûre que Patrick va venir, et elle veut paraître à son avantage. Elle détache sa queue-de-cheval, se passe un coup de brosse, remet du rouge à lèvres. Elle s'en tire bien mieux que l'épouse actuelle de Patrick. Ce n'est pas la faute de Stephanie, qui a dû être très séduisante. Mais elle vient d'accoucher et Erica est bien placée pour savoir qu'il faut du temps pour s'en remettre.

Elle repense justement à son fils, qu'elle est allée voir avant de quitter Denver pour emménager à Newburgh. C'était la première fois depuis sa naissance. Elle avait besoin d'une photo récente. Elle a espionné les abords de la maison et suivi la famille à distance un jour qu'ils se rendaient au parc. Par chance, le garçon ressemble beaucoup à son père. Erica a pu prendre un beau cliché, l'imprimer et le glisser dans son portefeuille.

Tout est prêt : Erica se gare, marche jusqu'au fleuve et s'assoit sur un banc facilement repérable. Elle sait exactement par quoi elle va commencer.

Pour tuer le temps, Patrick roule au hasard. Il n'a aucune envie de garer sa voiture au bureau et d'en repartir à pied, d'autant que Niall risque de se demander ce qu'il trafique. Il ira jusqu'au pont et stationnera à côté.

Le moment venu, il descend vers la rivière, le corps raidi par le stress. Un petit parc a été aménagé au pied de la passerelle qui traverse l'Hudson, en face des monts Catskill. Stephanie et lui aiment s'y asseoir pour admirer la vue en dégustant une glace. Ce plaisir lui sera interdit, maintenant : Erica vient de le souiller à jamais.

Il la voit tout de suite, dès qu'il entre dans le parc, assise sur un banc et regardant le fleuve. Erica n'a pas besoin de guetter son arrivée, comme si elle savait qu'il allait la rejoindre, aussi obéissant qu'un toutou. Patrick enrage. Il lui a dit qu'il ne lui donnerait rien. Que veut-elle, encore ?

En automate, il se dirige vers le banc, s'y assoit. Mais il ne peut pas se résoudre à regarder sa tortionnaire et préfère s'en tenir au spectacle du fleuve, comme elle. Tels deux espions en rendez-vous, faisant semblant de ne pas se connaître. Tout cela est au-delà du réel.

— Je suis contente que tu aies pu venir, commence Erica.

Patrick se décide enfin à lui faire face. Elle a l'air si innocente – avec son joli teint, ses cheveux blonds, ses yeux bleus et son sourire serein. Presque angélique. Il n'est pas dupe. Un flash lui revient, un souvenir charnel, très graphique.

— Je ne sais pas comment te faire rentrer ça dans la tête, annonce Patrick après avoir rassemblé tout son courage. Je n'ai pas peur de toi. On ne va rien te donner. C'est la dernière fois qu'on se voit.

Erica se contente de lui sourire.

— Tu sais que le chantage est un délit ? Si tu ne lâches pas l'affaire, j'appelle la police.

— Je doute sérieusement que tu le fasses. Pas quand tu auras entendu ce que j'ai à dire.

— Qu'est-ce que tu as à dire, hein ? crache Patrick, dépassé par la colère. Qu'est-ce qui te fait croire que tu pourrais demander aux flics de rouvrir un dossier classé ? C'était un accident, bordel ! Tout le monde le sait. Tu ne pourras rien y changer, quand bien même tu le voudrais de toutes tes forces. On n'a jamais soupçonné autre chose !

— Mais la police ne sait pas tout. Elle ne sait pas que tu avais un mobile.

— Un mobile ? Quel mobile ? Tu n'es pas sérieuse !

— Oh que si, tout ce qu'il y a de plus sérieuse, répond Erica, la voix basse.

Patrick n'en croit pas ses oreilles. À présent, son cœur bat à tout rompre.

— Tu ne peux pas sérieusement t'imaginer que j'ai assassiné ma femme enceinte à cause d'une liaison sans conséquences ! Personne ne te croira.

Il s'est forcé à baisser le ton, mais il sait que la détresse pointe dans sa voix. Il faut qu'il se calme, qu'il lui dissimule son agitation.

— Peut-être pas si dépourvue de conséquences, cette liaison…

Ce ton malicieux lui glace le sang. Et si Erica parvenait vraiment à présenter les choses à sa façon ?

— Salope, éructe-t-il. Putain de menteuse. C'est ta parole contre la mienne.

Erica sort son portefeuille de son sac à main et en extrait une photo.

— Ce que tu ignores, c'est que j'ai eu un bébé. De toi.

Elle lui montre le portrait d'un nouveau-né sous un bonnet de laine bleue. Horrifié, Patrick baisse les yeux sur la photo, avant de relever vivement la tête. Il n'arrive même pas à comprendre ce qu'elle dit ; ce doit être un autre mensonge.

— Quoi ? balbutie-t-il. C'est impossible.

— Comment ça, impossible ? On a couché ensemble, non ? Et c'était si bon... Tu dois bien t'en souvenir, ajoute-t-elle en se penchant vers lui.

Patrick a un mouvement de recul.

— Tu mens. Tu n'as jamais eu de bébé.

— Qu'est-ce que tu en sais ? Tu t'es barré du Colorado aussi vite que tu as pu. Environ huit mois après l'enterrement, j'ai donné naissance à un beau petit garçon.

— Ce n'est pas le mien.

— Bien sûr que si.

— Tu ne peux pas le prouver, dit-il avant de prendre conscience de l'énormité de sa phrase.

Bien sûr qu'elle peut le prouver – elle peut le forcer à se soumettre à un test de paternité. Patrick se sent presque englouti par la terreur.

— Il a 9 ans aujourd'hui.

Erica range la photo du bébé dans son portefeuille et en fait apparaître une autre, qu'elle lui tend.

Il s'en saisit à contrecœur : un garçon aux cheveux bruns et au sourire édenté, adorable. L'angoisse de Patrick est à son comble. Le petit lui ressemble trait pour trait au même âge.

Secoué, il s'éloigne d'Erica. C'est la pire nouvelle qu'il pouvait recevoir. Un fils de 9 ans. Avec cette garce menteuse et manipulatrice. Bien sûr, il n'est peut-être pas le père, mais il sait que c'est possible. La chronologie colle. La photo est convaincante.

— Pourquoi tu ne me l'as pas dit à l'époque ?

Erica se replonge dans la contemplation du fleuve.

— J'avais peur. Après la mort de Lindsey, je me suis dit, et je le pense encore, que tu l'avais tuée pour qu'on puisse être ensemble. On en avait discuté, tu t'en souviens ?

— Non, répond Patrick en secouant la tête, incrédule. Qu'est-ce que tu racontes, enfin ?

Ils n'avaient jamais parlé de ça. Ce n'était que du sexe.

— On avait parlé de se mettre ensemble, élabore Erica. Pas de la tuer. Je pensais que tu songeais au divorce.

Patrick entend un bourdonnement dans sa tête. Le souffle lui manque.

— Non, on n'a jamais parlé de ça, articule-t-il, consterné. Tu inventes !

— Facile de dire ça maintenant, lance Erica en le foudroyant du regard.

Patrick est tétanisé.

— J'ai pensé que tu l'avais tuée pour être avec moi. Ça m'a fait quelque chose. Ça m'a vraiment retourné la tête. Et je venais de perdre ma meilleure amie. Je ne pouvais pas mc regarder dans la glace. Tu imagines ma culpabilité ?

Elle a l'air si convaincante, pense Patrick en écoutant Erica parler. N'importe qui pourrait la croire.

Un jury pourrait la croire. Il avale sa salive et déclare, la voix déformée par l'effroi :

— Je ne l'ai pas tuée, c'était un accident et tu le sais ! Tu inventes. Tu ne t'es jamais sentie coupable.

Erica tourne vers lui ses grands yeux candides.

— Mais je ne te crois pas, vois-tu. Et cette culpabilité m'a pesé pendant toutes ces années.

— Arrête tes conneries ! Pourquoi tu aurais attendu aussi longtemps ? Tu n'es réapparue que parce que tu avais besoin de fric ! Ça va sauter aux yeux de tout le monde.

— J'étais jeune, et idiote, et j'avais peur, après ce qui s'était passé. Peur qu'on me croie complice. Et puis je venais d'apprendre que j'étais enceinte de toi. J'avais même peur de ce que tu aurais pu me faire, à moi, parce que je savais ce que tu avais fait à Lindsey. Je savais que tu étais malin… Tu avais quand même réussi à t'en tirer alors que tu avais commis un meurtre.

Le pire, constate Patrick, les poings serrés, *c'est qu'elle a l'air de croire à ses mensonges*. Il se force à se calmer pour ne pas l'étrangler.

— Donc je suis partie, poursuit Erica, et j'ai accouché. Mais je ne suis plus une gamine, maintenant. J'ai eu du temps pour réfléchir. J'ai des atouts, et je compte les utiliser. Et surtout, je n'ai plus peur de toi.

— Ah bon ? Tu devrais peut-être.

Patrick n'avait pas l'intention de la menacer, mais cela lui a échappé.

Erica le fixe un long moment, comme si elle venait de prendre toute sa mesure.

— Peut-être que je devrais, en effet.

— Alors, où est-ce que tu veux en venir ? Tu veux une pension alimentaire, c'est ça ? Pourquoi tu ne l'as pas dit, bordel ! On aurait trouvé une solution. Ce n'était pas la peine d'inventer toutes ces conneries sur la mort de Lindsey.

— Je n'invente rien, Patrick. Je dis juste la vérité.

— Tu ne racontes que de la merde, lâche-t-il, acide.

— Je pense que les flics seront contents d'avoir connaissance de tous les éléments du dossier, tu ne crois pas ?

Ils se défient du regard.

— Je te l'ai dit, assène Patrick, on ne va pas te verser un centime. Stephanie est au courant de tout, elle sait que je ne ferais jamais de mal à personne, et elle ne lâchera pas son argent comme ça.

Il inspire bien, expire.

— Écoute, ajoute-t-il en essayant de contenir sa fureur. Un enfant, c'est autre chose. S'il est de moi, et que tu peux le prouver, je te verserai une pension alimentaire. Sur mon salaire.

— Tu vas parler à ta femme de notre fils ?

Notre fils... Patrick est assommé par ces deux mots. Il réprime la réponse qui lui vient spontanément et rétorque :

— Oui, je vais tout lui dire.

La jeune femme ricane. Il l'ignore et tente, en désespoir de cause :

— Je ne comprends pas pourquoi tu fais ça. Je n'ai pas tué Lindsey, pas délibérément. Et même si je voulais te payer, je n'aurais pas l'argent – pas sans l'accord de Stephanie, et elle n'acceptera jamais.

— Tu vas devoir trouver une solution. J'ai besoin de 200 000 dollars. En espèces.

Patrick écarquille les yeux.

— Je ne crois pas, non. Une bonne fois pour toutes : je ne l'ai pas assassinée. C'était un accident !

Erica attend qu'il se calme.

— Si ta femme était morte, tu ne manquerais pas d'argent, affirme-t-elle froidement.

Patrick la regarde, éberlué, et le silence se prolonge.

— Tu n'es quand même pas en train de me suggérer de tuer ma femme ? demande-t-il enfin à mi-voix.

— Tu l'as déjà fait. Ne me dis pas que tu n'y as pas pensé.

— Tu perds la tête, fait-il en serrant de nouveau les poings. Tu n'es qu'une putain de psychopathe.

— Entre psychopathes, on se reconnaît, n'est-ce pas ?

Il en reste muet d'horreur.

— Si elle devait être victime d'un accident fatal, cela nous faciliterait les choses à tous les deux, reprend-elle après un moment.

Sonné, Patrick ne l'a toujours pas quittée des yeux.

— Ne t'approche plus d'elle ou j'appelle la police, parvient-il enfin à prononcer d'une voix qui tremble de rage et de terreur.

— Non, tu n'en feras rien.

Le silence retombe, en lui laissant tout le loisir de prendre conscience de l'horreur de la situation.

— Tu as touché l'argent de l'assurance-vie, fait-elle après un temps. Quoi ? Tu pensais que je n'étais pas au courant ? 200 000 dollars. Une belle petite somme pour un gars d'à peine 20 ans. Suffisante pour s'installer à New York et repartir de zéro. Suffisante, qui sait, pour lancer une affaire…

— Espèce d'ordure, murmure Patrick, le visage déformé par la haine.

— Ce détail intéressera la police, tu ne crois pas ? Et ils seront aussi intéressés par nous deux.

— Comment as-tu su pour l'assurance-vie ?

— Dis-moi, poursuit Erica sans répondre, qui peut bien avoir l'idée de placer une si grosse somme dans l'assurance-vie d'une jeune épouse en pleine santé ?

— On attendait un enfant, proteste furieusement Patrick. Mon père travaillait dans les assurances. Il a toujours dit qu'une nouvelle famille devait contracter une assurance-vie.

— Je vois.

Patrick essaie de reprendre le contrôle, de retrouver son calme.

— Écoute, si tu dis la vérité sur le gosse, je vais trouver une solution. Mais ne t'approche pas de ma femme.

Erica garde le silence. Elle se lève, tourne le dos et s'éloigne.

Patrick la regarde partir, la boule au ventre. Elle a réussi à le placer entre le marteau et l'enclume.

15

Les jumelles font la sieste et Stephanie est allongée sur son lit, dans la pénombre de la chambre à coucher. Même épuisée, elle est incapable de s'endormir. Son cerveau tourne à plein régime. Elle revoit les photographies – la voiture presque ensevelie sous la neige, la jeune brune souriante, son mari plus jeune, dévasté. Tout cela appartient au passé, mais pour elle, cela vient d'arriver. Dire que les informations étaient déjà là, depuis tout ce temps, sans qu'elle en sache rien. Sur Internet, et dans l'esprit de Patrick. *J'y pense encore, crois-moi. Tous les jours*. Aujourd'hui, Stephanie se demande : a-t-elle encore d'autres choses à découvrir sur son mari ?

Elle n'a jamais voulu le harceler au sujet de la mort de sa première femme. Elle savait qu'il s'agissait d'un accident impliquant une voiture, mais rien de plus. Elle avait senti qu'il était réticent à en parler, et elle avait respecté sa volonté. Un jour, il le ferait, elle en était sûre. Quand il serait prêt.

Patrick ne lui avait jamais dit qu'il avait trompé Lindsey. Pourquoi l'aurait-il avoué ? Elle possède si peu d'informations sur sa vie d'avant. À quoi ressemblait son mariage ? Devrait-elle lui poser la question ? Elle veut tout savoir, maintenant. Son précédent mariage présage-t-il quelque chose du leur ? Patrick va-t-il la tromper, elle aussi ?

Stephanie repense à sa rencontre au parc avec Erica – combien elle était séduisante, combien elle devait être irrésistible, à l'époque où Patrick couchait avec elle. Elle en vient à regretter de ne pas avoir su dès le début que cette femme avec qui elle papotait à côté du bac à sable avait été la maîtresse de son mari. Elle lui aurait posé des questions. Erica doit savoir des choses sur son époux que Stephanie ignore.

Mais elle en veut à Patrick de les avoir mis dans une telle situation. Il n'aurait jamais dû être infidèle à Lindsey. Qui sait ce qu'Erica pourrait raconter ? Dans le climat actuel, les gens semblent prêts à croire tout ce qu'on leur dit – plus l'accusation est sérieuse, plus l'opinion est crédule.

Stephanie se retourne dans son lit, nauséeuse. Les médias vont se jeter sur cette histoire. Une relation extraconjugale, un meurtre déguisé en intoxication, du chantage… Ils n'auront plus jamais la paix. Même après qu'ils auront prouvé, une nouvelle fois, qu'il s'agissait d'un accident, l'outrage restera. Tout le monde saura que son mari a trompé sa première femme, et dans quelles circonstances elle est morte. Leurs filles grandiront en étant les filles de *cet homme-là*, si tristement célèbre.

Comment parviendra-t-elle à pardonner à Patrick ? Jusqu'alors, Stephanie n'avait jamais éprouvé de ressentiment envers son mari – elle n'a jamais eu de raison de le faire. Elle sait que le ressentiment peut empoisonner un mariage, voire le détruire. Elle ne veut pas que ça leur arrive. *C'était il y a longtemps*, se répète-t-elle en boucle. Il ne va pas la tromper elle, il n'oserait pas. Après tout, c'est elle qui a l'argent.

Niall referme la porte de son bureau et dégaine son portable pour appeler Erica. Cela fait deux jours qu'ils ont couché ensemble, et il ne peut pas se sortir la jeune femme de la tête. Il a hâte de la revoir.

— Salut, Niall.

Rien qu'à entendre sa voix sexy, il se sent submergé de désir.

— Il faut que je te voie, glisse-t-il dans l'écouteur. Mais… dans un lieu discret.

— Tu pourrais venir chez moi, si ça ne t'embête pas de conduire, suggère-t-elle.

— Au contraire, répond-il avant de noter l'adresse.

Ils prennent rendez-vous le soir-même, après le travail. Maintenant, Niall doit appeler sa femme.

— Salut chérie, dit-il après avoir pris une longue inspiration.

— Qu'est-ce qui se passe ?

— Je suis vraiment désolé, mais je dois aller visiter un chantier après le boulot. Encore des soucis à régler.

— Ah.

Niall perçoit la déception dans sa voix. C'est vendredi, le jour où elle compte sur son mari pour rentrer à une heure raisonnable.

— Combien de temps je vais devoir t'attendre ?

— Je ne sais pas trop. Deux ou trois heures, sans doute. Ça dépend de comment ça se passe.

Quand Patrick rentre du travail, épuisé et sous le choc, il trouve son épouse dans un état presque aussi pitoyable, un bébé dans les bras qui lui agrippe les cheveux, l'autre dans le parc.

— Coucou, fait-elle, les traits tirés par l'inquiétude.

Devrait-il tout lui dire maintenant ? Révéler à Stephanie l'existence de ce petit garçon ? Et si Erica bluffait ? Peut-être que rien n'est vrai. Patrick prend Jackie des bras de sa femme et se penche au-dessus du parc pour embrasser Emma. Il sait que Stephanie veut aller voir la police, surtout après ce qu'il s'est passé au parc le matin même. Mais si Erica a bel et bien eu un enfant de lui, le tableau, quoi qu'il en dise, ne sera pas à son avantage. Il ne pourra plus nier qu'il a entretenu une liaison avec la jeune femme. Non, la police doit rester en dehors de tout cela, en tout cas pour l'instant.

Patrick a besoin de temps pour étudier la question posément – il n'est même pas sûr que légalement Erica ait la possibilité de faire rouvrir l'enquête. Il ne s'agit peut-être que de menaces en l'air, auquel cas il serait en train de paniquer pour rien. Il n'y a peut-être pas d'enfant. Mais comment le savoir ? Il faudrait être complètement idiot pour accepter de se soumettre à un test de paternité, car… – et si elle disait vrai ?

Stephanie sort Emma du parc, et mari et femme s'affalent sur le canapé, chacun un bébé sur les genoux.

— Des nouvelles ? s'enquiert anxieusement Stephanie.

Patrick secoue la tête, évitant le regard de sa femme en jouant à « coucou, caché ! » avec Jackie. Il ne veut pas lui parler de l'entrevue du parc.

— Je pense qu'on devrait aller voir la police…, avance-t-elle, hésitante.

— Non. Pas maintenant. Je pense qu'elle bluffe. Je ne veux pas la mettre en rogne. Elle va peut-être laisser tomber d'elle-même.

— Regarde-moi, Patrick, fait Stephanie, obligeant enfin son mari à tourner la tête vers elle. Je ne pense pas qu'elle abandonnera comme ça. Tu as couché avec elle. Elle peut raconter ce qu'elle veut à partir de là, inventer tous les mensonges du monde sur votre liaison et sur ta relation avec ta première femme. Elle a carte blanche.

Patrick sent la sueur couler entre ses omoplates.

— Quelqu'un d'autre est au courant… que tu as couché avec elle ?

Patrick relève la tête et ouvre les yeux.

— Non, répond-il, catégorique.

Il ne peut pas se résoudre à lui parler de l'enfant, pas tant qu'il n'aura pas eu la certitude que cet enfant existe. Patrick se répète qu'Erica ment, et parvient presque à s'en convaincre.

— Est-ce que… Est-ce que tu étais heureux dans ton premier mariage ? hasarde Stephanie – comme si elle ne le croyait pas, comme si elle avait des doutes.

— Stephanie, dit Patrick en se rapprochant de sa femme, oui, j'aimais Lindsey. Nous nous disputions un peu, mais parce que nous étions jeunes et fauchés. C'est tragique, ce qui lui est arrivé.

Puis il change de ton, se fait pressant :

— Il ne faut plus que tu t'approches d'Erica, Stephanie. C'est une menteuse, une femme aigrie, et elle est très maligne.

— Je sais, soupire Stephanie, c'est bien ce qui me fait peur. Si c'est ta parole contre la sienne, qui croira-t-on ?

Nancy s'affaire dans la maison en gardant un œil sur l'application Tesla. À 17 heures, elle voit la voiture de son mari se déplacer sous la forme d'un petit point bleu sur l'écran de son téléphone. Elle va s'asseoir sur le canapé et observe ce point bleu aussi intensément que si sa vie en dépendait. Peut-être Patrick se rend-il vraiment sur un chantier. Elle regrette de ne pas savoir où se trouvent tous leurs projets. Il ne doit pas y en avoir tant que ça. Comment a-t-elle pu être si peu attentive ?

Le point bleu s'engage sur la nationale, direction Newburgh. Nancy n'a jamais entendu son mari évoquer le moindre chantier dans ce coin. Elle décide d'amener Henry chez sa mère, au prétexte d'une invitation de dernière minute à un dîner avec des clients de Niall.

Elle réunit quelques affaires et annonce à son fils qu'il va rendre visite à mamie. Après l'avoir déposé en vitesse, elle remonte dans sa voiture et contrôle l'application. Le point bleu est immobile, à présent. Devant le 884 Division Street.

Un jeu d'enfant. Elle entre l'adresse dans son GPS. Vingt-cinq minutes plus tard, elle arrive devant un petit immeuble d'habitation. *Chantier, mon cul !* Un problème persiste : comment va-t-elle trouver le bon appartement ?

Nancy se gare sur le trottoir d'en face et descend de sa voiture. Alors qu'elle se dirige vers l'immeuble, elle aperçoit l'étincelante Tesla de son mari garée dans le parking attenant. *L'enflure.*

Elle s'approche de son petit bijou tant aimé, tenaillée par le désir de l'abîmer. Il n'y a personne alentour, elle pourrait utiliser la pointe d'une clé pour l'érafler. Niall ne saura jamais que c'était elle. Peut-être que si elle s'en prenait à la carrosserie de la Tesla chaque fois que son mari venait ici, il arrêterait. Mais Nancy se contente d'ouvrir la portière avant avec le double de la carte qui fait office de clé – à vrai dire, elle n'a même pas besoin de la sortir de son portefeuille, la voiture semble l'avoir détectée.

Elle reste assise derrière le volant un moment, haletante, la gorge nouée. Le véhicule s'est allumé tout seul. Nancy étudie le tableau de bord, puis presse le bouton de navigation. Elle voit s'afficher sur l'écran toutes les adresses récemment entrées dans le GPS. Dont celle-ci… avec le numéro d'appartement en prime. *Bingo*. Numéro 107. Avec son téléphone, Nancy prend en photo l'adresse sur le moniteur, puis elle sort de la voiture, claque la portière, prend une autre photo – la Tesla sur le parking, avec l'immeuble en arrière-plan – et se dirige vers l'entrée. À l'intérieur, son coureur de mari est en train de coucher avec une autre femme, et elle est bloquée en bas devant une porte close. Elle passe en revue la liste des occupants de l'immeuble. Le voilà : Appartement 107 – E. Voss.

Au moins, elle sait, maintenant. Elle photographie la liste.

Que faire, à présent ? Rester plantée ici en attendant que Niall sorte ? Lui faire une scène ? Patienter dans sa voiture ? Rien que pour voir la tête de son mari la découvrant assise sur le siège passager, l'idée la tente. Ou alors, devrait-elle se cacher et profiter du départ de Niall pour aller sonner à l'interphone de cette E. Voss ? A-t-elle seulement envie de voir à quoi elle ressemble ?

Nancy n'arrive pas à se décider. Finalement, elle regagne sa voiture en ravalant ses larmes. Elle a dit à sa mère qu'elle passerait chercher Henry tard. Elle n'a pas envie d'être à la maison quand son mari rentrera ; elle a besoin de se calmer. De guerre lasse, elle décide de rouler vers Aylesford et d'aller voir un film.

Et la voilà, seule au cinéma un vendredi soir. Dans l'obscurité de la salle, elle essuie ses larmes sans quitter des yeux l'application Tesla. Bientôt, le point bleu s'engage sur la nationale, revient vers le domicile conjugal, s'immobilise.

Espèce d'ordure.

Elle lui envoie un texto.

Je suis au cinéma avec une copine. J'irai chercher Henry chez ma mère sur le chemin du retour.

16

Cette nuit-là, tandis qu'il essaie avec son épouse d'endormir les petites, Patrick cogite ; il a besoin de savoir à quoi il a vraiment affaire. Il faut qu'il en ait le cœur net.

Hagard, il marche dans le salon, un bébé hurlant dans les bras. Stephanie et lui ont renoncé à essayer de se parler par-dessus les pleurs ; de toute façon, ils n'ont plus rien à se dire. Maintenant, ils cohabitent, chacun de son côté, enveloppé dans sa détresse.

Patrick repense à ses jeunes années dans le Colorado. Lindsey et lui venaient de se marier, ils attendaient leur premier enfant. Ils avaient emménagé à Creemore, une petite ville dortoir, afin que Patrick puisse faire un stage à Denver. Là-bas, il avait fait la connaissance de Greg Miller, un autre stagiaire de l'agence Wright & Fraser, et ils avaient commencé à travailler, sortir et boire ensemble. Erica et Lindsey, qui s'étaient rencontrées dans un cours de photo, étaient devenues très proches, alors qu'elles semblaient avoir très peu en commun. Lindsey se languissait de son Grand Junction natal et mettait toute son énergie dans les préparatifs pour l'arrivée du bébé ; Erica travaillait à mi-temps dans une pharmacie en rêvant de mieux.

Pour Patrick, il s'agissait avant tout d'arriver à garder la tête hors de l'eau. Il venait d'obtenir sa première vraie opportunité dans un cabinet d'avocats, devait subvenir aux besoins de sa femme et de leur bébé à naître. Cette nouvelle vie demandait de sa part de constants ajustements, et il ignorait ce que lui réservait l'avenir. Il n'avait pas prévu de se marier et de fonder une famille si jeune. Et puis un soir, au bar, Erica avait commencé à le regarder de l'autre côté de la table, et ses yeux s'étaient égarés, puis ses pensées, et il avait trompé Lindsey.

Et maintenant, il en paie le prix.

Il a perdu le contact avec Greg. Ils travaillaient ensemble mais n'étaient pas assez proches pour que Patrick se sente libre de lui parler de son histoire avec Erica. Il s'en félicite aujourd'hui. Patrick se demande, alors qu'il tente d'apaiser Jackie qui s'époumone, écarlate, s'il devrait essayer de retrouver Greg. Il l'a déjà recherché sur Internet ; il sait qu'il vit à Denver. Il connaît le nom de son agence et son numéro. Greg pourrait-il être au courant qu'Erica a eu un fils ? Patrick devrait-il lui raconter le supplice qu'elle lui fait subir ? Ou bien ferait-il mieux d'engager un détective privé ?

Patrick ne doute pas que Greg serait choqué par le comportement d'Erica. Il se rangerait du côté de son ancien collègue. Greg avait été très présent après l'accident. C'est lui que Patrick avait appelé, juste après avoir contacté les urgences… Mais peut-être est-il préférable de limiter au maximum le nombre de gens au courant de cette affaire. Patrick retourne le problème dans sa tête pendant de longues heures. Quand vient le moment où il peut laisser Stephanie aux commandes et enfoncer sa tête dans l'oreiller, il a pris sa décision, malgré ses craintes : il va appeler Greg.

Stephanie est assise sur le canapé, en train de donner le sein aux jumelles ; elles vont s'endormir d'un moment à l'autre, et elle pourra enfin rejoindre son lit. Elle est si fatiguée qu'elle n'arrive pas à penser clairement, ni à assumer les tâches les plus rudimentaires. Elle se rappelle sa visite chez la pédiatre… Quand était-ce ? Il y a quelques jours ? Et maintenant… Comment est-elle censée encaisser les révélations sur le passé de son mari, et cette femme qui les menace ?

Elle voit bien que Patrick a peur d'Erica. Encore plus depuis la veille. Qu'est-ce qui a changé ? L'incident du bac à sable ? Celui des courses au supermarché ? Ou quelque chose d'autre qu'il ne veut pas lui dire ?

Patrick a assuré à son épouse que son premier mariage était heureux. Mais alors… pourquoi avoir couché avec la meilleure amie de sa femme ?

Le lendemain, c'est samedi. Leur jour de la semaine préféré, d'habitude. Patrick fait des pancakes et ils paressent avec les petites comme ils le font toujours, mais ce samedi est totalement différent du précédent. Tant de choses ont changé depuis qu'Erica s'est présentée à l'agence.

En milieu de matinée, profitant d'une brève sieste des jumelles, Stephanie annonce à Patrick qu'elle part faire quelques courses et ce dernier s'enferme dans son bureau à l'étage. Il allume son ordinateur.

La maison est silencieuse. Que faire : appeler Greg ou lui écrire un mail ?

Rien de tel qu'un contact direct. Patrick compose son numéro.

— Allô ?

Malgré la distance et les années, Patrick reconnaît immédiatement cette voix. Il ne s'attendait pas à ce qu'elle lui paraisse si familière. Les deux hommes pourraient tout à fait être en train de se parler au téléphone dans le Colorado, comme ils le faisaient si souvent, il y a dix ans. Une myriade d'émotions ensevelies rejaillit à la surface, lui ôtant momentanément la parole. Au point que Greg doit répéter :

— Allô ?

— Patrick Kilgour à l'appareil, répond enfin Patrick en essayant d'avoir l'air décontracté.

Il guette la réaction de son ancien collègue. Un silence, qui semble indiquer la surprise. Mais bien sûr, il ne peut être que surpris, après toutes ces années sans nouvelles.

— Patrick ! Merde alors ! Ça fait des siècles !

Il semble sincèrement ravi, et Patrick se sent soulagé. Il ne savait pas à quoi s'attendre. Erica l'avait peut-être contacté après les obsèques. Ou même plus récemment…

— Je sais, ça remonte. Comment tu vas ?

— Très bien. Et toi ? J'ai vu que tu as lancé ta boîte il y a quelques années. Ça marche ?

— Je ne peux pas me plaindre. Et toi, ta famille ?

En faisant ses recherches, Patrick a appris que Greg était marié, père d'une petite fille et d'un petit garçon.

— En pleine forme. Et toi ?

— Marié avec deux jumelles de 4 mois.

— Des jumelles ! Mon Dieu. C'est comment ?

— Oh, tu sais… l'enfer.

Les deux hommes éclatent de rire.

— Tu viens à Denver ? demande Greg.

Patrick est aussitôt sur le qui-vive. Pourquoi son vieux copain s'attend-il à ce qu'il revienne dans le Colorado ?

— Non, pourquoi ?

— Je ne sais pas, je me suis dit que c'était la raison de ton appel.

— Non, je n'ai pas prévu de venir. Mais… on ne sait jamais.

— Alors, quoi de neuf ? C'est super d'avoir de tes nouvelles, mais qu'est-ce que je peux faire pour toi ?

La main de Patrick transpire sur le combiné. Son regard se dirige vers la porte de son bureau, soigneusement fermée. Peut-il faire confiance à Greg ? L'homme a toujours été honnête, transparent sur ses motivations et sur ses intentions. Mais lorsqu'il se jette à l'eau, Patrick a l'impression de plonger du haut d'une falaise.

— Tu te souviens d'Erica ?

Drôle de silence à l'autre bout du fil.

— Oui, bien sûr, finit par répondre Greg.

Rien d'autre. Patrick se tend. Sait-il quelque chose ? Et si oui, quoi ?

— Tu es en contact avec elle ?

— Non. Je l'ai perdue de vue après… après tout ça.

Patrick ferme les yeux. Cette conversation est difficile.

— Je suis désolé d'avoir disparu comme ça…

— Ne t'excuse pas, dit Greg à voix basse. C'était une période effroyable. Je ne sais pas comment tu as fait pour surmonter tout ça.

— Merci.

— Pourquoi est-ce que tu me parles d'Erica ?

Patrick marque une pause, hésite.

— Elle est venue vivre ici. À Aylesford.

— Vraiment ? fait Greg, stupéfait. Pourquoi ?

Patrick est incapable de trouver ses mots, et le silence s'épaissit.

— Elle a été un peu dure avec toi le jour de l'enterrement, ajoute Greg.

— C'était ma faute, lâche Patrick. C'était un accident, mais je suis coupable. J'aurais dû… j'aurais dû y penser.

Il a la bouche sèche, l'aveu coincé dans la gorge.

— Enfin bref, elle est là, maintenant. Et elle délire complètement.

— Comment ça ?

— Elle affirme qu'on avait une aventure, soupire Patrick. Que je voulais me débarrasser de Lindsey pour pouvoir être avec elle. Elle dit que j'ai tué Lindsey. Intentionnellement.

Patrick laisse passer quelques secondes.

— Tu vois, conclut-il. Du délire.

— C'est vraiment dément, oui, acquiesce Greg, manifestement choqué.

— Tu l'as dit.

— Bon Dieu.

— Je crois qu'elle est en train de péter un plomb. Elle a l'air… différente.

— Je ne saurais pas te dire. Je ne l'ai pas vue depuis longtemps. Elle a déménagé et on a perdu contact.

Puis il ajoute :

— Bon sang, Patrick, bien sûr que c'était un accident. Ça a été classé comme tel, et je n'en ai jamais douté.

Patrick peut enfin respirer librement. Sauf qu'après un long silence Greg reprend, gêné :

— Je n'imagine pas un instant que tu aies délibérément fait du mal à ta femme, Patrick. Mais…

— Mais quoi ?

— Erica, avant de partir… elle a dit qu'elle était enceinte. De toi.

17

Patrick sent son pouls accélérer. Il aimerait tellement être en train de rêver. Il peut entendre l'interrogation dans la voix de son interlocuteur : Greg veut savoir si les allégations d'Erica sont vraies. Peut-être même que la question le taraude depuis toutes ces années.

— Tu es sûr à 100 % qu'elle était enceinte ? demande Patrick.

— Je ne suis sûr de rien, admet Greg en soupirant. Elle m'a dit que j'étais le seul à être au courant. Elle mentait peut-être. Mais, à l'époque, je l'ai crue. Elle est partie peu de temps après. Je n'ai aucune idée de l'endroit où elle est allée.

— Elle essaie de me faire chanter, Greg. Elle espionne ma femme et mes enfants. Je pense qu'elle est déséquilibrée. J'ai peur que… j'ai peur qu'elle devienne dangereuse.

— Mon Dieu. Tu devrais peut-être aller voir les flics.

Patrick devine que Greg a envie de savoir.

— J'ai couché avec elle, c'est vrai. Plusieurs fois. On avait bu. Tu sais comment elle était. Mais ça n'a jamais été sérieux. En tout cas, pas de mon côté.

Silence dans l'écouteur.

— OK, dit enfin Greg. Je n'étais pas sûr.

— Mais sur tout le reste… elle délire. C'était juste quelques coups d'un soir. J'aimais Lindsey. Je ne lui aurais jamais fait de mal délibérément, déglutit Patrick.

— Je sais.

— J'ignore comment elle s'est débrouillée, mais elle a su que ma femme avait hérité d'une grosse somme. Elle veut qu'on achète son silence, prétend qu'elle peut retourner dans le Colorado et dire à la police que j'avais un mobile. Ça n'a pas de sens ! s'écrie-t-il en se passant une main nerveuse dans les cheveux. Tu… tu crois qu'on a le droit de faire ça ?

— Je ne sais pas, concède Greg, mal à l'aise. Mais je pense que tu vas devoir demander l'aide d'un professionnel, mon vieux.

Patrick n'a pas eu de nouvelles d'Erica depuis leur rendez-vous au parc de Skyway. Son silence l'inquiète. Il sait qu'elle n'est pas partie ; elle attend son heure. Elle veut que la peur s'empare de lui, elle veut voir ce qu'il va faire, s'il pourrait influencer sa femme.

Le dimanche après-midi, une fois les petites de nouveau couchées pour la sieste, Patrick s'assure que Stephanie est au lit et lui annonce qu'il doit se rendre au bureau pour avancer sur quelques dossiers en souffrance. Puis il monte dans sa voiture, sauf qu'au lieu de se diriger vers le centre-ville il prend la nationale jusqu'à Newburgh. Il sait où habite Erica : il a vu son adresse sur le CV qu'elle a laissé à l'agence.

Patrick ne sait pas trop ce qu'il a en tête ; il est trop épuisé pour penser rationnellement. Il sent simplement qu'il doit faire quelque chose, renverser la

s'est rendu jusque chez Erica et y a vu, par la fenêtre, son sac à main disparu.

Il n'a donc pas du tout été au bureau, pense-t-elle.

— Pourquoi est-ce qu'elle fait ça ? demande Stephanie d'une voix aiguë.

Cette sorcière est entrée chez eux. Elle a volé son sac, ses papiers d'identité. Stephanie sent monter en elle une angoisse incontrôlable. Des gens peuvent voler vos papiers d'identité et ruiner votre vie entière. Elle est à la merci de cette folle, et c'est la faute de son mari.

— Il y a quelque chose d'autre que tu dois savoir, commence prudemment Patrick.

Stephanie lui jette un regard effrayé.

— Elle couche avec Niall.

Elle en reste muette. Il ne manquait plus que ça.

— Je les ai vus dans son appartement, poursuit-il. Ils ont commencé à s'embrasser puis ils ont disparu dans la chambre. Je connais sa façon de faire. C'est une séductrice. Elle m'a séduit, moi, et elle a manifestement réussi à séduire Niall.

— Mais pourquoi ? s'exclame Stephanie. Pourquoi aurait-elle besoin de coucher avec Niall ?

— Pour la même raison qui l'a poussée à s'introduire chez nous et à voler ton sac. Pour nous intimider ! Pour me faire flipper à l'idée de ce qu'elle pourrait raconter à Niall. Pour asseoir son pouvoir sur moi. C'est pour ça qu'elle t'espionne, pour ça qu'elle s'est pointée au parc !

Stephanie frissonne. Elle commence seulement à prendre la mesure de l'adversaire. Peut-être Erica a-t-elle également prévu de faire chanter Niall – elle pourrait révéler à son épouse qu'il la trompe. Stephanie sait que ce n'est pas la première fois : Nancy s'est confiée à elle. Leur couple a failli y rester.

Patrick continue de faire les cent pas tandis qu'elle essaie de mettre de l'ordre dans ses pensées. Ils ont refusé de la payer. Ont-ils commis une erreur ? À cette possibilité, son esprit est sur le point de chavirer. Il faut que Patrick arrête de s'agiter, il faut qu'elle arrive à réfléchir. Mais elle est engourdie par le choc. Elle fixe son mari qui va et vient sans la voir, sans voir ses enfants, et éclate soudain :

— Tu n'aurais jamais dû coucher avec elle !

Patrick s'arrête.

— Je le sais bien ! s'écrie-t-il, au désespoir. Mais ça ne voulait rien dire, Stephanie. Elle a réécrit toute l'histoire dans sa tête, à des années-lumière de la vérité. C'est ça qui m'inquiète. Je ne sais pas ce qu'elle est capable d'inventer la prochaine fois.

— À part vos coucheries, elle n'a rien d'autre, n'est-ce pas ? demande Stephanie abruptement.

Patrick jette alors un regard à son épouse – un regard implorant qui met aussitôt cette dernière en alerte. Un regard mêlé de peur et de honte. Un regard qui ne laisse plus aucun doute à Stephanie : son mari est sur le point de lui faire une confession terrible. Elle a envie de quitter la pièce, de disparaître. Elle n'est plus capable d'entendre quoi que ce soit, elle n'en a plus physiquement la force. Comment Patrick a-t-il pu les faire basculer dans un tel cauchemar, alors qu'ils ont deux formidables petites filles à élever ? Comment leurs enfants vont-elles grandir avec tout ça ?

— Elle dit…, tente Patrick sans parvenir à finir sa phrase.

— Elle dit quoi ? enchaîne férocement Stephanie.

L'un des bébés se met à crier, aussitôt rejoint par l'autre.

— Je pense qu'elle ment, mais… après votre entrevue au parc, elle a demandé à me voir, et elle m'a annoncé qu'elle avait eu un enfant et que cet enfant était le mien.

Son cœur s'enfonce dans sa poitrine. Stephanie se laisse tomber sur une chaise, la tête entre les mains.

— Je t'en prie, ma chérie, gémit Patrick. Ne réagis pas comme ça.

Mais Stephanie l'entend à peine. Tout se brouille autour d'elle, même les cris des petites. La seule chose que la jeune femme entend distinctement, c'est son cœur qui lui tambourine aux oreilles. *Un enfant.* Si Erica a eu un enfant de Patrick, la situation n'est plus du tout la même. Enfin, elle relève la tête pour affronter la vue de son mari. Il a l'air encore plus effrayé qu'elle, ce qui lui retourne l'estomac.

— Stephanie, c'est sûrement faux. C'est… c'est pour ça que j'ai voulu voir son appartement. Il n'y avait rien là-bas qui prouvait la présence d'un enfant. Elle ment. Sans aucun doute.

La jeune femme garde le silence.

— Il faut juste que je m'en assure, poursuit Patrick. Il doit y avoir un moyen.

— Oui, répond Stephanie, glaciale. Tu dois découvrir la vérité. Engage quelqu'un s'il le faut.

Patrick hésite avant de poursuivre :

— Elle m'a aussi dit combien elle voulait.

— Combien ?

— 200 000 dollars, souffle-t-il, incapable de soutenir le regard de sa femme plus d'une fraction de seconde.

Stephanie croit comprendre que Patrick juge cette somme raisonnable, eu égard aux menaces qu'Erica fait peser sur eux et à la coquette somme qu'ils ont en banque. De fait, elle aurait le pouvoir de régler le problème, pour lui, pour eux. Mais elle sait que s'ils la paient une fois, elle reviendra.

— Plutôt mourir, déclare-t-elle enfin.

18

Lundi matin, à l'agence, Patrick guette l'arrivée de son associé. Toute la nuit, il a repensé à ce qu'il a vu dans l'appartement de Newburgh : Erica et Niall s'étreignant sauvagement avant de disparaître dans la chambre à coucher. Que se sont-ils raconté, après ? Erica lui a-t-elle fait des confidences sur l'oreiller ?

Impossible de se raisonner. La peur le paralyse. Erica s'est présentée à l'agence sous un faux prétexte, en feignant de ne pas le connaître, et lui a feint de ne pas la connaître. Patrick n'a aucune envie d'admettre qu'il a menti. Comment l'expliquerait-il ? Il ne peut pas mettre en garde Niall contre Erica – contre le genre de femme qu'est Erica – sans avouer qu'il est venu épier à sa fenêtre. C'est bien simple : il est coincé.

Mais Erica sait des choses sur lui, des choses qu'il préférerait que son associé ignore.

Patrick cntend Niall approcher dans le couloir, puis le visage jovial de ce dernier apparaît dans l'embrasure de la porte.

— Hello !

— Salut.

— Tout va bien ? s'enquiert Niall. On dirait que tu as vu un fantôme…

— Ça va, ça va. Je suis juste vanné.

Après avoir couché les jumelles, Stephanie entreprend de ranger un peu la maison. Malgré la fatigue, malgré ses yeux qui brûlent et son corps fourbu, son esprit est bien trop agité, voltigeant furieusement d'une pensée à une autre. Elle aussi devrait se reposer, mais elle ne fait que cogiter.

Peut-elle vraiment faire confiance à Patrick pour tout lui dire ? Devrait-elle parler directement à Erica ? Son mari lui a fortement déconseillé de le faire, arguant qu'elle pouvait être dangereuse. Mais Stephanie sent les premiers doutes s'insinuer en elle… Et si Patrick avait juste peur qu'Erica lui révèle sa version de l'histoire ? Jusqu'à présent, elle n'y a eu accès qu'à travers le prisme de son époux.

Erica va peut-être revenir. Si elle le fait, Stephanie a décidé qu'elle ne s'enfuira pas. Elle lui posera des questions. Elle pourrait même essayer de lui faire entendre raison.

Elle se retrouve bientôt dans la chambre conjugale mais, au lieu de s'allonger, elle inspecte nerveusement la pièce plongée dans la pénombre. Allume la lumière, se met à fouiller la commode de son mari. Elle ne sait même pas ce qu'elle cherche – il n'y a rien, ici, et elle le sait : c'est elle qui range les vêtements de Patrick dans ses tiroirs. Mais elle cherche quand même. Quand elle en a fini avec la commode, elle passe en revue son côté de la penderie, partagée entre le sentiment d'être déloyale et celui de perdre son temps. Elle examine les boîtes à chaussures rangées au sol, se relève pour ouvrir, à l'abri sur une étagère en hauteur, le coffre-fort dans lequel Patrick range son Glock. Elle connaît le code. Rien d'autre que l'arme et quelques munitions.

Stephanie se dirige ensuite vers le bureau de Patrick, au bout du couloir. Son vieil ordinateur trône sur sa table de travail. Elle a son propre ordinateur portable, il a le sien. Il n'utilise plus jamais celui-ci. Pourrait-il receler des vestiges de sa vie passée ? Quand bien même, elle ne saurait pas comment y accéder. Stephanie n'a jamais compris pourquoi son époux s'évertuait à garder cette machine. Puis elle s'immobilise.

C'est vrai, finalement… Pourquoi ?

Stephanie allume l'ordinateur, essaie plusieurs mots de passe – son nom, ceux des petites, leurs dates de naissance, en vain. Déçue, elle se replie sur les tiroirs de son secrétaire. Mais là non plus, aucune trace de sa vie d'avant.

Elle s'apprête à laisser tomber et à tourner les talons lorsqu'elle sent sous ses doigts un petit objet coincé sous un tiroir. Elle tâte, touche, réfléchit. On dirait une petite clé recouverte de scotch. Elle arrache délicatement le scotch, prenant garde à ne pas le déchirer.

La jeune femme a vu juste : dans la paume de sa main se trouve une petite clé argentée. Les tiroirs du secrétaire sont dépourvus de serrure. Stephanie approche l'objet de ses yeux. Seul un numéro est inscrit dessus : 224. À quoi ce chiffre correspond-il ? Et que fait cette clé scotchée ici ? Très vite, la réponse s'impose : Patrick l'a rangée là où son épouse ne pourrait mettre la main dessus.

Cette clé ne ressemble en rien à celles qu'ils possèdent à la maison. Stephanie se demande si elle pourrait ouvrir un casier ou un coffre. Si tel était le cas, il n'est pas chez eux. À moins que Patrick ne l'ait caché quelque part ? Le cœur battant, Stephanie se précipite dans les escaliers après avoir jeté un coup d'œil rapide sur ses bébés endormis. Elle a sans doute une heure devant elle. Elle passe le sous-sol au peigne fin, y compris le vide sanitaire, à la recherche d'une serrure, même la plus insignifiante, sans succès.

Finalement, elle en arrive à la conclusion frustrante que la clé n'ouvre rien qui se trouve dans la maison. C'est alors que l'évidence la frappe. Bien sûr. Patrick doit posséder un coffre-fort dans une banque.

Et elle n'en savait rien.

Le soir venu, alors que son mari entre dans la cuisine, pâle et tendu, Stephanie est partagée. Elle est inquiète pour lui, mais aussi dévorée par les soupçons. Pourquoi Patrick lui a-t-il caché cette clé ? Pourquoi ne lui a-t-il pas dit qu'il possédait un coffre quelque part ? Devrait-elle lui demander des explications ?

Tout l'après-midi, elle n'a cessé de changer d'avis. Elle a envisagé de lui mettre la clé sous le nez en demandant : « Qu'est-ce que c'est que ça, Patrick ? », pour qu'il avoue tout. Si elle en avait eu la possibilité, elle se serait rendue à la banque pour regarder elle-même. Mais elle savait que Patrick allait rentrer tôt, aussi s'est-elle décidée à rescotcher la clé à sa place, sous le tiroir.

Au diable l'honnêteté.

Les jeunes parents installent les jumelles dans leurs balancelles. Ils ont besoin de discuter.

Chaque fois qu'elle le revoit, Patrick a l'air plus soucieux. Stephanie tente d'ignorer l'élan de compassion qui l'assaille et attend.

— J'ai parlé avec un avocat du Colorado, commence son mari.

— D'accord.

— Si elle s'entête, ça risque de nous coûter cher.

— Bien sûr que ça va nous coûter cher. Comme toujours, avec les avocats.

Amère, Stephanie songe que l'argent qu'elle ne va pas dépenser pour acheter le silence de l'ex-maîtresse de son mari, elle va devoir l'employer à payer les honoraires d'un avocat de renom capable de le tirer du pétrin. Sa compassion à l'égard de Patrick s'amenuise sensiblement.

— Il s'appelle Robert Lange, il a un gros cabinet à Denver.

— Comment l'as-tu trouvé ?

— Un ami me l'a recommandé.

— Quel ami ?

— Un ami du Colorado, Greg Miller. Je bossais avec lui là-bas. Je lui ai parlé.

— Et ?

— Je lui ai raconté ce qui se passait. Il connaît Erica aussi – il la connaissait à l'époque. Il est de mon côté. Il sait que c'était un accident.

Stephanie se sent soulagée d'entendre qu'une tierce personne, présente au moment des faits, croit la version de son mari ; et son soulagement lui indique à quel point elle doute.

— Qu'a dit l'avocat ? demande-t-elle en voyant aussitôt l'inquiétude assombrir le visage de Patrick.

— Eh bien… tu sais comment ils sont. Il n'a pas voulu se prononcer avant de s'être plongé dans le dossier. Mais il se souvient de l'affaire.

Stephanie n'a pas avoué à Patrick qu'elle avait cherché des articles sur le Net. Les images s'imposent à elle de nouveau, la voiture ensevelie, le jeune Patrick endeuillé. Sa ravissante épouse, souriant à l'objectif.

— Est-ce qu'il a dit que c'était possible de rouvrir une enquête ? insiste Stephanie en essayant de chasser ces souvenirs.

Patrick la regarde, embêté.

— Oui, c'est possible. En théorie.

Stephanie détourne les yeux pour fixer le sol, épouvantée. Cela pourrait avoir lieu. Son mari pourrait être mis en examen pour homicide volontaire.

19

Patrick observe la réaction de sa femme et repense à sa conversation téléphonique de l'après-midi, qui n'a pas été franchement rassurante.

Au départ, Me Robert Lange a semblé surpris d'entendre que quelqu'un pourrait chercher à rouvrir l'enquête. Puis Patrick lui a exposé les tenants et aboutissants – les tentatives de chantage, l'investigation initiale –, et le pénaliste a écouté attentivement, en ne l'interrompant que pour poser quelques questions.

— Pourquoi n'allez-vous pas voir la police ?

— Je ne veux pas mettre de l'huile sur le feu. J'ai toujours l'espoir qu'elle bluffe et qu'elle se dégonfle avant de faire quoi que ce soit. Ça fait plusieurs jours qu'on n'a pas eu de ses nouvelles. Par ailleurs, je ne dispose d'aucune preuve de ses tentatives de chantage.

— Je vois.

— Donc… vous pensez que j'ai du souci à me faire ? La police a conclu à un accident. C'était bel et bien un accident. Mais est-ce que cette femme aurait le pouvoir de faire rouvrir le dossier, de faire passer la chose pour ce qu'elle n'était pas ?

L'avocat a toussoté avant de répondre.

— J'ai effectivement quelques sujets d'inquiétude, surtout compte tenu de la façon dont l'enquête a été menée à l'époque. De ce que vous me dites, j'ai l'impression qu'il n'y en a tout bonnement pas eu. Votre cas a été plié en quelques heures… ?

— Oui. Il était évident qu'il s'agissait d'un accident.

— Si cette femme décidait de s'adresser aux autorités pour leur fournir de nouvelles informations, elles pourraient avoir envie d'y regarder de plus près. Surtout si entre-temps le shérif a changé, ou le coroner. C'est fort probable, au bout de dix ans. Quant au fait que vous entreteniez une relation avec cette femme, dont est peut-être né un enfant… Eh bien, ces éléments seraient bien sûr pris en considération.

— Pouvez-vous découvrir si cet enfant existe réellement ? a demandé Patrick, angoissé.

— Ce serait la première chose à faire, oui. Comptez sur moi, je vais voir ce qu'il en est et revenir vers vous.

Ces propos qui résonnent encore dans sa tête, Patrick rechigne maintenant à les rapporter à sa femme.

— Qu'a-t-il dit exactement ? demande Stephanie. Raconte-moi tout.

— Eh bien, il a quelques… sujets d'inquiétude.

Patrick se relève du canapé et se met à arpenter le salon. Il est trop nerveux pour rester assis. Et il ne peut pas non plus supporter le regard inquisiteur de son épouse.

— Quoi ? insiste celle-ci. Il pense qu'on pourrait la croire ?

— Il a dit que si elle apportait de nouvelles informations, la police pourrait de nouveau s'intéresser à l'affaire, dit-il prudemment.

Puis il ajoute, à son corps défendant :

— Il s'inquiétait de la… disons… « légèreté »… de la première investigation.

— Comment ça ?

— Il n'y a pas vraiment eu d'enquête, à l'époque, admet Patrick. Ils ont emmené le corps de Lindsey pour l'autopsier, le shérif m'a demandé de l'accompagner au poste. Je suis monté dans sa voiture. J'étais dans tous mes états. Je ne sais même pas si j'étais cohérent.

Patrick passe ses mains sur son visage.

— Au bureau du shérif, reprend-il, ils m'ont demandé ce qu'il s'était passé. Ils essayaient de me réconforter, en me disant que ce genre d'accident arrivait au moins une fois l'an…

— Es-tu en train de me dire qu'il n'y a pas eu d'enquête du tout ? s'étouffe Stephanie.

— Manifestement, ils ont tout de suite compris que c'était un accident, rétorque Patrick sèchement, quelque peu déconcerté par le ton de son épouse. Ils ont pratiqué l'autopsie rapidement, l'après-midi même, je crois, et les examens ont révélé que Lindsey était morte d'intoxication au monoxyde de carbone. Que voulais-tu qu'ils fassent de plus ?

Patrick n'apprécie pas la façon dont elle le regarde, comme si c'était sa faute si l'enquête avait été bâclée. Pour lui, le fait qu'elle ait été bouclée si vite prouve au contraire qu'il n'a rien à se reprocher.

— Personne d'autre n'a été interrogé ?

— Non, je ne crois pas, fait Patrick en secouant la tête.

— Ils auraient dû être plus rigoureux, insiste Stephanie, mal à l'aise.

— Je ne suis pas d'accord. Ils ont vu qu'il n'y avait rien à chercher, un point c'est tout.

— Mais si Erica…

— Cette putain d'Erica ! explose Patrick.

Les bébés sursautent dans leurs balancelles.

— C'est une salope cupide. Il n'y a jamais eu le moindre problème avant qu'elle ne réapparaisse. Pourquoi est-ce qu'elle revient se mêler de notre vie ?

En voyant Stephanie pâle et angoissée, il prend une profonde inspiration pour tenter de se maîtriser.

— L'avocat va se renseigner pour savoir si elle a vraiment eu un enfant, poursuit Patrick. Apparemment, le shérif a la possibilité de rouvrir l'enquête. Le coroner aussi. Ils pourraient contacter des témoins, même après tout ce temps.

Puis il contracte les mâchoires et ajoute :

— L'avocat m'a prévenu que si le shérif a changé, ou le coroner, c'était un scénario probable. Et comme ça fait longtemps…

— Oh mon Dieu.

— Erica pourrait parvenir à ses fins, Stephanie. Nous devons nous préparer à cette éventualité. Mais il faut que tu me croies : il n'y a rien de vrai dans tout ce qu'elle dit. J'ai juste couché avec elle quelques fois. C'est tout.

Stephanie hoche la tête mécaniquement, sans paraître s'en rendre compte. Elle semble presque en transe.

— Il y a quand même un truc qu'il faut que tu saches. Ce n'est pas important, mais je pense que ça va ressortir.

— Quoi ? demande Stephanie en serrant les poings, comme pour se préparer à d'autres mauvaises nouvelles.

— Lindsey avait contracté une assurance-vie. Nous deux, en fait. On allait avoir un bébé, c'était un choix responsable.

— D'accord…

— Erica essaie de monter ça en épingle. Elle prétend que je me suis fait de l'argent sur la mort de ma femme.

— Elle t'a dit ça quand ? Pourquoi tu ne l'as pas mentionné plus tôt ?

— J'ai… j'ai oublié, balbutie-t-il en se maudissant intérieurement pour son erreur.

Stephanie reste silencieuse un instant. Puis elle pose la question :

— La police, ou le shérif, que sais-je… Ils étaient au courant ? Pour l'assurance-vie ?

— Non, admet Patrick, je ne crois pas. Ce n'est jamais venu sur le tapis à l'époque et moi… moi je n'y pensais même pas. Ma femme venait de mourir. J'étais en état de choc. Mais je ne pense pas qu'on doive s'en faire pour ça, ajoute-t-il après une pause. C'est tout à fait légitime de souscrire à une assurance-vie quand on fonde une famille. Ce serait même stupide de ne pas le faire, non ?

20

Le lendemain matin, après une nuit particulièrement difficile avec les jumelles, Stephanie s'affaire dans la cuisine, aussi efficace qu'un zombie. Elle se surprend à ranger la brique de lait dans le placard plutôt que dans le réfrigérateur et secoue la tête, affligée. Il faut qu'elle dorme davantage. Elle n'est plus en état de continuer. Et émotionnellement, c'est une épave. Même quand elle peut enfin se coucher, son sommeil est haché par la nervosité.

Patrick part travailler. Comme tous les jours, elle l'embrasse sur le pas de la porte, mais ce matin, elle évite son regard. Car ce matin, elle aussi a un secret. Dans quelques minutes, elle installera les petites dans la voiture et roulera jusqu'à la banque. Elle doit découvrir ce que contient ce coffre-fort.

Elle s'attend à tout. Quoi qu'elle découvre, ce soir, elle parlera à son mari.

Stephanie prépare les jumelles, les dépose dans leur parc, vérifie que la double poussette est bien dans le coffre puis monte dans le bureau de Patrick et récupère la clé scotchée sous le tiroir. Soudain, un doute l'étreint : et si le coffre-fort ne se trouvait pas dans leur banque mais dans un autre établissement ? Patrick a peut-être voulu être discret jusqu'au bout.

Elle redescend à la hâte, sans un regard pour les petites qui commencent à s'impatienter.

Se bouchant une oreille pour ne pas entendre leurs cris, elle appelle la banque depuis le téléphone fixe de la cuisine et demande à parler au directeur.

— Que puis-je faire pour vous aujourd'hui ? demande ce dernier.

— J'ai essayé de joindre mon mari à ce sujet mais il est en réunion toute la journée. Pouvez-vous me dire s'il est déjà passé chez vous ce matin pour accéder à notre coffre-fort ? Il était censé venir chercher des documents.

— Un instant, je vous prie.

Stephanie patiente, le cœur battant à tout rompre. Lorsque le directeur reprend la communication, son ton est hésitant.

— Je suis désolé, madame, nous n'avons aucun coffre-fort au nom de Patrick Kilgour. Êtes-vous sûre que vous ne vous êtes pas trompée de banque ?

— Oh, bien sûr, suis-je bête… Pardon de vous avoir dérangé.

Elle raccroche en vitesse et reste plantée au milieu de la cuisine, les bébés s'époumonant dans la pièce à côté, le téléphone toujours en main, respirant difficilement.

Quand Patrick arrive au bureau ce matin-là, Niall lui annonce qu'il doit lui parler. Son sang ne fait qu'un tour. Son associé serait-il déjà au courant ? Au fond de lui, Patrick espère encore pouvoir faire partir Erica. Mais si cette dernière lui a tout raconté…

— Viens dans mon bureau, fait Niall à voix basse.

Patrick s'assoit, raide, mal à l'aise, épuisé.

— Comment ça se passe, à la maison ?

Le nœud de l'angoisse se desserre : il ne s'agit peut-être pas d'Erica mais de ce dont ils ont déjà parlé plusieurs fois. Pourquoi revenir là-dessus ? Niall sait très bien comment ça se passe, à la maison. Les jumelles leur font vivre l'enfer et ils ne peuvent pas dormir.

— Ça ne va pas mieux, soupire Patrick. Si les coliques ne s'arrangent pas bientôt, on va perdre la tête tous les deux.

Niall pince les lèvres.

— Je suis désolé, se contente-t-il de dire. J'ai regardé combien allaient nous coûter les pénalités de retard sur le projet Melnyk.

— Je sais. Je fais de mon mieux, se défend Patrick.

Niall étudie le plateau de son bureau et lance :

— Kerri m'a dit que tu avais annulé un rendez-vous, hier.

L'agacement laisse place à la colère. Y a-t-il quelque chose que Kerri ne cafte pas à Niall ? Était-elle vraiment obligée de lui en parler ? Ne pourrait-elle pas, une fois de temps en temps, se montrer loyale envers lui également ?

— Je n'ai pas annulé. Je lui ai demandé de reprogrammer.

— Pourquoi ? demande Niall en levant les yeux et en affrontant le regard de son associé.

— Parce que je ne me sentais pas prêt. J'ai pensé qu'il valait mieux avoir l'air trop occupé et repousser le rendez-vous plutôt que de ne pas être à la hauteur.

— Alors je reformule ma question, poursuit Niall en haussant la voix. Pourquoi est-ce que tu n'étais pas préparé ? Tu es toujours préparé. Tu l'étais, en tout cas. Qu'est-ce qu'il se passe, bon sang ?

Patrick respire un peu plus librement. Niall ne sait pas. Pas encore. Erica a tenu sa langue.

— Il ne se passe rien. Je ne dors pas assez, je te l'ai déjà dit. Ça peut vraiment rendre barjo. Tu savais que la privation de sommeil était utilisée comme moyen de torture ?

Niall fronce les sourcils.

— Non, Patrick, il n'y a pas que ça. Arrête de me prendre pour un con. Il se passe quelque chose et j'ai besoin de savoir ce que c'est.

Patrick rejette la tête en arrière et décide d'y aller au culot :

— Pourquoi est-ce que tu ne veux pas me croire, Niall ? Est-ce que je n'ai pas toujours été complètement honnête avec toi ?

Niall acquiesce.

— C'est vrai. Tu es un super associé et un bon ami. Je te fais confiance. C'est juste que… Je suis inquiet, Patrick. Tu as l'air ailleurs, ces derniers temps, comme si quelque chose te tracassait. Je me suis demandé si tu n'avais pas des problèmes de couple, si ce n'était pas ça qui te distrayait.

Il se penche en avant et ajoute, à voix basse :

— Tu peux tout me raconter, tu sais.

— Peut-être que je devrais te demander à toi comment ça se passe à la maison, lâche Patrick, cassant.

— Pourquoi tu dis ça ? répond aussitôt Niall.

Mais Patrick préfère en rester là. Il ne veut pas que Niall sache qu'il est au courant pour Erica et lui.

Cela reviendrait à admettre qu'il a lui-même eu une histoire avec cette folle.

— Pour que tu voies ce que ça fait, rétorque-t-il.

Puis il secoue la tête avec un sourire d'excuse crispé.

— Laisse tomber. Je pars au quart de tour, en ce moment. J'ai juste besoin de sommeil. Je vais me pencher sur la question du projet Melnyk, conclut-il en se levant. Il doit y avoir un moyen de faire baisser la note.

21

Stephanie cligne des yeux. Pendant une fraction de seconde, elle a complètement oublié ce qu'elle était en train de faire. Elle se sent prise d'un vertige et s'accroche au plan de travail. Dans le salon, les petites gazouillent, sereines – en tout cas pour l'instant.

Ah oui. Elle est allée dans la cuisine pour se resservir du café. Se resservir du café, et… tenter de réfléchir une minute.

Elle attrape une tasse propre dans le placard, la remplit à la cafetière. Elle se sent vaseuse. Il faut qu'elle s'alimente mieux. Qu'elle dorme mieux. Serait-il grave de s'assoupir sur le canapé pendant que les filles sont en sécurité dans leur parc ? Elle ferme les paupières quelques secondes, puis cligne à nouveau des yeux, plusieurs fois de suite, et ouvre le réfrigérateur pour prendre du lait. Stephanie a l'impression d'agir au ralenti, d'être détachée de son corps et de se voir accomplir une succession de gestes automatiques. Étrange sensation. Elle secoue la tête, avale quelques gorgées dans l'espoir que la caféine lui remette les idées en place. Si elle fixe le papier peint trop longtemps, il l'hypnotisera.

Dans le salon, la situation semble encore sous contrôle. Elle s'assoit sur une des chaises de la cuisine histoire de retarder un instant son retour là-bas. Elle sait que dès que ses filles la verront, elles réclameront son attention. Elle est mieux ici.

Stephanie frotte ses yeux irrités. Réfléchir, réfléchir. Mais comment y parvenir, dans cet état ? Si seulement elle pouvait parler à quelqu'un, avoir l'avis objectif d'une personne étrangère à cette affaire – mais qui ? Patrick n'a pas le recul nécessaire, et il est totalement paniqué, lui aussi. Elle en parlerait bien à Hanna, dont elle est devenue proche ces derniers mois, mais elle sait qu'il est impossible de la mettre dans la confidence. Patrick ne le lui pardonnerait pas.

Pourtant, l'histoire pourrait bientôt faire la une des journaux.

L'esprit de Stephanie revient sans cesse au coffre-fort. Où se trouve-t-il ? Elle a appelé la moitié des banques en ville, sans succès.

Elle secoue la tête et retourne dans le salon, pour préparer les filles à sortir. Elle fait tout tomber, oublie les clés en partant, repart les chercher. Même dans son état d'épuisement, elle a besoin d'air, et les jumelles aussi. Elle appellera les autres banques à son retour. On ne peut pas rester enfermé toute la journée.

Alors qu'elle joue avec les jumelles sur une couverture, Stephanie ne peut s'empêcher de jeter de temps à autre un regard autour d'elle. Elle guette Erica. Patrick lui a justement conseillé d'éviter le parc pour ne pas courir ce risque, mais Stephanie a protesté. Que pourrait-elle faire d'autre par beau temps ?

Patrick a alors suggéré qu'elle emmène les filles en voiture dans un autre parc des environs. Devant la réponse évasive de sa femme, qui évitait son regard, il a semblé inquiet. Tant pis. Stephanie n'a aucune intention de laisser place à la peur dans son propre quartier. Et au fond, l'idée de parler à Erica l'attire. La voilà donc assise sous un arbre avec ses enfants, les nerfs en pelote. Mais, hélas, pas l'ombre de la séduisante jeune femme avec laquelle son mari a couché des années plus tôt.

C'est l'heure de rentrer à la maison. Stephanie prend chacune de ses filles dans ses bras, l'une après l'autre, pour les installer dans la poussette. Elle en profite pour leur faire faire l'avion et leur offrir quantité de risettes. Les petites sont aux anges. Bon Dieu, comme elle les aime. Sauf que maintenant, chaque fois qu'elle les regarde, la peur l'empoigne : qu'adviendra-t-il de sa famille autrefois si heureuse si jamais Patrick fait l'objet d'une enquête ? Et qu'en sera-t-il de son couple ? Heureusement que Jackie et Emma sont trop petites pour comprendre ce qui se passe.

La sonnerie du portable arrache Stephanie à ses sombres pensées. C'est Patrick.

— Salut, quoi de neuf ? demande-t-elle, à cran, comme toujours ces jours-ci.

— Je viens de parler à l'avocat.

— Qu'est-ce qu'il a dit ?

— Erica a bien eu un bébé. Mais elle l'a confié à l'adoption le jour de sa naissance.

Stephanie essaie de digérer l'information et ses différentes implications.

— Cela explique pourquoi elle n'est jamais venue te demander de pension, note-t-elle après un temps.

— Affirmatif. Mais ce qui est encore mieux, c'est qu'elle va avoir du mal à prouver qu'il est de moi.

La jeune femme est passablement dégoûtée d'entendre le soulagement l'emporter dans la voix de son mari.

Tant bien que mal, elle ramène la poussette à la maison.

— Enfin chez nous ! s'exclame-t-elle à l'intention des jumelles avant de s'arrêter au milieu de l'allée, muette d'effroi, les yeux braqués sur la façade.

La porte d'entrée est grande ouverte.

Elle doit bien l'avoir verrouillée, surtout après ce qu'il s'est passé la dernière fois. Puis elle se souvient qu'elle a failli partir sans ses clés, et qu'elle est revenue les chercher en courant. Aurait-elle oublié de fermer lors de son deuxième passage ? *Seigneur.* Il faut qu'elle se ressaisisse.

Stephanie manœuvre la poussette jusqu'aux pieds des marches du perron, puis détache Emma et la prend dans les bras.

— Maman est si fatiguée, ma chérie, chuchote-t-elle à l'oreille du bébé. Elle ne fait que des bêtises.

Elle gravit les escaliers, entre dans le vestibule, et pousse un hurlement.

22

Le cri remplit l'entrée et effraie la petite Emma, qui éclate en sanglots.

Il y a quelqu'un à l'intérieur, assis dans la cuisine. Stephanie ne s'attendait pas à un tel choc. Lorsqu'elle reconnaît Erica, elle en perd le souffle.

— Sortez d'ici ! hurle-t-elle en serrant son bébé. Sortez d'ici ou j'appelle la police !

— Stephanie, voyons, fait Erica, le plus naturellement du monde, en se dirigeant vers elle. Je ne vous veux aucun mal.

— Vous êtes entrée chez moi par effraction !

— Non, la porte était ouverte. Vous devriez faire plus attention.

Stephanie a quelques secondes d'hésitation. Certes, elle a peut-être oublié de fermer la porte, ses souvenirs sont flous. Mais cette femme n'a rien à faire chez elle, quand bien même elle se serait retrouvée face à une porte grande ouverte.

— Je sais qui vous êtes.

— Tant mieux, dit Erica en hochant la tête. Je n'étais pas sûre que ce serait le cas. J'ignore ce que Patrick vous a raconté.

— Vous êtes déjà venue ici, vous avez volé mon sac !

— Certainement pas, s'étonne Erica en haussant les sourcils. D'où vous vient une idée pareille ?

Stephanie n'est pas dupe.

— Parce que Patrick l'a vu dans votre salon, par la fenêtre.

— Patrick est venu chez moi ? demande Erica, surprise.

— Vous n'avez rien à faire ici, se contente de répondre Stephanie.

— Vous ne voulez pas ramener l'autre bébé à l'intérieur ?

Stephanie fait quelques pas en arrière pour jeter un coup d'œil sur Jackie, toujours attachée dans sa poussette. Elle hésite. Erica l'attendait. Devrait-elle s'enfuir avec les petites ? Dégainer son portable et appeler la police ?

— Je ne vais pas vous faire de mal, répète Erica, comme si elle lisait dans ses pensées. Mais il y a des choses que vous devez savoir. À propos de votre mari.

Stephanie n'a pas oublié la résolution qu'elle a prise au parc. Cette femme connaît la face cachée de Patrick. Elle le fréquentait à l'époque de l'accident. Elle n'a peut-être que des mensonges à raconter, mais Stephanie a envie de les entendre. Elle pourrait apprendre des choses utiles. Pour l'instant elle n'a eu que la version de Patrick.

Erica se tient adossée à la porte de la cuisine, comme une amie, une voisine passée à l'improviste pour un café. Comment cette femme pourrait-elle être dangereuse ?

Mais Stephanie ne peut pas courir le risque. Pas avec ses filles. Pas derrière une porte close.

— On peut discuter, dit-elle enfin. Mais dehors, sur le perron.

Quelques minutes plus tard, Emma est de nouveau aux côtés de sa sœur dans la poussette, avancée au pied des marches, chaque petite un joujou dans la main. Stephanie est assise sur une chaise juste à côté, son téléphone dans la poche. Elle n'a pas peur, non, pas en plein jour, dans une rue si fréquentée. Mais elle est secouée.

— Joli quartier, commence Erica en prenant place sur une autre chaise de jardin.

Stephanie garde le silence quelques instants. Elle essaie de rassembler ses pensées – et son courage.

— Je sais ce que vous manigancez, et ça ne fonctionnera pas, dit-elle enfin. Vous n'aurez rien de nous. Je pensais que Patrick avait été clair.

— Vraiment ? Vous en êtes sûre ?

— Nous ne vous verserons pas un seul centime. Alors 200 000 dollars…

Erica semble agacée. Après un moment de silence, elle se mord la lèvre :

— Donc il vous a vraiment dit ce qui se passait ? J'avoue que je ne m'y attendais pas. Il ne racontait pas grand-chose à sa première femme.

— Comment pouvez-vous savoir ce qu'il disait à sa première femme ? lance Stephanie, révulsée.

Erica la regarde sans la moindre haine, sans aucune agressivité.

— Vous savez bien que nous étions amants ?

— Patrick me l'a dit, oui.

— Alors il doit vraiment vous aimer.

— Bien sûr qu'il m'aime, rétorque Stephanie fermement. Et je l'aime aussi. Vous pourrez essayer tous les coups bas du monde, vous ne parviendrez pas à détruire notre couple. Vous perdez votre temps. Patrick n'a pas tué sa première femme, vous devez bien le savoir.

— Vous ne savez pas à qui vous avez affaire, affirme Erica d'un air grave.

— Ne me menacez pas !

— Je ne parle pas de moi. Je parle de votre mari.

Stephanie a un mouvement de recul.

— Écoutez-moi bien. Je connais mon mari bien mieux que vous. Ce n'est pas parce que vous avez couché quelques fois ensemble que vous pouvez m'apprendre quoi que ce soit sur lui.

— C'est ce qu'il vous a dit ? Que nous avions couché *quelques fois* ensemble ?

Stephanie se blinde pour la suite. Elle a besoin de l'entendre, malgré ses craintes. Elle s'attendait à voir émerger deux versions totalement différentes des événements – et elle a bien conscience qu'elle ne peut pas se contenter de prendre celle de Patrick pour argent comptant.

— Donnez-moi donc votre version, ironise-t-elle.

— Nous étions amoureux, répond simplement Erica.

Stephanie frissonne. Cette femme délire complètement, voilà tout.

— Ce n'est pas ce que dit Patrick.

— Parce qu'il voudrait vous faire croire le contraire, lui assure Erica. Mais je suis bien placée pour le savoir. Nous étions très discrets parce qu'il était marié et que Lindsey était mon amie. Aujourd'hui, je m'en veux terriblement. Je sais que je suis en partie responsable de sa mort. Moralement responsable.

— C'est n'importe quoi ! s'écrie Stephanie, le cœur battant.

— Il venait chez moi presque tous les jours pendant sa pause déjeuner, poursuit Erica. Il disait à ses collègues qu'il rentrait manger chez lui mais Lindsey lui préparait un sandwich chaque matin. Il le mangeait au lit, après l'amour. Puis il se dépêchait de retourner au boulot.

— Je ne vous crois pas, dit Stephanie, au bord de la nausée.

— Pas encore.

— Vous avez des preuves ?

— Je ne sais pas. Peut-être. Nous ne l'avons dit à personne, mais j'avais des voisins. Des gens ont dû nous entendre à travers la cloison, ou repérer ses allées et venues.

Dans un mouvement de défense instinctif, Stephanie recule tout au fond de sa chaise.

— Je sais que ça ne doit pas être agréable à entendre. Et croyez-moi, j'aurais préféré ne pas vous imposer cette épreuve.

— Vraiment ? demande Stephanie, acide. Patrick m'a mise en garde contre vos tentatives de manipulation. Il m'a dit que vous essaieriez de nous éloigner avec tous vos mensonges.

— Ça ne m'étonne pas de lui, répond Erica en haussant les épaules.

Elle pose les yeux sur la poussette et ajoute :

— J'étais enceinte de lui, il vous l'a dit ?

— Oui.

— Alors, posez-vous la question : si Patrick n'a pas tué Lindsey délibérément, si tout cela n'était en effet qu'un terrible accident, pourquoi suis-je restée éloignée de lui pendant tout ce temps, alors que je portais son enfant ?

Stephanie ne sait pas quoi répondre. Elle est incapable de réfléchir. Sa tête bourdonne de fatigue, de stress, de confusion.

— Je vais vous le dire, continue Erica en surveillant maintenant la rue. Parce que je pensais qu'il avait assassiné mon amie et sa petite fille à naître. J'étais très impatiente et très égoïste, à 21 ans. Je n'étais pas fière de voler le mari de Lindsey mais, que voulez-vous, j'étais amoureuse. Je pensais que Patrick et moi étions faits l'un pour l'autre, et j'étais convaincue, dans ma grande immaturité, que Lindsey allait s'en remettre, qu'elle passerait à autre chose. Qu'il lui serait plus facile d'affronter un divorce et une vie de mère célibataire qu'à moi de me remettre d'un cœur brisé. Mon Dieu, j'étais tellement stupide.

Stephanie la regarde, sonnée, incapable de déterminer si cette femme est sincère. Ce qui est sûr, c'est que sa version est crédible. Mais Patrick l'avait prévenue : Erica sait être convaincante.

— Il n'arrêtait pas de me dire qu'il était malheureux. Nous nous sommes disputés, et il a convenu qu'il fallait que les choses changent. C'était la veille de la mort de Lindsey.

Le visage d'Erica s'assombrit.

— Mais je pensais qu'il parlait de divorcer. Pas de la tuer.

23

Stephanie demeure un instant bouche bée. Puis elle secoue vigoureusement la tête et s'insurge :

— Vous pensez qu'il l'a assassinée pour être avec vous ?! Vous êtes folle. Je connais mon mari, il n'est pas capable de commettre les crimes dont vous l'accusez !

— Je pense que nous sommes tous capables de faire des choses que nous ne voulons pas admettre. Je m'en souviens si bien, ajoute Erica après une courte pause. Comme si c'était hier. Aujourd'hui encore, je ne supporte pas les tempêtes de neige.

Stephanie pourrait se lever et lui demander de partir. Mais elle reste là, à l'écouter. Elle est prête à tout entendre, même le pire.

— Lindsey détestait Creemore, reprend Erica. Elle détestait la neige. Sa famille à Grand Junction lui manquait. Et elle gérait mal les absences de Patrick. Bien sûr, elle ignorait que j'en étais la cause, elle pensait qu'il croulait sous le travail… Ils s'apprêtaient à rendre visite à la famille de Lindsey. Patrick ne voulait pas y aller – en tout cas, c'est ce qu'il m'a dit, et je l'ai cru. Il n'était pas attaché à sa belle-famille et les routes étaient mauvaises. Mais je me suis demandé, a posteriori, s'il n'avait pas évoqué l'état de la route pour préparer le terrain de l'accident. S'il n'avait pas déjà prévu son coup. Je voyais très souvent Lindsey. Je passais dès que j'avais un moment de libre pour voir comment elle se portait, enfermée dans ce logement minuscule. Je l'aimais beaucoup et je me sentais coupable, mais il n'y avait pas que ça. Je voulais savoir comment les choses allaient entre Patrick et elle. J'étais au courant qu'ils se disputaient beaucoup, et je m'en réjouissais. Je me disais que ce n'était plus qu'une question de temps avant qu'ils se séparent.

Erica relève la tête.

— Je sais, j'étais sans cœur, mais au moins je ne vous cache rien.

Puis elle poursuit :

— Ce matin-là, celui où ils étaient censés partir, j'étais chez moi, en train de dormir. C'était un samedi. Greg, le meilleur ami de Patrick, m'a appelée pour me dire qu'il y avait eu un accident. Le temps que j'arrive, le Samu était déjà sur place, et Lindsey était couchée sur la neige, morte. Ils n'avaient pas réussi à la réanimer.

Erica a l'air si sincère, si bouleversée. Mais Patrick aussi semblait désespéré quand il a raconté sa version de cette sombre journée. Ils sont aussi convaincants l'un que l'autre. De deux choses l'une : soit Erica est une redoutable actrice, soit elle croit vraiment ce qu'elle raconte.

— Patrick était effondré, continue Erica. Mais j'ai brièvement croisé son regard, et j'ai cru y voir… quelque chose de *triomphant* qui m'était destiné. Dès lors, j'ai su qu'il avait tout prémédité. Je n'ai plus eu le moindre doute.

Un ange passe. Puis Stephanie relève, stupéfaite :

— Un regard. Votre conviction que mon mari est un meurtrier se fonde sur un seul regard.

— Écoutez-moi, implore Erica. Il était en larmes, démoli – extrêmement crédible dans son rôle –, mais je savais. Il est parti avec le shérif et j'étais terrifiée. Terrifiée à l'idée qu'ils finissent par le démasquer, qu'il avoue pour nous, que je me retrouve accusée de complicité de meurtre. Je suis rentrée à la maison et je me suis terrée dans mon appartement. Je n'arrêtais pas de me demander comment Patrick avait pu tuer sa femme et son bébé à naître. Je pensais être responsable, je croyais qu'il avait fait ça pour être avec moi. Je m'attendais à voir le shérif débarquer, m'interroger, et j'étais prête à dire la vérité. Oui, je voulais que Patrick quitte Lindsey, mais je n'avais pas pris part au projet d'assassinat. Sauf que personne n'est venu. J'ai vu à la télé, le soir même, que la police avait conclu à un accident. Que Patrick s'en sortait indemne. Je n'en croyais pas mes oreilles… J'étais horrifiée. Soulagée aussi d'éviter la prison. Mais j'étais également terrassée par le remords, par ma culpabilité. Lindsey était morte à cause de moi. Je ne voulais pas voir Patrick, je ne voulais pas lui parler. Je ne savais pas comment me comporter à son égard. J'étais la seule à connaître la vérité. J'avais peur qu'il m'appelle ; il ne l'a pas fait. J'aurais voulu éviter tout contact avec lui, mais j'étais bien obligée de me rendre aux obsèques. Mon absence aurait paru suspecte. L'enterrement a eu lieu quelques jours plus tard. C'était épouvantable.

Erica jette un coup d'œil aux jumelles qui babillent dans leur poussette, et Stephanie suit son regard.

— Tout le monde pleurait. Le chagrin de Patrick semblait si réel que j'en suis venue à me demander s'il n'avait pas de regrets, même s'il s'en était tiré sans encombre. Il a essayé de me parler pendant la cérémonie. Je lui ai tourné le dos. Personne n'a eu l'air de s'en étonner. Après tout, j'étais la meilleure amie de Lindsey et c'était sa faute si elle était morte. Mais Greg, lui, a réprouvé mon comportement. Il est venu me voir et m'a demandé de faire un effort. Je n'étais pas la seule à souffrir, m'a-t-il dit, et Patrick ne méritait pas de se faire traiter de la sorte le jour où il enterrait son épouse. Greg ne savait rien, évidemment.

Erica marque une pause.

— C'est le lendemain que j'ai découvert que j'étais enceinte. J'avais quelques jours de retard. J'essayais de ne pas y penser mais, après les obsèques, je me suis procuré un test de grossesse à la pharmacie qui m'employait.

La jeune femme prend une longue inspiration.

— Le bébé était de Patrick, bien sûr. Je n'avais fréquenté personne d'autre pendant que j'étais avec lui.

— Où est l'enfant aujourd'hui ?

— Je l'ai confié à l'adoption. Je n'ai jamais dit que je l'avais gardé.

L'esprit de Stephanie tourne en tous sens, tel un sèche-linge rempli de vêtements.

— Pourquoi n'avez-vous pas avorté ?

— J'aurais peut-être dû… La vérité, c'est que je savais que mener ma grossesse à terme pouvait me rapporter de l'argent. J'ai fait appel à une agence d'adoption privée. Oui, je suis cupide. Mais ça, vous le savez déjà.

Stephanie tourne la tête. Elle ne peut supporter davantage la vue de cette femme.

— Patrick a agi délibérément, Stephanie, je le sais.

Erica semble peser le pour et le contre avant de poursuivre :

— Je vais vous dire pourquoi j'ai réapparu, après toutes ces années.

Stephanie relève la tête, affronte de nouveau son regard, dans l'expectative. Il y a autre chose. Il y a toujours autre chose.

— Pendant tout ce temps, j'ai gardé un œil sur Patrick. J'ai appris qu'il s'était remarié. Et j'ai fait ma petite enquête sur vous.

— Sur moi ? Pourquoi ?

— Parce que pour certains hommes, leurs femmes ne sont que des distributeurs de billets. Et j'ai vu que vous étiez sur le point d'hériter d'une grosse somme.

— Comment l'avez-vous découvert ? demande Stephanie, que cette question démange depuis longtemps.

— Parce que les testaments authentifiés par un tribunal sont librement consultables. J'ai cherché qui étaient vos parents, j'ai appris qu'ils étaient riches et qu'ils étaient morts dans un accident de voiture. Par testament, ils vous ont confié une fiducie, dont vous étiez supposée récupérer les fonds à vos 30 ans.

Erica marque une pause théâtrale.

— Or c'était il y a tout juste quelques mois, n'est-ce pas ?

Stephanie est ébahie. Elle ignorait que ce genre d'informations était public. Elle pensait être la seule – avec son mari et ses avocats – à connaître l'existence de cette fiducie.

— Dites-moi, s'enquiert Erica. Patrick était-il au courant de tout cela quand il vous a épousée ?

Stephanie garde le silence.

— Vous avez une assurance-vie, aussi ? Laissez-moi deviner : vous l'avez contractée quand vous étiez enceinte ?

Stephanie n'ouvre toujours pas la bouche. Elle n'a aucune raison de répondre à cette femme. Un froid glacial s'est répandu dans tout son corps, il atteint chacune de ses extrémités. Erica sait-elle déjà que sa vie est assurée pour la somme d'un million de dollars ?

— Vous voyez, reprend Erica après un long silence. Quoi qu'il se passe ensuite, je vous aurai fait une faveur.

Stephanie s'affaisse dans sa chaise en osier. Elle repense au feu, à la poêle à frire oubliée sur la cuisinière. Elle ne se souvient toujours pas de l'y avoir posée. Puis elle se reprend et se rappelle à qui elle a affaire.

— Ne perdons pas de vue la vraie raison pour laquelle vous faites tout cela, rétorque-t-elle froidement. Vous avez fouiné dans nos finances, découvert qu'on avait de l'argent, et tenté de nous faire chanter.

— C'est vrai. Je n'ai jamais prétendu être parfaite.

— Je pense que vous feriez mieux de partir.

— Très bien, dit Erica en se levant. Mais souvenez-vous. Ce n'est pas parce que j'ai essayé de vous extorquer de l'argent que Patrick n'a pas tué sa première femme.

Puis elle jette un regard désinvolte aux jumelles et lance :

— Soyez prudente. Il l'a déjà fait, il pourrait bien recommencer.

— Patrick ne me ferait jamais de mal, ni à moi, ni à Jackie et Emma, affirme Stephanie avec emphase.

— Je n'en suis pas si sûre.

24

Dès le départ d'Erica, Stephanie rentre les petites et s'effondre sur le canapé, la tête entre les mains. Elle reste longtemps prostrée, secouée de violents sanglots. Puis elle se force à se relever, essuie son visage ravagé et recommence à appeler les banques. Son cœur manque de s'arrêter lorsqu'une femme à la Hudson Valley Credit Union, l'avant-dernier établissement de sa liste, annonce tranquillement : « Non, votre mari n'est pas venu aujourd'hui. »

Tant pis pour la sieste des petites, et tant pis pour la sienne. Stephanie les habille chaudement, embarque la double poussette et fourre tout le monde dans la voiture.

Quand elle arrive à la banque, elle file jusqu'au guichet, exhibe la clé du coffre et annonce qu'elle souhaiterait y accéder.

— Puis-je voir un document d'identité ? demande l'employée.

Stephanie sort son permis de conduire et retient son souffle.

— Par ici.

Stephanie est conduite le long d'un couloir – heureusement assez large pour laisser passer la poussette – menant à une porte à barreaux, laquelle contrôle l'accès à une pièce étroite tapissée de coffres-forts numérotés. Stephanie laisse les jumelles dans le couloir et communique le numéro de son coffre à l'employée.

Celle-ci feuillette une liasse de documents et en extrait une carte, qu'elle demande à sa cliente de signer. Puis elle fait courir ses doigts le long des coffres jusqu'au numéro 224, insère la clé de Stephanie et retire du mur une boîte oblongue. Elle invite Stephanie à la consulter dans une pièce attenante, dotée d'une table et d'une chaise.

— Il y a un interphone à côté de la porte. Appelez-moi quand vous aurez fini.

— Merci, répond Stephanie en attendant que l'employée soit partie.

Les jumelles se sont endormies. Stephanie reste assise, à observer la boîte posée sur la table, pleine d'appréhension. Quels secrets s'apprête-t-elle à exhumer ? Elle respire un grand coup et soulève le couvercle.

Les papiers de l'assurance sont sur le dessus. Elle en prend connaissance, mais ils ne font que confirmer ce qu'elle savait déjà. Patrick a reçu 200 000 dollars à la mort de sa première femme. Elle les met de côté et s'attaque à la suite : l'acte de décès de Lindsey, établi le 10 janvier 2009. Jusqu'ici, pas de surprise. Stephanie déglutit, poursuit son inspection et tombe sur un acte de mariage daté du 12 août 2008, authentifiant l'union de Patrick Edward Kilgour et de Lindsey

Page Windsor. Quelque chose cloche. Stephanie cligne des yeux en s'efforçant de réfléchir, puis se souvient que Lindsey était enceinte de huit mois lorsqu'elle est morte – les articles le lui ont confirmé. Elle revient à l'acte de mariage. Lindsey devait donc être enceinte de trois mois quand elle s'est mariée en août. Pourquoi Patrick n'en a-t-il rien dit à Stephanie ?

Quand Patrick rentre à la maison ce soir-là, ses filles sont dans leur parc et son épouse est étendue sur le canapé, paupières fermées.

— Stephanie ? chuchote-t-il.

Si elle s'est bel et bien assoupie, il préfère la laisser dormir autant qu'elle veut. Mais ses yeux s'ouvrent d'un coup et elle se redresse aussitôt.

— Quand est-ce que tu es rentré ?

— À l'instant. Tout va bien ?

— Je m'étais endormie. Je devrais éviter quand les petites sont réveillées.

— Ne sois pas trop dure avec toi-même. Elles sont bien, dans leur parc. Pas la peine d'avoir les yeux rivés sur elles en permanence. Nos parents ne l'ont pas fait avec nous, et on a survécu.

— Mais je ne t'ai même pas entendu entrer, s'irrite-t-elle en dégageant les cheveux qui lui barrent le front.

— Il y a un problème ? demande Patrick en prenant conscience de son agitation.

Stephanie le toise froidement et lance :

— J'ai trouvé une clé. Scotchée sous le tiroir de ton secrétaire.

Elle sort la clé de son jean et la met sous le nez de son mari.

— Tu as fouillé dans mes tiroirs ? dit Patrick en sentant le rouge lui monter aux joues.

— C'est moi la coupable ? riposte Stephanie, tranchante.

Touché.

— Non, j'imagine que non, admet-il.

— J'ai trouvé ton coffre-fort. J'ai tout vu, insiste-t-elle, furieuse.

— D'accord, écoute… Je l'avais complètement oublié. Je l'ai ouvert bien avant de te rencontrer. Je suis désolé de ne pas t'en avoir parlé, ajoute-t-il d'une voix conciliante, mais il n'y a rien dedans que je voulais te cacher.

— Ah bon ? s'esclaffe Stephanie. Alors pourquoi as-tu planqué la clé ?

— Si ta mémoire est bonne, tu dois te souvenir que j'avais ce secrétaire avant de te connaître. La clé y est cachée depuis des années.

— Pourquoi est-ce que tu ne m'as pas dit que Lindsey était enceinte de trois mois quand tu l'as épousée ? demande Stephanie au débotté.

Patrick lui jette un regard sincèrement étonné.

— Qu'est-ce que ça change ?

— Ça change tout ! s'exclame Stephanie, choquée par sa naïveté. Ça laisse à penser que tu l'as épousée parce que tu y étais obligé, et non parce que tu en avais envie. C'est le cas ?

— Voyons, Stephanie, c'est ridicule. Comment peux-tu dire une chose pareille ? De nos jours, les gens ne se marient plus pour camoufler une grossesse non désirée.

Stephanie n'en croit pas ses oreilles.

— Bien sûr que si !

— Mais non, enfin ! Nous étions amoureux, elle est tombée enceinte, et on a attendu le mois d'août pour se marier parce qu'on n'avait pas le temps pour ça avant. Ce n'est pas comme si nous avions honte. Bon sang, je n'en reviens pas que tu sois aussi vieux jeu, s'agace-t-il.

— Je ne suis pas vieux jeu, rétorque Stephanie en fronçant les sourcils.

— À t'entendre, on le dirait, pourtant.

Stephanie est blême de rage. Son mari n'a sûrement pas tué sa première femme, mais… est-ce que toute personne normalement constituée ne serait pas préoccupée par la façon dont tout ça pourrait être perçu de l'extérieur ?

— Les gens vont penser que tu as épousé Lindsey à cause de sa grossesse, pas parce que tu l'aimais !

— C'est faux, s'entête Patrick.

— On s'en fiche que ce soit faux, s'impatiente Stephanie. Réfléchis à l'image que ça renvoie, bon Dieu ! Erica est au courant ?

— Je ne crois pas. On ne s'en est pas vantés. Quand on a emménagé à Creemore au début du mois de septembre, on était déjà mariés. Personne ne nous a demandé la date précise.

— Et si Erica tombait sur l'acte de mariage ?

— Enfin, Stephanie, cette femme ne raconte que des mensonges !

— Vraiment ? rétorque-t-elle avant d'avoir eu le temps de se contenir. Tu as couché avec elle, tu l'as mise enceinte.

Patrick essaie lui aussi de se maîtriser, les narines frémissantes.

— Oui, articule-t-il à voix basse. J'ai couché avec elle. Mais je ne suis pas un meurtrier. Je devrais peut-être commencer à me demander si tu me crois.

Stephanie détourne les yeux, évite la question. Elle n'a pas d'autre choix que de lui dire la vérité.

— Erica est venue me voir aujourd'hui.

25

Assise sur son canapé, penchée au-dessus de sa table basse, Erica dévore à même l'emballage son plat thaï à emporter, mécontente. Elle repense à sa conversation avec Stephanie. La jeune femme ne va pas payer. Patrick l'aurait fait, mais pas elle. Or c'est elle qui a l'argent. Bon Dieu, elle déteste les gens têtus incapables de comprendre où se trouve leur intérêt.

Elle repense au sac à main de Stephanie, que Patrick aurait aperçu chez elle. Elle se baisse pour le ramasser et le pose à côté d'elle sur le canapé. Il va falloir qu'elle s'en débarrasse. Elle ira le jeter dans le fleuve.

Tout ça s'annonce plus long et plus laborieux que prévu, Erica va devoir redoubler d'inventivité. Heureusement, elle a Niall pour s'occuper. Ce type a du potentiel. Et elle a son job à mi-temps à l'hôpital. Erica aime travailler là-bas : qui dit hôpital dit médecin, et les médecins ont de l'argent. En plus d'avoir de gros ego, des agendas surchargés et un penchant pour l'adultère. Parfois, ils ont même des problèmes d'addiction.

Le monde est plein d'opportunités pour qui sait rester à l'affût.

À l'évidence, Patrick ne s'y attendait pas : il reste pétrifié un instant.

— Quoi ?

— Oui, elle m'attendait à la maison quand je suis rentrée du parc, répond Stephanie sans préciser que, par sa faute, l'intruse s'était installée dans la cuisine, qu'elle avait sans doute encore oublié de fermer la porte à clé. Nous avons discuté sur le perron.

— Et tu ne me le dis que maintenant ? s'emporte Patrick. Pourquoi est-ce que tu n'as pas appelé la police ?

— Tu ne voulais pas que la police s'en mêle, je te rappelle, réplique âprement Stephanie. Tu comptais attendre qu'elle disparaisse d'elle-même.

Patrick se passe une main dans les cheveux, l'air nerveux.

— Qu'est-ce qu'elle voulait ?

— À ton avis ? De l'argent. J'ai refusé catégoriquement. Et... elle avait envie de me parler. Alors, c'est ce qu'on a fait.

— Mon Dieu, Stephanie, s'inquiète Patrick. Tu n'aurais pas dû accepter. Elle est dangereuse. Perverse. Qu'est-ce qu'elle t'a dit ?

— Elle soutient que vous étiez amoureux. Que vous vous êtes vus bien plus souvent que tu ne le prétends.

Assise sur le sofa, elle étudie le visage de son mari, debout devant elle. Elle ne veut pas perdre une miette de sa réaction à ce qui va suivre :

— Elle a dit que tu allais chez elle pendant ta pause déjeuner. Que vous faisiez l'amour et que tu mangeais au lit le repas que ta femme t'avait préparé.

À la lueur de panique qui s'invite dans l'œil de Patrick, Stephanie sait qu'elle a touché juste. Jusqu'au bout, pourtant, elle se refusait à y croire.

— C'est vrai ? souffle-t-elle.

Patrick secoue la tête, livide.

— Ça ne s'est passé qu'une fois, admet-il, la voix rauque. L'autre fois était la première, et on avait bu. Et après ça, j'ai tout arrêté. Mais crois-moi, Stephanie, ce n'était rien. J'ai pris conscience que j'avais fait une connerie. Erica ne représentait rien pour moi, rien du tout.

Stephanie, l'œil sévère, ne sait plus quoi penser.

— Ça ne mènera Erica nulle part, je te le promets, lui assure Patrick.

C'en est trop pour la jeune femme. Comment peut-il continuer d'ignorer leur adversaire ? Comment peut-il encore promettre quoi que ce soit ? Parce qu'il sait qu'il est innocent, peut-être. Sauf que cela n'offre pas la moindre garantie. Chaque jour, des innocents sont jugés coupables.

— Pourquoi est-ce que tu me promets que tout va bien se passer ? demande Stephanie d'une voix plaintive, des sanglots dans la voix. Qu'est-ce que tu en sais !

— Qu'est-ce qui t'arrive, Stephanie ? Tu ne me crois pas ?

— Bien sûr que je te crois, mais…

— Mais quoi ?

— Si Erica va voir la police, c'est elle qu'ils pourraient croire !

Patrick fait semblant de dormir, les yeux fermés, mais il est bien réveillé. Stephanie vient enfin de coucher les petites et de se glisser dans le lit. Il a beau lui tourner le dos, il comprend à sa respiration qu'elle a sombré sur-le-champ. Exactement ce qu'il espérait.

Sans un bruit, il se lève, enfile un jean et un tee-shirt et se faufile hors de la chambre. Stephanie ne devrait pas rouvrir l'œil avant 6 heures, quand les jumelles recommenceront à pleurer. Il sera rentré entre-temps. Avec un peu de chance, son épouse ne se rendra même pas compte qu'il s'est absenté. Dans le cas contraire, il dira qu'il avait besoin de rouler un peu pour s'éclaircir les idées.

Patrick attrape ses clés et son portefeuille et se glisse hors de la maison, en prenant bien soin de verrouiller derrière lui. Il monte dans sa voiture, sort du garage et attend d'avoir atteint la rue pour allumer ses phares. Direction : Newburgh.

La plainte stridente de l'interphone réveille Erica en sursaut. Elle jette un œil à son radio-réveil : 2 h 45. L'interphone sonne à nouveau, avec insistance.

Erica rejette ses draps et se dirige pieds nus jusqu'à la porte.

— Qui est-ce ? demande-t-elle dans le combiné.

— C'est moi. Il faut qu'on parle.

Elle a reconnu la voix de Patrick. Son cœur fait une embardée.

— OK, monte.

L'espace d'un instant, Erica se demande si elle devrait avoir peur. À vrai dire, elle a un peu peur, mais elle croit surtout que Patrick est enfin disposé à parler affaires. Qu'il a commencé à entrevoir les opportunités formidables qui s'ouvriraient à eux s'ils se mettaient à collaborer.

Elle est en train d'enfiler sa robe de chambre quand elle l'entend frapper. Après avoir fini de s'habiller, elle va ouvrir.

Patrick reste quelques instants à la fixer, immobile sur le pas de la porte, puis entre sans un mot. Erica ferme la porte derrière son visiteur et tente d'évaluer son humeur.

— Qu'est-ce qui t'amène ici au beau milieu de la nuit ? demande-t-elle.

— Tu as intérêt à ne plus venir emmerder ma femme ! commence Patrick d'une voix menaçante.

Erica est déçue. Elle pensait qu'il allait comprendre que la mort de son épouse actuelle pourrait servir leurs intérêts à tous les deux. Même si ce n'était pas son idée. Au lieu de quoi, monsieur joue les maris protecteurs.

— Pourquoi donc ? réplique-t-elle d'une voix tout aussi hostile. Elle mérite de connaître la vérité. De savoir ce dont tu es capable.

— Arrête tout de suite tes conneries ! explose Patrick. Je commence à en avoir par-dessus la tête de cette histoire. Et de toi…

Il s'est penché vers elle et, au lieu de reculer, Erica s'approche à son tour.

— N'essaie pas de me faire croire que tu n'avais pas une idée derrière la tête avant que je réapparaisse. Tu as épousé une femme dont tu savais qu'elle allait hériter d'une fortune. Et c'est chose faite. Sans parler de son assurance-vie. Si je n'étais pas revenue, qui sait comment tout cela se serait fini ?

Elle lui sourit froidement et voit la fureur dans ses yeux.

— J'ai touché un point sensible ? Je viens de ruiner tous tes plans ?

— Espèce de sale garce menteuse, fulmine Patrick. Le pire, c'est que tu crois à tes délires.

— Au cas où tu n'aurais pas remarqué, poursuit-elle, imperturbable, tu es coincé. Si ta radine de femme meurt avant que j'aille voir les flics dans le Colorado, personne n'aura le moindre soupçon, pourvu que tu fasses bien les choses. Tu seras débarrassé d'elle et tu pourras partager son pognon avec moi. J'ai cru comprendre qu'il y en avait largement assez pour deux.

Patrick la dévisage, muet de rage.

— L'autre option, c'est d'être mis en examen pour le meurtre de ta première femme. Une fois que l'enquête aura été réouverte, et quelle qu'en soit l'issue, tu ne pourras plus jamais t'en prendre à Stephanie. Tu n'oserais quand même pas, si ?

Erica marque une pause avant de lancer son assaut final :

— Et elle divorcera peut-être, en reprenant tout son argent.

— Petite pute amorale et cupide, rugit Patrick.

Mais Erica n'a que faire de son opinion.

— Alors, qu'est-ce que tu décides ?

Leurs deux visages sont si proches qu'Erica peut voir le pouls de Patrick battre à sa tempe.

— Tu pars du principe que je suis un assassin, lance-t-il dans une tentative désespérée.

— Ce n'est pas le cas ?

26

Jeudi matin, Hanna décide d'inviter Stephanie et les jumelles à venir passer un moment chez elle. Elle se fait de plus en plus de souci pour sa voisine, manifestement épuisée et proche du burn-out. Qui ne le serait pas, avec deux bébés sujettes à des coliques et aucune grand-mère sur qui compter ? Depuis que Teddy est né, Hanna réalise à quel point elle ne pourrait pas se passer de sa propre mère, alors que son fils n'est pas un bébé difficile.

Elle s'est inquiétée, l'autre jour, en découvrant la porte grande ouverte chez Patrick et Stephanie, et son amie à l'intérieur, complètement désorientée. Habiter un quartier tranquille ne met pas pour autant à l'abri des effractions – surtout si les maisons sont laissées ouvertes aux quatre vents. Avec le développement de la vente en ligne, les rôdeurs affluent, toujours en quête d'un colis à voler sur le pas d'une porte.

Mais il n'y a pas que cet incident qui travaille Hanna. Quelques jours plus tôt, elle a surpris Stephanie en pleine conversation avec la femme qui avait visité la maison au bout de la rue. Hanna se souvient bien de cette visiteuse, si avenante, si amicale. Mais de ce qu'elle a pu voir, les deux jeunes femmes ne semblaient pas passer un bon moment.

Hanna n'a jamais eu un tempérament de fouineuse, et en apprenant à connaître sa voisine, elle a compris que Stephanie était une personne très secrète, très réservée sur sa vie privée, aussi n'est-elle pas sûre qu'il faille mettre le sujet sur la table. Mais si cette femme compte bel et bien acheter la maison…

Elle décroche son téléphone et, peu de temps après, son amie et les jumelles sont confortablement installées dans son salon. Stephanie semble encore plus mal en point que la dernière fois.

— Ne te vexe pas, glisse cette dernière avec sympathie, mais tu n'as pas l'air en forme.

— Crois-moi, les apparences sont pourtant flatteuses. Je suis dans un sale état.

Hanna lui tend une tasse de café et demande, l'air de rien :

— Qui était cette femme avec qui tu parlais, l'autre jour ?

Stephanie détourne les yeux.

— Oh, une vieille amie de Patrick, fait-elle après avoir bu une gorgée.

— Tiens, dit Hanna. Elle est toujours intéressée par la maison ?

— Quelle maison ?

— Celle qui est à vendre un peu plus bas. J'ai un peu papoté avec elle la semaine dernière, après qu'elle l'a visitée.

— Non, je ne crois pas, dit rapidement Stephanie avant de changer de sujet.

Quelque chose ne colle pas, songe Hanna.

Nancy essaie d'en savoir plus sur cette E. Voss. Elle a employé les méthodes les plus évidentes – Google, Facebook –, sans résultat probant. Dimanche, alors qu'elle était coincée à l'anniversaire d'un copain de Henry, elle a vu, via l'application Tesla, que son mari se rendait de nouveau à Newburgh après lui avoir dit qu'il devait retourner travailler à l'agence. Elle s'est donc mise à le suivre partout – au fond, Niall pourrait voir cette femme n'importe où – mais en décalé. Quand elle voit qu'il a garé et verrouillé sa voiture quelque part, elle se rend sur place, emmenant même Henry avec elle parfois. Jusqu'ici, Niall n'a visité que de vrais chantiers supervisés par son agence.

Mais jeudi après-midi, le point bleu se dirige une fois de plus vers Newburgh. Nancy est ivre de rage. Envers son mari, envers elle-même qui n'a pas su l'affronter. À la maison, ils se comportent comme si de rien n'était. Lui, comme s'il n'avait pas d'aventure ; elle, comme si elle n'était pas au courant. Ils mériteraient tous les deux un Oscar.

Nancy demande à sa mère d'aller chercher Henry à l'école puis emprunte la nationale. Sa colère ne retombe pas. Une fois à destination, elle se gare au même endroit que la dernière fois et aperçoit tout de suite la rutilante Tesla dans le parking de l'immeuble. Elle voudrait y aller à la batte de base-ball.

Elle voudrait, mais elle ne le fait pas. Elle reste assise derrière son volant, les yeux rivés sur l'entrée du bâtiment. Niall finit par sortir, seul. Elle attend qu'il démarre et s'éloigne, puis elle se dirige vaillamment vers l'immeuble. Appuie sur l'interphone du 107. Nancy a envie de voir cette briseuse de ménage en chair et en os.

Sauf qu'elle ne sait plus quoi dire lorsqu'une voix féminine lui répond. Et si cette garce ne la laissait pas entrer ? À ce moment-là, un homme quitte le hall et Nancy parvient à se faufiler à l'intérieur, sans répondre à l'interphone.

Elle marche jusqu'à l'appartement 107, reste plantée devant un long moment, en proie à un stress intense. La femme qui couche avec son mari viendra-t-elle ouvrir la porte ou se contentera-t-elle de regarder par le judas pour la découvrir de l'autre côté, elle, l'épouse en colère ? Nancy s'arme de courage et frappe.

— Oui ?

La porte s'ouvre, Nancy dévisage sa rivale. Elle n'est pas aussi jeune qu'elle l'imaginait, mais incontestablement belle. Blonde, alors que Nancy est brune. Anne O'Dowd était blonde aussi. Depuis quand Niall fantasme-t-il sur les blondes ? Face à cette femme mince en legging noir et tee-shirt moulant, elle ressent un mélange d'envie, d'insécurité et de colère.

— Qu'est-ce que vous voulez ? demande la femme.

— Vous parler, répond fermement Nancy. Je peux entrer ?

L'autre semble déconcertée.

— Qui êtes-vous ?

Nancy jette un coup d'œil par-dessus l'épaule de la blonde, aperçoit un appartement à peine meublé, et entre de force.

— Excusez-moi…

Nancy avise une pile de courrier sur une petite table. Une enveloppe est adressée à Erica Voss.

— Je voulais vous rencontrer, *Erica*, dit-elle en relevant la tête. Vous couchez avec mon mari. Je viens de le voir quitter l'immeuble… et vous allez arrêter de le faire.

— Ah ! fait Erica avec un sourire. Vous êtes donc l'épouse négligée. Je m'en doutais. Vous avez commencé à le suivre, je me trompe ? C'est un peu pathétique… Et vous pensez pouvoir me dire quoi faire ? Vous ne manquez pas d'air !

— Prenez ça pour une visite de courtoisie, répond Nancy d'une voix dure. Je vais dire à mon mari que je sais tout, et il va rompre immédiatement.

— Comment pouvez-vous en être si sûre ? demande Erica en croisant les bras sous sa poitrine parfaite.

Et, de fait, Nancy a perdu son assurance. Cette femme n'a rien à voir avec Anne O'Dowd : elle a de la poigne.

— Ne vous approchez plus de lui, se contente-t-elle de dire.

— Ou quoi ? Qu'est-ce que vous allez me faire ? lance Erica, le sourcil levé. Niall est un grand garçon, il peut prendre ses décisions seul.

Nancy lui jette un regard de mépris.

— Vous verrez que j'ai raison, lance-t-elle en quittant l'appartement.

— Soyez prudente sur la route ! chantonne l'autre dans son dos.

Ce soir, Niall s'est attardé à l'agence pour rattraper le temps perdu en allant voir Erica dans l'après-midi. Nancy a dû être déçue, bien qu'elle n'ose pas se plaindre des horaires de son mari. Elle sait qu'il travaille dur et s'enorgueillit de son succès. Et elle tient à leur train de vie. Mais un tel confort ne s'obtient pas sans sacrifice. Les heures supplémentaires en font partie.

Niall gare sa voiture et rentre chez lui, s'attendant comme chaque soir à trouver son épouse sur le pas de la porte. Pas de Nancy. Peut-être est-elle dans la cuisine ? Sa petite femme lui garde toujours un plat au chaud, les jours où il finit tard. D'ailleurs, Niall crève de faim. Mais la maison est étonnamment calme.

— Nancy, je suis là ! appelle-t-il.

Il s'immobilise en la trouvant assise sur le canapé, raide et silencieuse. Il s'apprête à la saluer, mais son regard suffit à lui glacer les entrailles. Elle a les traits durcis par la colère, la douleur, le ressentiment. Instantanément, Niall comprend : elle a découvert l'existence d'Erica. Soudain, il est aussi furieux qu'elle : comment s'y est-elle prise ? L'a-t-elle suivi ? N'a-t-il pas le droit à un peu de liberté ? Mais cette révolte intérieure et puérile se dissipe en un instant, balayée par la triste réalité. Quel idiot. Il va perdre sa femme… Son visage se décompose. Aucun des deux n'a encore rien dit.

— Où est Henry ? demande-t-il enfin, peu désireux que son fils entende ce qui va suivre.

— Chez ma mère. Il reste là-bas ce soir.

Elle va lui demander de partir. Niall est abasourdi. Comment a-t-il pu être aussi con ? Il lui avait promis. Et il vient de rompre sa promesse. Il n'aura jamais de seconde chance, il a déjà grillé toutes ses cartouches.

— Nancy…, commence-t-il, la voix chevrotante.

Elle attend qu'il avoue, mais il n'y arrive pas.

— Comment as-tu osé ? explose-t-elle alors. Après ce qui s'est passé la dernière fois !

Niall s'approche lentement du canapé, comme s'il était invité à assister à son propre enterrement, et se laisse lourdement tomber dans un fauteuil en face de sa femme.

— Je ne sais pas, bredouille-t-il en lui lançant un regard pathétique, implorant. Je suis tellement désolé. Nancy, je t'aime. Je n'aime que toi. Je n'ai jamais aimé que toi.

— C'est ce que tu as dit la dernière fois, gronde-t-elle.

— Je sais. Mais c'est vrai.

— Je suis allée la voir aujourd'hui.

Quel cauchemar. Tout ce que Niall voulait éviter. Il n'a jamais eu l'intention de blesser sa femme, il voulait juste s'amuser un peu. Et maintenant, il va tout perdre.

— Elle est très séduisante, commente Nancy, acide.

Pitié, pas ça, pas encore.

— Nancy, je t'en prie. Tu sais que tu es très séduisante, toi aussi. Regarde-toi, bon sang ! Là n'est pas la question.

— Ah non ? Alors pourquoi est-ce que tu couches avec d'autres femmes ? Pourquoi est-ce que je ne te suffis pas ?

Niall espérerait presque que Nancy se mette à pleurer et à lui balancer des objets à la figure, mais elle reste d'une froideur glaciale. Il en est sûr, maintenant : elle va le foutre à la porte. Comment pourrait-il lui cxpliquer ? Il a déjà essayé, pendant leur thérapie de couple, en vain. Et ce soir, il n'y parvient pas non plus.

— Trop c'est trop, Niall. Tu ferais mieux de partir.

— Non ! s'étrangle-t-il. Non, Nancy, je t'en supplie. Donne-moi une autre chance.

— Tu peux aller t'installer dans ce minable petit appartement de Newburgh avec elle. Je suis sûre que vous serez très heureux ensemble. Ou pas. Tu sais quoi ? Je m'en fiche.

Niall bondit de son fauteuil et vient se jeter aux pieds de sa femme.

— Ce n'est pas elle que je veux, gémit-il. Elle n'est rien pour moi. Je veux être ici, avec toi. Je t'aime, Nancy. Je veux rester auprès de toi et Henry. S'il te plaît, ne me demande pas de partir. Je ne la reverrai jamais, je te le jure.

Nancy se met alors à pleurer, et Niall aussi. Ils restent tous les deux assis en silence, dans la pénombre. Puis Nancy finit par reprendre la parole.

— Je veux que tu l'appelles maintenant et que tu lui dises que tu ne la reverras plus jamais.

— Tout de suite, s'empresse de répondre Niall, dégainant déjà son téléphone.

Son cœur bat à tout rompre pendant que retentissent les premières tonalités.

— Allô ? fait Erica.

— Erica, c'est Niall. Je suis désolé, mais on ne se verra plus.

— Tiens donc, on a peur de bobonne ?

— Je l'aime.

— Mais bien sûr.

Niall raccroche, conscient que sa femme a entendu la conversation.

— Et maintenant ? s'enquiert-il, plein d'espoir.

— Je vais réfléchir, déclare-t-elle avant de se lever. Tu peux dormir dans la chambre d'amis pour le moment. Le temps que je décide quoi faire.

Puis elle quitte la pièce, abandonnant Niall à son sort, la tête entre les mains.

Erica a envie de jeter son téléphone portable contre le mur. Elle s'arrête juste à temps. Quelle humiliation ! Elle ne s'attendait pas à ça. Pas plus qu'elle ne s'attendait à voir la femme de Niall débarquer chez elle. Bien sûr, Erica n'a jamais imaginé que Niall briserait son foyer pour elle, mais qu'il se fasse pincer aussi vite, ça, non, elle ne l'aurait pas prédit. Comment s'est-il débrouillé ? Comment a-t-il pu se faire prendre en filature ? Ce n'est pas possible d'être idiot à ce point. Comme s'il avait envie de se faire démasquer !

Maintenant, elle peut dire adieu à toute perspective de chantage. Niall n'aura plus besoin d'acheter son silence.

Rien ne se passe comme prévu, dernièrement. Erica se répète qu'il y a un temps pour tout, qu'elle doit faire preuve de patience. Seulement la patience n'a jamais été son fort.

27

Patrick se repasse en boucle sa dernière conversation avec Erica, dans son appartement de Newburgh. Ces jours-ci, ses mains ont commencé à trembler. Stephanie s'en est aperçue. Elle n'arrête pas de lui demander comment il va, s'il lui cache encore quelque chose, s'il a eu des nouvelles d'Erica – ce n'est pas le cas. Cette dernière n'a cherché à contacter ni Patrick ni Stephanie. Mais Patrick n'est pas assez idiot pour croire qu'elle a simplement baissé les bras, qu'elle est partie. Plus maintenant.

Stephanie est aussi au bout du rouleau. Ses traits sont tirés et chaque geste lui coûte. Elle sursaute au moindre bruit, même à celui d'une lettre glissée dans la fente de la boîte aux lettres et tombant sur le sol de l'entrée. Elle a rapporté à Patrick les propos de Hanna concernant la maison à vendre. Cette information les inquiète tous les deux au plus haut point – c'était sûrement le but recherché par Erica –, mais ils essaient de se raisonner. Erica n'est pas vraiment intéressée par la maison, si ?

Ils tournent en rond, ils ont besoin d'air. Patrick s'est rendu compte qu'ils n'avaient pas quitté la ville depuis la naissance des jumelles. Avant la grossesse, ils avaient l'habitude de partir en randonnée pour le week-end, à pied ou à vélo. Quand Stephanie était tombée enceinte, ils avaient évoqué l'idée d'emmener leurs filles faire le tour des Catskills, comme si avoir des enfants n'était qu'un détail. Ils n'imaginaient pas à quel point leur vie allait changer. Faire du vélo avec les petites sur le porte-bagages était complètement irréaliste. Ils n'avaient pas compris ce que signifierait avoir des jumelles, et ils ne s'attendaient pas aux coliques. La seule chose dont ils rêvent, à présent, c'est récupérer un peu de sommeil.

— Chérie, lance Patrick au petit déjeuner le samedi matin, la journée va être magnifique. Pourquoi on n'en profiterait pas pour se préparer un pique-nique et emmener les filles voir du pays ? Ça nous ferait du bien à nous aussi, de changer d'air.

Stephanie penche la tête sur le côté, partagée. Patrick connaît les raisons de son hésitation : sur le papier, la proposition est idyllique, mais sa réalisation demande tant de travail – à commencer par la confection du pique-nique – qu'elle est fatiguée rien que d'y penser. Sans parler de la sieste à laquelle elle devrait renoncer. Les petites dormiront sur le chemin de retour plutôt qu'à la maison.

— Je m'occupe de tout, insiste Patrick. Je vais passer à la supérette prendre des trucs tout faits. Salade de pommes de terre, les sandwichs italiens que tu aimes tant, de la limonade et des cookies. On roule jusqu'à cet endroit dans la montagne, tu te souviens ? Là où on s'embrassait…

Patrick affiche un grand sourire, que Stephanie lui rend, brièvement.

— On va se détendre un peu. Et tu dormiras dans la voiture au retour.

Le visage de la jeune femme s'éclaire, et Patrick a l'impression de retrouver celle qu'il connaissait avant qu'Erica ne s'insinue dans leur vie.

— D'accord, finit-elle par dire. Va à la supérette. Pendant ce temps, je prépare les affaires des petites.

— Génial, fait Patrick, qui l'embrasse avant d'attraper ses clés de voiture en sifflotant.

Stephanie se laisse aller contre son siège, bercée par la voiture. Ils laissent le fleuve derrière eux pour s'engager sur l'une des routes des monts Catskill. L'épaisse forêt qui ne tarde pas à les envelopper fait monter en elle une sérénité familière. Le soleil est resplendissant. À l'arrière, les jumelles babillent joyeusement. Patrick quitte un instant la route des yeux pour offrir à son épouse un sourire aimant, en posant sa main sur la sienne. Dans un soudain élan de joie, Stephanie se rappelle la chance qu'ils ont – juste avant que ne lui reviennent en pleine face les événements récents. Lumière et obscurité. Peut-on seulement avoir l'un sans l'autre ? En contemplant le profil de Patrick, en savourant les rayons du soleil qui inondent l'habitacle et les gazouillis de ses filles qui résonnent dans son dos, elle sait ce que le bonheur signifie. Mais elle sait aussi qu'une ombre plane désormais sur leur existence. Stephanie regarde par la fenêtre. Les arbres défilent, de plus en plus denses, et elle pense à tous ces contes de fée qu'elle a hâte de lire à ses filles, ceux dont elle raffolait, enfant. *Le Petit Chaperon rouge*, *Hansel et Gretel*, *Blanche-Neige et les Sept Nains*.

— Nous y sommes presque, annonce Patrick en quittant la route principale pour s'engager sur un sentier reculé qu'ils ont découvert ensemble quelques années plus tôt et qu'ils se plaisent à considérer comme le leur.

C'est la première fois qu'ils reviennent ici depuis la naissance des jumelles. Patrick tire le frein à main et éteint le moteur. Ils sont complètement seuls. Le silence est tel que Stephanie entend le cliquètement du moteur en train de refroidir. Ils sortent de la voiture, Patrick vient se coller contre Stephanie, et tous deux restent un moment absorbés par le panorama qui se déploie à leurs pieds. La vue est à couper le souffle. Puis Stephanie va chercher les couvertures et Patrick sort les enfants de la voiture.

Bientôt, ils se retrouvent chacun avec un bébé dans les bras, à se délecter de leur déjeuner entrecoupé de grands bols d'air pur. Leurs problèmes paraissent si loin, ici, se dit Stephanie en mordant dans son sandwich. Elle sourit à Jackie qui essaie de lui attraper les cheveux. Ils sont loin de tout. Si seulement ils pouvaient rester là, songe-t-elle, dans cet endroit où Erica ne les trouverait jamais.

— Tu veux qu'on aille marcher dans la forêt ? propose Patrick une fois qu'ils ont fini de manger. J'ai pris les porte-bébés.

Stephanie hésite, mais la digestion l'a rendue somnolente.

— Non. Je préfère rester tranquille ici.

— Comme tu veux, s'empresse de répondre Patrick. C'est ta journée.

Il se penche pour l'embrasser, et elle lui rend son baiser avec langueur, comme avant.

Après quelques heures de farniente, la famille remballe ses affaires. Il est temps de rentrer à la maison. Stephanie note que Patrick semble s'être renfermé sur lui-même, est à nouveau tendu. Sans doute pense-t-il à ce qui les attend maintenant que s'achève cette parenthèse enchantée. Il doit être en proie aux mêmes interrogations qu'elle alors qu'ils chargent la voiture : quand auront-ils des nouvelles d'Erica ? Que va-t-il se passer, à présent ?

— Tu as l'air vraiment crevé, fait-elle remarquer une fois qu'ils ont fini d'attacher les petites à l'arrière. Si je conduisais ?

— Non, non, ça ira, répond Patrick en secouant la tête.

— Tu t'es chargé de l'aller. Laisse-moi prendre le volant au retour.

— Non, vraiment, je t'assure, je vais bien. Tu devrais en profiter pour faire la sieste.

Mais Stephanie n'en démord pas. Elle contourne l'avant de la voiture et se plante devant la portière côté conducteur.

— C'est moi qui conduis. Regarde, tu trembles. Littéralement. Crois-le ou non, je suis sûre que je suis en meilleure forme que toi.

28

Une semaine a passé depuis la visite de Patrick à l'appartement de Newburgh. L'impatience d'Erica ne cesse de croître. Il n'est rien arrivé de nouveau. Ou plutôt : il n'est rien arrivé à Stephanie. Et Erica n'aime pas perdre son temps. Elle pousse la porte de la librairie d'Aylesford – un endroit charmant, mais Erica n'est pas venue ici pour ça. Elle sait ce qu'elle cherche : le rayon jeunesse.

Il est temps d'acheter un cadeau pour les jumelles. Erica a consacré tellement d'heures de sa vie à penser à cette petite famille qu'elle a presque l'impression d'en faire partie. Elle passe en revue les étagères, à la recherche d'un titre en particulier, un souvenir tout droit sorti de sa propre enfance. Sans doute son livre préféré. Pendant quelques minutes, elle a peur de ne pas le trouver et de devoir le commander en ligne. Elle tient pourtant à l'offrir aux jumelles aujourd'hui. Patrick a besoin d'une piqûre de rappel.

Ah, le voilà. Erica reconnaît aussitôt la couverture. Elle saisit l'album, attrape une chaise et se met à le lire de la première à la dernière page. L'histoire est exactement telle qu'elle se la rappelait. Elle se surprend à sourire malgré elle, à savourer les mots revenus du passé, les illustrations, la morale. Un cadeau parfait.

Patrick est le premier à apercevoir, devant leur porte, ce petit paquet cadeau surmonté d'un nœud de bolduc. La famille revient d'une promenade dans le quartier. Il entend Stephanie s'approcher derrière lui. En avisant le paquet si joliment emballé, avec son papier jaune clair orné de petits moutons, la jeune femme pousse un cri de joie.

— Un cadeau !

Stephanie a toujours aimé les cadeaux – les choisir, les emballer, les donner et les recevoir. Patrick prend conscience qu'il n'a rien offert à sa femme dernièrement, pas même des fleurs. Il faut qu'il se rattrape. Il trouvera quelque chose bientôt.

Stephanie ramasse le paquet pendant qu'il ouvre la porte.

— Ramenons les petites à l'intérieur et voyons voir qui nous a gâtés, lance-t-elle.

Une fois les jumelles dans le salon, elle s'assoit sur le sofa :

— Il y a une carte. « Pour Jackie et Emma. » Je me demande de qui ça vient.

Patrick s'apprête à la rejoindre sur le canapé quand son épouse jette le paquet au loin, comme si elle venait de recevoir une décharge électrique. Elle tient toujours la carte entre les doigts mais la fixe avec dégoût. Patrick a un terrible pressentiment.

— Qu'est-ce qu'il y a ?

Stephanie lui tend la carte, la main tremblante.

— C'est de la part d'Erica, siffle-t-elle.

Patrick la lui arrache des mains pour l'examiner et découvre un mot : « Un petit cadeau pour vous et les jumelles. Erica »

La peur s'impose à lui, irrépressible. Il pose les yeux sur le paquet jeté au sol. À sa forme, on dirait un livre.

— Ne l'ouvre pas, avertit Stephanie.

Patrick hésite. Il n'a pas envie de l'ouvrir non plus, il sait que cette femme est tordue et qu'elle veut les rendre dingues. Mais d'un autre côté, il a besoin de savoir. Il se lève et se baisse pour prendre le cadeau tandis que Stephanie se laisse retomber sur le canapé. Patrick la regarde, comme pour lui demander la permission, mais la jeune femme reste muette. Il déchire le papier et pousse un long soupir de soulagement.

— *La Petite Poule rousse*, fait-il en se tournant vers sa femme.

— Je connais ce livre, dit Stephanie en le lui prenant des mains. C'est un vieux conte traditionnel. La petite poule rousse doit tout faire toute seule.

Stephanie ouvre l'album, et tous deux le parcourent rapidement. C'est l'histoire d'une petite poule rousse qui trouve un grain de blé et décide de le planter, mais personne ne veut l'aider. L'oie, le chat et le cochon disent non, aussi la petite poule rousse décide-t-elle de s'en charger elle-même. Quand arrive le moment de moissonner le blé, personne non plus ne veut l'aider. Qu'à cela ne tienne, la petite poule rousse le fera elle-même. Et puis arrive le jour où son premier pain est prêt : tout à coup, tout le monde en veut. Mais la petite poule rousse dit qu'elle le mangera elle-même.

Stephanie tourne la dernière page, incrédule. Ce n'était donc que ça ? Elle interroge son mari du regard, le visage grave.

— Elle essaie juste de nous rendre marteaux, dit Patrick.

Sauf qu'au fond de lui il sait très bien, maintenant, quel message Erica cherche à lui faire passer. Et ce message lui glace le sang. *Je m'en occuperai moi-même.*

Le lendemain soir, mercredi, Erica est en route pour l'hôpital Hillcrest de Newburgh qui l'emploie trois jours par semaine comme assistante administrative. Elle aurait vraiment dû reprendre des études, se chercher une situation digne de ce nom. Mais elle a toujours été incapable de rester en place, constamment à l'affût d'un meilleur moyen de gagner de l'argent, plus rapide, plus facile. Elle s'apprête à prendre son service de nuit, la rue est déjà sombre. L'hôpital est à deux pas de chez elle, et elle aime se retrouver seule avec ses pensées. Elle a tant de choses qui se bousculent dans sa tête.

Erica marche sur la route le long du bâtiment – la voie est dépourvue de trottoir –, en direction de l'entrée qui se trouve à l'arrière, absorbée par le souvenir de ses choix passés. Elle n'a aucun mari pour l'aider. Elle a confié son fils unique à l'adoption. Cette décision n'a pas été difficile à prendre, tant sur le plan pratique que financier. Erica a fait pression sur le petit couple bien sous tous rapports qui allait adopter son fils. D'abord un peu, puis un peu plus. Tout s'est passé sans le moindre accroc. Les deux gogos étaient ravis de payer.

Elle n'était pas prête à devenir mère. Comment aurait-elle pu, à 22 ans, élever un gamin seule, alors même qu'elle ne s'était jamais posé la question de son désir de maternité ? Aujourd'hui, elle le sait : elle n'est pas faite pour ça. Elle n'a pas la fibre nourricière. Elle s'étonne même du peu d'intérêt qu'elle éprouve pour son propre enfant.

La tête baissée, écouteurs dans les oreilles, elle avance d'un bon pas. Soudain, elle perçoit dans son dos une brusque accélération. Elle se retourne et se retrouve nez à nez avec la silhouette opaque et menaçante d'une voiture déboulant à pleine vitesse, tous phares éteints. Obéissant à un instinct primaire, Erica se jette dans le fossé, atterrit sur l'épaule et roule sur elle-même tandis qu'elle entend la voiture s'éloigner.

Elle reste étendue là, haletante, le cœur battant sauvagement. Elle se redresse lentement, frotte son épaule endolorie, secouée mais indemne. *C'est passé près.*

Soudain, elle prend peur. Peut-être a-t-elle été trop loin avec Patrick. Il a pris sa décision. Elle s'est plantée.

29

Il est tard. Stephanie tient Jackie dans les bras, sa petite face rougie par les cris, le visage recouvert de morve et de larmes. Le bébé est bouillant, même en simple tee-shirt et couche. Stephanie aussi s'est mise à transpirer au contact de sa fille. Elle lui parle, essaie de la consoler pendant qu'elle déambule dans le salon en la berçant dans tous les sens, mais rien n'y fait… Elle a tout essayé. Et si elle se contente de poser la petite, cette dernière hurle de plus belle. Ces cris-là, ni Stephanie ni son mari ne peuvent les supporter. Patrick, qui s'occupe d'Emma, applique la même méthode : il arpente le couloir, entre et ressort de la cuisine. Nuit après nuit, le scénario ne diffère pas. Et les détruit à petit feu. À cause du volume des pleurs, le couple ne peut même pas communiquer, mais c'est peut-être mieux ainsi : Stephanie n'a pas envie de parler à Patrick pour le moment.

Elle est en colère. Contre lui, contre la situation. Si fatiguée qu'elle n'arrive pas à réfléchir. Dire qu'autrefois elle se pensait pleine de bon sens…

Stephanie ne croit pas que Patrick ait mis en scène l'accident de sa femme. Elle le connaît. C'est un mensonge éhonté. S'il était vraiment amoureux d'Erica, comme cette dernière le prétend, et voulait quitter Lindsey pour vivre avec elle, alors pourquoi ne l'avait-il pas fait ? N'importe qui aurait opté pour cette solution. Il n'y avait aucune raison de l'éliminer.

Sauf qu'un bébé allait arriver et qu'il faut de l'argent pour subvenir aux besoins d'une famille. Et il y avait cette assurance-vie.

Stephanie se traîne péniblement dans le salon, ressassant ses pensées avec la même lassitude. Erica est une maître chanteuse, et une menteuse dénuée de scrupules. Mais elle est si convaincante, son récit est si crédible. Pourtant cela ne peut pas suffire à faire rouvrir une enquête, si ? Affirmer que leur relation était plus qu'une aventure ne peut certainement pas prouver que Patrick a assassiné sa première femme. Stephanie repense alors à l'assurance-vie et elle est submergée par la nausée. Son genou heurte le divan, elle manque de trébucher. Elle ne parvient pas à oublier cet avertissement qu'Erica lui a lancé avant de disparaître : « Il l'a déjà fait, il pourrait bien recommencer. » Elle ferme les yeux quelques instants, parfaitement immobile, puis se mord la lèvre en refusant d'y penser. Non. Elle n'ira pas sur ce terrain-là. Erica voulait juste jouer avec ses nerfs.

Elle essaie de se raccrocher aux seuls éléments dont elle est sûre. Erica sait qu'ils ne vont pas payer et qu'elle n'aura rien d'eux une fois qu'elle aura été voir la police. Ce qui ne l'empêchera cependant peut-être pas d'y aller, par rancune. Si elle le fait, si elle va dénoncer Patrick, plus personne n'aura de contrôle sur la situation. Avec un peu de chance, l'affaire sera de nouveau rapidement classée dans le Colorado et n'arrivera jamais jusqu'à New York.

Dans le cas contraire, en revanche – si la réouverture de l'enquête alertait la presse, si Stephanie n'arrivait toujours pas à dormir convenablement –, la jeune femme a peur de craquer.

Tôt le lendemain matin, Erica est en route pour l'aéroport de LaGuardia où l'attend un vol en direction de Denver.

Elle a réfléchi pendant toute la durée de son service de nuit. Puis elle est rentrée chez elle et a rempli une valise cabine. Elle va se rendre au bureau du shérif. C'est le seul moyen dont elle dispose pour se protéger de Patrick.

Erica dort pendant tout le trajet. À son arrivée dans le Colorado, elle loue une décapotable, reste assise quelques instants derrière le volant, moteur à l'arrêt, le temps de faire un point sur ce qu'elle laisse derrière elle et sur ce qui l'attend.

Elle a vécu à Denver. C'est ici qu'habite son fils. Après la mort de Lindsey, elle avait quitté Creemore pour emménager dans la grande ville. Mais aujourd'hui, elle s'apprête à retourner aux origines, là où tout a commencé. Elle va parler au shérif. Jusqu'au bout, elle a cru qu'elle n'aurait pas besoin d'en passer par cette extrémité. Manifestement, elle a manqué de discernement.

Cependant, une idée germe dans son esprit. Une autre possibilité. *Quand une porte se ferme*, songe Erica, *une autre s'ouvre*.

Stephanie traverse sa matinée hagarde, oubliant ce qu'elle est en train de faire, butant sur des objets, se reprochant de ne pas accorder aux jumelles l'attention qu'elles méritent. Elle se tient debout dans la cuisine, l'esprit embrumé, incapable de se décider à préparer les filles pour sortir. Elle n'a pas l'énergie nécessaire pour affronter cet énorme effort. Machinalement, elle se sert une nouvelle tasse de café, mais la caféine semble sans effet. Peut-être devrait-elle lever le pied. Mais comment ferait-elle, alors, pour s'en sortir ? Pour réussir à être sur le pont nuit et jour ?

Elle apporte sa tasse de café et son ordinateur portable dans le salon. Un œil sur les filles, un autre sur une page Google, elle recherche les possibles effets du manque de sommeil. Ce qu'elle lit est effrayant. Il y a certes les désagréments physiques – maladresse, propension aux accidents –, mais c'est l'aspect psychologique qui l'inquiète le plus. Distraction : oui. Instabilité émotionnelle, sautes d'humeur : oui, bien qu'il soit impossible d'affirmer avec certitude qu'il s'agisse exclusivement d'une conséquence du manque de sommeil, vu les circonstances. Perte de recul : tout à fait possible. Actions impulsives et inhabituelles. Hallucinations. Doit-elle s'attendre à cela, si les filles continuent à ne pas faire leurs nuits ?

En fait, n'a-t-elle pas déjà tous ces symptômes ? Dans ses moments les plus sombres, elle a imaginé Patrick tassant la neige autour du pot d'échappement, s'appuyant sur sa pelle, prenant son temps, attendant patiemment que le monoxyde de carbone fasse son œuvre et le débarrasse de cctte famille non désirée… Stephanie secoue la tête, à plusieurs reprises. S'impose d'arrêter sur-le-champ.

Comment savoir si ces images délirantes lui sont inspirées par la fatigue ou par ce qu'elle a appris sur son mari ? Quand elle est réveillée et lucide, elle est sûre d'elle. Patrick ne ferait pas de mal à une mouche, et encore moins à ceux qu'il aime. Mais elle commence à douter d'elle-même, de ses propres convictions. Pas étonnant qu'elle se mette à douter de lui…

Patrick aussi est affecté par le manque de sommeil, et par tout ce stress qui a afflué d'un coup. Tous les deux géreraient mieux la situation s'ils pouvaient un peu reprendre possession de leur existence.

Sauf que le rythme des jumelles ne semble pas sur le point de s'améliorer.

Elle s'assoit sur le canapé, anéantie de fatigue, et sent qu'elle commence à s'égarer. Elle fixe les motifs du tapis sans parvenir à en détacher les yeux, même en bougeant la tête. Elle songe à Erica, et à ce qu'elle pourrait être en train de faire. Stephanie se lève d'un coup, renversant la tasse de café à ses pieds. Elle ignore la tache et se précipite vers la porte d'entrée, l'ouvre pour vérifier qu'Erica ne se trouve pas devant. Personne sur le perron. Stephanie ferme la porte à clé et retourne dans le salon. C'est Erica l'ennemie, se rappelle-t-elle, le serpent qui s'est introduit dans leur vie presque parfaite pour les détruire. Son mari n'est pas coupable des crimes dont on l'accuse.

Un instant, elle envisage d'emmener les jumelles en promenade. Mais si Erica l'attendait, là, dehors ? Patrick la dit dangereuse, potentiellement psychopathe. Il ne veut plus que les deux femmes se croisent.

Stephanie retombe sur le canapé, catatonique, trop épuisée et paniquée pour affronter le monde extérieur, tandis que le tapis absorbe la tache de café.

30

Erica quitte l'aéroport de Denver, direction Creemore. Le trajet ne devrait pas durer plus d'une heure. Elle dépasse la ville puis s'enfonce dans les collines ; la route se déploie devant elle, familière et somptueuse, mais elle n'a pas le temps de se repaître du panorama.

Arrivée à destination, Erica s'accorde un crochet imprévu par la rue où vivaient Patrick et Lindsey. Elle se gare en face du petit immeuble en briques rouges dont ils occupaient un appartement au deuxième étage. Sort de la voiture, fixe la fenêtre. C'était leur salon. Erica s'en souvient comme si c'était hier : meublé chichement et rempli d'objets destinés au bébé, certains neufs, d'autres de seconde main. Elle contourne le bâtiment et observe la petite impasse où la voiture était garée ce jour-là, le jour de la mort de Lindsey. C'est la fin du mois d'août : difficile d'imaginer cette rue recouverte de 1,50 mètre de neige. Erica essaie de se rappeler précisément l'endroit où le corps de Lindsey avait été étendu, mais sans le décor hivernal, elle a du mal. Alors elle ferme les yeux, et soudain, tout lui revient.

Quelques minutes plus tard, elle a repris placc derrière son volant et roule vers le bureau du shérif du comté, un grand bâtiment de verre et de béton. Sur le parking, Erica prend le temps de préparer son discours. Puis elle descend de la voiture et se dirige vers l'entrée à grandes enjambées.

— Je peux vous aider ? demande la femme en uniforme préposée à l'accueil.

— Je souhaiterais parler au shérif, s'il vous plaît.

— Puis-je savoir de quoi il s'agit ?

— D'une ancienne affaire. J'ai d'importantes informations à verser au dossier.

La fonctionnaire étudie un moment la mystérieuse nouvelle venue.

— Attendez ici, dit-elle enfin en quittant le bureau.

Quelques minutes plus tard, l'employée est de retour.

— Je vais vous demander de me suivre.

Les deux femmes s'engagent dans un couloir au sol étincelant qui fait résonner chacun de leurs pas. Elles s'arrêtent devant un bureau dont la porte est ouverte.

— Par ici, fait la femme avant de prendre congé.

Un homme grand et massif en uniforme sombre se lève et vient à la rencontre d'Erica. La petite quarantaine, jauge-t-elle.

— Bonjour. Lorne Bastedo, se présente le shérif en tendant la main.

— Erica Voss.

— Que puis-je faire pour vous ? dit l'homme en se rasseyant et en invitant Erica à l'imiter.

— J'ai des informations à vous communiquer, répond-elle. Au sujet d'un meurtre.

Le shérif l'écoute attentivement. À mesure que son récit avance – elle raconte tout, l'adultère, la grossesse, le regard de Patrick le jour des faits, l'assurance-vie – Erica voit le visage de son interlocuteur s'assombrir. Elle est satisfaite de sa prestation et confiante sur le fait que ses actions après l'accident – être restée à l'écart de Patrick, avoir confié son bébé à l'adoption, ne réapparaître que maintenant – prouveront qu'elle n'avait rien à voir dans l'affaire. Que seul le besoin de soulager sa conscience semble l'avoir guidée jusqu'ici aujourd'hui.

— C'est une allégation grave, lâche enfin le shérif en se laissant retomber contre le dossier de son fauteuil. Cette enquête a été menée avant que je prenne mes fonctions. Laissez-moi consulter les archives.

Il sort de la pièce pour parler à quelqu'un dans le couloir, retourne s'asseoir à son bureau et attend qu'un employé vienne y déposer un fin dossier. Il le parcourt en silence, sous les yeux d'Erica. La jeune femme n'est pas étonnée par la conclusion du shérif :

— Il n'y a pour ainsi dire pas eu d'enquête. Je vais regarder tout ça de plus près.

Erica Voss partie, le shérif Bastedo se replonge dans le dossier. Il relève le nom du coroner, George Yancik, lequel officie depuis près de vingt ans pour le comté. Visiblement, Yancik et Michael Bewdly, le prédécesseur de Bastedo, ont rapidement conclu à un tragique accident. À vue de nez, c'est aussi ce que le shérif aurait pensé. Mais sa curiosité est piquée : la femme qui vient de quitter son bureau a été fort convaincante. Son témoignage était clair, cohérent, rempli d'accents de vérité.

Cela suffit-il, cependant, à ajouter foi à ses accusations ? À l'époque, tout portait à croire qu'il s'agissait d'un accident. Mais si c'était bel et bien un meurtre, le coupable s'en serait tiré. Ils seraient alors en présence d'un vrai cas de meurtre parfait. Le moyen le plus judicieux de se débarrasser de sa femme et de son bébé à naître. Un vrai coup de maître.

Bastedo décroche son téléphone.

— Allô ? fait George Yancik.

— Je peux passer te voir ?

— Bien sûr, quand ?

— Maintenant, répond Bastedo. J'arrive.

Le shérif raccroche, attrape le dossier et grimpe dans sa voiture de service noir et blanc. Il ne lui faut que quelques minutes pour atteindre le bureau du coroner, qui l'attend déjà à la porte.

— De quoi s'agit-il ? s'enquiert ce dernier une fois dans son bureau.

Bastedo pose le dossier sur la table.

— De cette affaire. Il y a neuf ans et demi, en pleine tempête de neige, une jeune femme est morte intoxiquée au monoxyde de carbone alors qu'elle était assise dans une voiture au moteur allumé sur Dupont Street. Son mari était en train de déblayer le véhicule à la pelle. Elle était enceinte de huit mois.

Yancik plisse les yeux.

— Oui, je m'en souviens. Triste histoire.

— J'ai quelques questions.

— Vas-y, répond le coroner. Mais c'était une affaire très simple.

— Dis-moi ce que tu te rappelles.

Yancik s'enfonce dans son fauteuil.

— Il y avait une grosse tempête, en effet. Des chutes de neige record. Tout le monde passait son temps à déblayer. Les chasse-neige avaient été appelés en renfort. Si mes souvenirs sont bons, le couple s'apprêtait à partir en voyage et la femme attendait dans la voiture allumée. Elle s'est endormie. Fin de l'histoire. Une autopsie a confirmé l'intoxication au monoxyde de carbone. Un cas facile à régler.

— Et le mari ? Personne ne semble l'avoir trop embêté.

Yancik fronce les sourcils et se penche en avant.

— Le shérif Bewdly l'a interrogé. De ce qu'il m'a rapporté de leur discussion, j'ai estimé moi aussi que la mort était accidentelle.

Puis il ajoute, en se calant de nouveau au fond de sa chaise :

— Pourquoi ?

Tandis que Bastedo lui raconte son entretien avec Erica, Yancik plisse le front.

— Nous ne savions rien de tout cela à l'époque. Pourquoi cette femme n'a-t-elle rien dit ?

— Elle avait peur qu'on la croie impliquée. Et maintenant, elle veut se racheter. Dans tous les cas, lance le shérif, la question est : qu'est-ce qu'on fait ?

George Yancik est perdu dans ses pensées. Le récit de Bastedo l'a troublé. Si les dires de cette Erica Voss sont avérés – la liaison avec le mari qui voulait fuir son mariage, l'assurance-vie –, ils feraient mieux d'y regarder de plus près. Juste pour être sûrs.

Yancik n'a pas envie que ça s'ébruite. Que va-t-on penser ? Qu'il n'a pas bien fait son boulot à l'époque ? Il y a eu beaucoup de controverses, récemment, autour du système d'élection des coroners dans le Colorado – l'un des seize derniers États dans lesquels ce mode d'attribution a encore cours. Le reste du pays a opté pour une sélection basée sur les compétences médicales des candidats. La réouverture d'une vieille enquête risque de raviver les braises du débat. C'est le job du coroner de déterminer si la cause du décès est naturelle ou s'il s'agit d'un accident, d'un suicide, d'un homicide. Les gens vont dire qu'il n'était pas qualifié pour cette charge, la presse va le harceler. Une certaine indignation le traverse en repensant au shérif de l'époque : Yancik comptait sur lui pour mener l'enquête correctement. L'autopsie a été pratiquée par une médecin légiste qualifiée. Le coroner ne détenait alors aucune des informations qui lui auraient permis de remettre en doute l'évidence.

En face de lui se trouve aujourd'hui un nouveau shérif, qui n'a rien à craindre d'erreurs passées dont il ne pourrait pas être tenu pour responsable. Au contraire, même : l'idée de les réparer, d'imprimer sa marque, doit sans doute lui plaire. Il ne s'agirait pas pour Yancik de se laisser distancer.

Le shérif a la possibilité de lancer sa propre enquête, mais le coroner aussi, même après plusieurs années. Il peut convoquer des témoins, recueillir des preuves.

— Il faudrait peut-être rouvrir le dossier, suggère Yancik.

— Je pense que c'est une bonne idée, acquiesce Bastedo. Écoutons un peu ce que les gens ont à nous dire sous serment.

31

Après sa visite au shérif de Creemore, Erica roule jusqu'à Denver et va déposer ses bagages dans la chambre d'hôtel qu'elle a réservée. La nuit de travail à l'hôpital et le long vol l'ont épuisée, mais elle a encore une chose à faire avant de rentrer à New York le lendemain matin.

Ce n'est pas la nostalgie qui la conduit vers le quartier de Washington Park, l'un des plus agréables de la ville, où résident les familles aisées. Erica se gare en face d'une maison en briques admirablement rénovée. Elle connaît l'endroit, bien qu'elle n'ait jamais mis un pied à l'intérieur. Quand elle a abandonné son enfant, les Manning habitaient une autre maison, pas aussi impressionnante que celle-ci, dans un quartier moins huppé. Elle a gardé un œil sur eux pendant toutes ces années ; ils ont déménagé ici quand Devin avait 2 ou 3 ans.

Manifestement, les affaircs leur ont souri. Erica s'en réjouit.

La jeune femme reste assise dans sa décapotable de location, toit ouvert. Elle n'a pas choisi ce modèle par hasard. Heureusement, le temps est radieux.

La maison semble déserte – pas de voiture devant le garage – mais c'est bientôt l'heure du dîner, aussi espère-t-elle voir arriver quelqu'un d'un moment à l'autre.

Une heure plus tard, un SUV blanc rutilant s'engage dans l'allée. Erica regarde ses passagers descendre : Cheryl Manning à l'avant, Devin à l'arrière. Mais le petit garçon qui bondit hors de la voiture et court jusqu'à la porte d'entrée n'intéresse guère Erica, qui ne lui accorde qu'un coup d'œil distrait. Non, c'est Cheryl qu'elle fixe intensément. Elle veut attirer son attention. Ses efforts paient : au moment où elle claque la portière, la mère adoptive de Devin jette un regard dans la rue puis se fige. Elle a aperçu Erica, assise dans son cabriolet. Le petit garçon s'impatiente devant la porte mais Cheryl reste de longues secondes à l'observer.

Erica lui adresse un salut de la main désinvolte, démarre et disparaît.

Cheryl se sent étouffer. Il n'y a plus de doute, à présent. C'était Erica Voss, la mère biologique de Devin. Assise devant chez eux, bien en vue, ne demandant qu'à être repérée.

— Maman, trépigne Devin.

— J'arrive, bredouille Cheryl, si troublée qu'elle a jeté ses clés dans les profondeurs de son sac et qu'elle peine à les retrouver.

Quand elle y parvient enfin, ses mains tremblent.

— Tu vas bien ? s'inquiète son fils.

— Je vais très bien, répond-elle en se forçant à sourire.

— Tu as l'air bizarre.

Cheryl détourne la tête et se dirige vers la cuisine.

— Si on commandait des pizzas, ce soir ? lance-t-elle avec une gaieté feinte. Papa rentre tard.

— Carrément ! s'exclame Devin avant de foncer dans sa chambre, abandonnant sa mère à ses sombres pensées.

Cheryl s'effondre sur une chaise, le cœur tambourinant dans sa poitrine. Elle avait vu juste depuis le début quand elle avait cru reconnaître Erica au parc, quelques semaines plus tôt, un appareil photo autour du cou. Gary avait dit que son imagination lui jouait des tours, qu'elle était à cran.

Pourquoi ? Pourquoi revient-elle ici après tout ce temps ?

La première idée de Cheryl, c'est qu'Erica a besoin d'argent. Elle va sans doute bientôt débarquer chez eux à l'improviste, comme elle l'a fait par le passé, et les mettre dans une position délicate en leur offrant un choix. Qu'est-ce que ce sera, cette fois ? Et que feront-ils ? Gary risque de ne pas du tout apprécier. Mais quel mal cette femme peut-elle réellement leur causer ? Elle a déjà renoncé à ses droits sur Devin.

Les pensées de Cheryl prennent une tournure plus sinistre. Et si elle voulait autre chose que de l'argent ? Si elle exigeait de jouer un rôle plus important dans la vie de Devin ? Avant qu'Erica ne décide finalement de disparaître de la vie de son enfant biologique, tous les trois s'étaient mis d'accord sur un mode d'adoption ouverte. Et si la jeune femme était revenue sur sa décision de n'entretenir aucun contact ? Elle a toutes les cartes en main : elle sait qui ils sont, où ils vivent. Gary et Cheryl n'ont toujours pas dit à leur fils qu'il était adopté.

Devin est *tout* pour ses parents. Erica ne peut pas venir bouleverser cela. Cheryl se lève et se sert un verre de vin blanc.

Plus tard dans la soirée, alors que Devin est déjà couché et Gary enfin rentré d'un dîner d'affaires, Cheryl convoque son mari dans la salle TV du sous-sol et déverse sur lui toutes ses angoisses.

— Je te dis que c'était elle ! gémit-elle.

— Ne parle pas trop fort, chuchote-t-il.

— Je ne pense pas qu'il puisse nous entendre ici…

— Ça n'augure rien de bon, admet Gary, préoccupé. Je ne lui fais pas confiance. Je ne lui ai jamais fait confiance.

Gary Manning doit son succès professionnel à plusieurs facteurs : son talent et sa grande force de travail, d'une part, et son absence de scrupules, d'autre part – lorsqu'il le faut. Il garde un très mauvais souvenir de cette visite qu'Erica leur a rendue, un soir, pour leur demander 100 000 dollars sans quoi elle menaçait de garder le bébé. Ils auraient pu la dénoncer à l'agence, mais cela aurait signifié renoncer à Devin. Si ça n'avait tenu qu'à lui, Gary lui aurait dit d'aller se faire voir. Même s'il voulait ce bébé, il n'aime pas être pris pour un idiot. Mais un seul regard à son épouse avait suffi à lui rappeler tout ce qu'elle avait dû endurer pour en arriver là, les années de frustration, d'attente, de douleur – c'était indéniable, cela avait été bien plus difficile pour elle que pour lui –, et il avait cédé et proposé à cette femme de lui signer un chèque.

Par la suite, Gary avait été plus inquiet qu'il ne voulait bien l'admettre à l'idée qu'Erica rompe leur deal après avoir reçu l'argent. Il n'avait pas aimé être obligé d'enfreindre la loi – ils n'auraient eu aucun recours si elle avait cherché à les flouer. Mais il l'avait fait pour Cheryl. Et maintenant… Bon sang, Devin est un gosse si épatant, ils l'aiment plus que tout au monde. C'est la meilleure chose qui leur soit arrivée. Gary n'a jamais regretté son choix, pas une seconde. Ce gamin est leur fils, il était destiné à être leur fils et le restera pour toujours. Il ne voit vraiment pas ce que cette femme pourrait leur faire.

Erica n'a aucun droit sur Devin. Et Gary est convaincu qu'elle se fiche de lui comme d'une guigne. Dans le cas contraire, elle serait réapparue bien plus tôt.

Il essaie tant bien que mal de rassurer son épouse. Mais lui-même n'est guère rassuré.

32

Quand il rentre chez lui après sa journée de travail, Patrick trouve sa femme en train de faire les cent pas dans le salon, échevelée, la mine plus angoissée que jamais.

— Erica est venue ? demande-t-il soudain, l'estomac retourné.

— Non, pourquoi ? répond Stephanie en braquant sur son mari deux yeux farouches.

— Tu as l'air dans tous tes états, hasarde Patrick.

— Bien sûr que je suis dans tous mes états !

— Tu as mis le nez dehors, aujourd'hui ? dit Patrick en considérant la maison sens dessus dessous, la tasse de café répandue par terre, les bébés qui piaillent dans l'odeur de couche souillée.

— Non, répond Stephanie en secouant la tête. Je n'avais pas envie de tomber sur elle. Je ne veux pas prendre le risque.

Patrick a le cœur qui se serre. Tout est sa faute. Sa femme est complètement bouleversée, elle n'est plus elle-même. Le cadeau d'Erica déposé devant leur porte a été la goutte d'eau qui a fait déborder le vase.

— Stephanie, il faut que tu te calmes.

— Et comment veux-tu que je fasse ? Ton ex-maîtresse est sans doute une psychopathe et elle essaie de nous détruire ! Je ne peux même plus sortir de la maison de peur de la croiser ! Je suis enfermée chez moi, bordel de merde ! Prisonnière sous mon propre toit !

Patrick n'a jamais vu sa femme comme ça. Elle est en train de perdre les pédales.

— Chérie, tente-t-il. Il faut juste que tu dormes un peu.

— C'est vrai, j'ai besoin de sommeil. Mais ça ne fera pas disparaître nos problèmes par magie, si ?

Patrick scrute son épouse, inquiet. Il a besoin qu'elle le soutienne. Il ne pourra pas s'en sortir seul.

— Patrick, pourquoi est-ce que tu m'as épousée ? demande-t-elle soudain.

— Quoi ? De quoi tu parles ?

— Pourquoi m'as-tu épousée ? répète Stephanie, des sanglots dans la voix.

— Parce que je t'aime. Je suis tombé amoureux de toi dès l'instant où je t'ai vue, tu le sais ! C'est… c'est… Tu es épuisée, Steph, tu perds la boule.

Les jumelles se mettent à pleurer et le vacarme est bientôt intolérable. Stephanie plaque ses mains contre ses oreilles, des larmes jaillissant de ses paupières. Ça ne lui ressemble pas. Patrick est sidéré. Sidéré et paniqué. Il ne sait pas ce qu'il deviendrait si Stephanie craquait. Il ne peut pas s'occuper des filles seul.

Il s'approche de son épouse, tente de la prendre dans ses bras, mais cette dernière le repousse et fait un pas en arrière.

— Erica m'a dit quelque chose lorsqu'elle est venue ici…

Elle semble s'interdire de continuer.

— Quoi ? s'écrie Patrick. Qu'est-ce qu'elle a dit ?

— Que si tu l'avais déjà fait, tu pourrais bien recommencer.

Patrick est dépassé par la rage. Cette salope. Cette salope manipulatrice et menteuse. Comment a-t-elle osé raconter de tels mensonges à sa femme ? Maintenant, Stephanie doute de lui. À cause de cette garce.

— Stephanie, implore-t-il après avoir avalé sa salive, tentant à tout prix de se maîtriser. Je n'ai pas tué Lindsey. Il faut que tu me croies.

La jeune femme jette un regard perdu à son mari. Elle semble au bord du gouffre.

— Il ne faut pas croire ce qu'elle raconte, insiste Patrick. Pas un seul mot.

— Je sais, gémit Stephanie en s'enfonçant dans le canapé, la tête entre les mains.

Plus tard dans la soirée, alors que Stephanie berce Emma au rez-de-chaussée et que Patrick déambule avec Jackie dans une autre pièce – les deux époux prennent bien soin de ne pas se croiser –, la jeune femme repense à la question qu'elle a osé poser à son mari : *Pourquoi m'as-tu épousée ?* La vérité, c'est qu'elle aurait voulu en poser une autre : *M'as-tu épousée pour mon argent ?* Voilà le sujet qui fâche, celui que personne ne veut aborder. Trois mois plus tôt, Stephanie est devenue la seule bénéficiaire de la fiducie laissée par ses parents avant qu'ils ne meurent dans un accident de voiture. Elle était fille unique et s'est retrouvée, le jour de ses 30 ans, à la tête d'une petite fortune de plus de deux millions de dollars.

Depuis qu'Erica a fait germer le doute dans son esprit, Stephanie n'arrête pas d'y penser. Patrick a récupéré l'argent de l'assurance-vie de sa première femme. Bien sûr, cela ne signifie rien en soi. Mais additionné à ces déplaisantes révélations…

La jeune maman vacille, étourdie de fatigue. Elle se sent grosse et flasque et repoussante. Et que dire de ses qualités maternelles ? Elle n'est même pas capable d'endormir ses enfants. Elle n'est plus sûre de rien. Elle pensait que Patrick l'aimait. Mais s'il l'avait épousée pour sa fortune ? Ils n'ont pas signé de contrat de mariage. Ils trouvaient tous les deux l'idée grotesque – après tout, ils étaient si amoureux. Mais il y a beaucoup d'argent à la clé.

Si elle devait mourir, selon les testaments rédigés après leur mariage, Patrick hériterait de tout. Plus l'assurance-vie – un million de dollars.

Tant de pensées obsessives en ces heures sombres et désespérées…

Quelques jours passent, sans incident, au point que Stephanie reprend espoir : Erica a peut-être réellement laissé tomber. Elle n'a plus donné signe de vie depuis le cadeau pour les jumelles. Les choses seraient-elles sur le point de rentrer dans l'ordre ?

Stephanie est à la maison quand elle entend frapper. Elle écarte le rideau de la fenêtre du salon, craignant de découvrir Erica, mais ce n'est que le facteur.

La jeune femme ouvre la porte.

— Signez ici, fait l'homme en lui tendant une lettre recommandée.

Une fois la porte close, Stephanie voit que la lettre provient du Bureau central du coroner du comté de

Grant, Colorado. Elle se laisse glisser au sol, en proie aux premiers symptômes de la crise d'angoisse. Elle essaie de respirer calmement, plusieurs fois d'affilée, mais la sensation de malaise ne part pas. Stephanie baisse enfin la tête pour regarder l'enveloppe dans ses mains tremblantes. La lettre est adressée à Patrick mais elle la décachette brutalement. Même brouillés par l'émotion, ses yeux parviennent à lire.

Une enquête va être ouverte au sujet de la mort de Lindsey Kilgour.

— Merde ! s'écrie Patrick quand il prend connaissance de la lettre à son retour du travail, le soir même. Merde, merde, merde ! Je ne peux pas croire qu'elle l'ait vraiment fait !

Il jette le courrier sur la table de la cuisine. Les jumelles commencent à pleurer, Patrick les ignore.

— C'est… c'est n'importe quoi !

Il ferme les yeux et expire profondément. Il a soudain l'impression de porter le poids du monde sur ses épaules. Il est épuisé, fébrile.

— Je vais devoir en discuter avec Niall. Je ne peux pas lui cacher l'existence de cette enquête. Je devrai m'absenter du boulot et il va sans doute en entendre parler aux infos.

Quand il rouvre les yeux, Patrick voit le visage effrayé de son épouse. Il ajoute avec amertume :

— Je me demande ce qu'il dira en comprenant quel genre de femme il a mis dans son lit…

— Tu vas lui dire quand ? demande-t-elle.

— Demain, en fin de journée, répond-il en s'ébouriffant nerveusement les cheveux.

Le lendemain soir, c'est chose faite. Encore à son bureau, bien longtemps après le départ de ses collaborateurs, Niall est sous le choc, incrédule. Plus que tout, il craint d'avoir à affronter Nancy. Il va pourtant bien devoir informer son épouse.

Il se doutait que quelque chose n'allait pas dans la vie de Patrick, sensiblement plus embêtant que deux bébés atteints de coliques. Il avait raison : son associé a été victime d'une tentative de chantage, et sa maître chanteuse n'était autre que la femme avec laquelle Niall a eu une aventure. Et maintenant, il faut qu'il l'annonce à Nancy – l'affaire va faire la une des journaux, elle va nécessairement impacter leur business. Or Nancy n'a toujours pas décidé si elle voulait demander le divorce.

Patrick ignore que Niall couchait avec Erica, et Niall compte bien garder le secret. Ce dernier est horrifié par le portrait que son associé lui a brossé de la jeune femme, ses mensonges abjects, ses tentatives de manipulation. Au fond, il vaut peut-être mieux que Nancy ait découvert leur incartade d'elle-même, avant qu'Erica n'essaie de lui soutirer de l'argent. Mais toute cette histoire le trouble profondément. Patrick et Erica se connaissaient depuis des années et ont feint le contraire. Et lui n'en avait aucune idée.

Quand il se décide enfin à rentrer chez lui, Niall trouve Nancy en train de ranger la cuisine. Pour la première fois depuis des jours, elle sourit – jusqu'à ce qu'elle remarque la tête d'enterrement de son mari.

— Qu'est-ce qui se passe ?

— Il faut qu'on parle, lâche Niall avant de s'asseoir lourdement à la table de la cuisine.

Nancy le rejoint, déjà inquiète.

— J'ai reçu une terrible nouvelle aujourd'hui, commence-t-il avant de lui rapporter les événements en détail – l'enquête, la tentative de chantage, l'accusation de meurtre pour ce qui n'était qu'un accident.

— Oh mon Dieu, souffle Nancy à la fin du récit de son mari. Bien sûr que Patrick n'a pas tué sa première femme. Il a bien fait de ne pas céder au chantage.

Puis elle pense à son épouse et pose une main sur sa bouche :

— Pauvre Stephanie…

Niall acquiesce.

— Des mensonges, tout ça. Mais si c'était cette femme qu'ils préféraient croire ?

— Ça n'arrivera pas. Impossible.

Patrick prend la main de Nancy.

— Chérie, il faut que tu saches autre chose, annonce-t-il en pâlissant, à deux doigts de vomir.

— Quoi ? demande Nancy, le regard paniqué. Niall, tu me fais peur.

— La femme qui accuse Patrick… c'est Erica Voss.

Nancy dévisage son mari, bouche bée. Elle a besoin de quelques secondes pour assimiler l'information. Mais vu l'expression de Niall, elle ne doute pas une seconde de sa véracité.

— Comment c'est possible ? demande-t-elle bêtement.

— Je n'étais pas au courant, lui assure-t-il. Je n'avais aucun moyen de le savoir ! Si ça avait été le cas, crois-moi, je l'aurais évitée comme la peste.

Soudain, Nancy repense à sa visite à Erica, à cette femme qui lui avait ouvert la porte de son appartement de Newburgh. Elle s'était dit qu'elle était une rivale autrement plus redoutable qu'Anne O'Dowd.

Nancy est alors submergée par une peur compacte, inéluctable, qui éclipse tout le reste.

— Tu penses qu'elle sait ? chuchote-t-elle.

Elle voit sa peur se refléter dans les yeux de son mari : lui aussi est arrivé à cette même conclusion, terrifiante.

— Non, c'est impossible. Comment pourrait-elle le savoir ?

Mais il a l'air pétrifié.

33

Six semaines plus tard.

Cheryl et Gary ont commencé à se détendre. Ils n'ont pas revu Erica depuis l'épisode de la décapotable et espèrent qu'elle s'en tiendra là.

Ces derniers temps, Cheryl a relevé de subtils changements dans l'attitude de son fils – des sautes d'humeur, une forme d'égocentrisme à laquelle elle n'était pas habituée. Mais les enfants traversent des phases, c'est bien connu. Pour le moment, elle se contente d'y être attentive.

Gary est parti travailler, Devin est à l'école, et Cheryl s'installe dans le salon avec son journal et sa tasse de café. La une annonce : « *Réouverture d'une enquête sur la mort d'une femme enceinte dans une voiture bloquée par la neige.* »

Cheryl lit l'article avec intérêt. Elle se souvient bien de cette affaire, qui avait fait les gros titres il y a des années à Denver et l'avait particulièrement touchée, car la victime était enceinte. C'était si triste. Quel choc de découvrir aujourd'hui que l'événement comporte des zones d'ombre, qu'il ne s'agissait peut-être finalement pas d'un accident.

Certaines personnes sont capables du pire, pense Cheryl.

Elle regardera le JT de 18 heures pour avoir les détails.

Patrick porte un costume bleu marine parfaitement taillé, une chemise blanche et une cravate bleue tout ce qu'il y a de plus classique. Il a suivi les conseils de son avocat pour sa tenue, ainsi que pour tout le reste. Assis dans un taxi à l'arrêt en face du palais de justice de Creemore, il redoute l'assaut des journalistes qui l'attendent en trépignant devant l'entrée du tribunal. Mais le moment est venu. Le fond de l'air est frais, à présent. Il l'est toujours, dans la région, à la mi-octobre. Stephanie et Patrick sont arrivés la veille pour cette audience qui ne devrait durer qu'une journée. Les jumelles sont restées à Aylesford avec Hanna.

Patrick n'en revient pas de se retrouver de nouveau ici, à Creemore.

Les dernières semaines ont été infernales. L'annonce de la réouverture de l'enquête, le rendez-vous avec son avocat à Denver, son inquiétude au sujet de Stephanie. Heureusement – seule bonne nouvelle dans ce marasme –, les jumelles ont soudainement été débarrassées de leurs coliques. Elles s'endorment maintenant sans trop d'histoire à 22 heures et se réveillent vers 6 heures du matin. Les pleurs et les hurlements nocturnes ont cessé du jour au lendemain, exactement comme l'avait prédit la médecin. Au départ, les jeunes parents ne voulaient pas y croire.

À tout moment, ils s'attendaient à se voir imposer à nouveau des rythmes insupportables.

Mais le soulagement espéré reste hors de portée, car Stephanie semble avoir perdu l'habitude de dormir. Elle est maintenant victime de sévères insomnies dont Patrick connaît le responsable : lui-même. Son épouse reste allongée au lit tout éveillée, ou erre dans la maison silencieuse comme une Lady Macbeth torturée. Elle a l'air lessivée. Ses cheveux ternes tombent mollement sur ses épaules, son teint est pâle, ses yeux constamment bouffis. Elle a renoncé à se maquiller, mais elle a fait une exception aujourd'hui. Me Lange a été formel : les apparences sont essentielles dans des affaires comme celles-ci. Il faut que la femme de Patrick ait l'air reposée, sûre d'elle, confiante. Hélas, songe-t-il en jetant un regard à côté de lui, Stephanie ne coche aucune de ces cases. D'ailleurs, il ne souhaitait pas qu'elle l'accompagne. Il craignait que ce ne soit trop dur pour elle, et il aurait préféré qu'elle reste avec les jumelles à la maison. Mais une fois de plus, l'avocat a eu raison de ses hésitations.

Et puis Stephanie tenait à être là. À vrai dire, elle a même insisté.

Plus que tout, Patrick voudrait laisser cette affaire derrière lui. Il n'attend qu'une chose : que le jury se prononce une bonne fois pour toutes en faveur d'une mort accidentelle et que le couple puisse rapidement rentrer à la maison. Stephanie dormira à nouveau, retrouvera son équilibre, le quotidien reprendra son cours. Erica ne pourra plus les atteindre.

À force de rester enfermés dans le taxi, ils ont attiré l'attention des reporters, qui se pressent autour du véhicule, micros et caméra au poing. Stephanie jette un regard tendu à son mari.

— Tout va bien se passer, assure-t-il. À la fin de la journée, on en aura fini.

Patrick se penche vers sa femme, lui passe une mèche de cheveux derrière l'oreille et l'embrasse sur la joue. Stephanie hoche mollement la tête puis détache sa ceinture.

Ils s'engagent sur le trottoir, suivis de près par les équipes de télévision. L'effervescence est totale. Évidemment. La petite ville n'est pas habituée à des affaires aussi retentissantes – mais le cas de Patrick intéresse jusqu'à Denver, à travers tout le Colorado. Ce matin, à l'hôtel, il a vu le journal qui titrait : « *Réouverture d'une enquête sur la mort d'une femme enceinte dans une voiture bloquée par la neige.* »

Il a lu l'article en entier avant de le passer à sa femme. Ni l'un ni l'autre n'y ont appris quoi que ce soit de nouveau. Erica n'y était pas mentionnée.

Les journalistes s'égosillent, aboyant leurs questions.

« Était-ce vraiment un accident ? »

« Monsieur Kilgour, avez-vous tué votre femme ? »

Pourquoi prennent-ils seulement cette peine ? s'interroge Patrick avec amertume, jouant des coudes, une main dans celle de son épouse. S'imaginent-ils vraiment qu'il va y répondre ?

« Savez-vous quels sont les nouveaux éléments de l'enquête ? »

« Avez-vous quelque chose à dire pour votre défense ? »

Stephanie manque de tomber deux fois, se rattrape au bras de son mari. Il l'aide à gravir les marches et ils accèdent enfin au tribunal. Miraculeusement, Patrick s'est retenu d'en venir aux mains.

L'endroit est moderne : estrade, barre des témoins, longue table réservée aux avocats. Il s'agit d'une instruction préparatoire, sans confrontation, mais Patrick ne le voit pas de cet œil-là. Ses yeux se braquent sur le banc des jurés, encore vide. Il frissonne malgré lui.

L'audience est publique, les médias ont le droit d'y assister. Et ils ne s'en sont pas privés : la salle est presque pleine. Les journalistes raffolent des détails scabreux, ils bavent déjà à l'idée de découvrir la façon dont un homme s'y serait pris pour assassiner sa jeune femme et leur bébé à naître. Patrick déborde de fiel. Il prend place sur une des chaises du premier rang, Stephanie juste à côté. Le shérif qui l'a interrogé à l'époque ainsi que le coroner seront appelés à témoigner. Erica aussi, et lui. Il ne devrait pas y avoir de surprise. Stephanie semble à bout de nerfs.

Patrick balaie la salle du regard. Tout à coup, il aperçoit l'ancien shérif, Michael Bewdly, presque méconnaissable en civil. Robert Lange a prévenu son client que Bewdly maintiendrait sans doute avec énergie sa position de l'époque. Puis le shérif actuel fait son apparition, en uniforme, et prend place de l'autre côté de la salle d'audience. Il vient écouter les différents témoignages : au moment où le jury rendra son verdict, c'est lui qui décidera s'il convient d'étendre l'enquête ou même de passer tout de suite à une mise en examen pour homicide. Patrick étudie le visage du shérif et recommence à examiner l'assistance. Il reconnaît Lauren, la sœur de Lindsey, assise dans le fond, qui semble vouloir passer inaperçue. Puis un autre visage familier, bien que vieilli : le coroner George Yancik. Il était là le jour de l'accident, penché sur le corps de Lindsey étendu dans la neige, puis examinant la voiture. Mais une seule personne inquiète véritablement Patrick. Erica. C'est sa parole contre la sienne. Où est-elle ?

Et soudain, la voilà, annoncée par un petit brouhaha à l'entrée de la salle. Elle porte un tailleur gris charbon, les cheveux attachés, le maquillage réduit à l'essentiel. En la voyant si professionnelle, Patrick sent un frisson lui parcourir l'échine. Et si elle s'en tirait mieux que lui ? Il craint cette éventualité depuis le début : que ce soit elle qu'on croie. Patrick sent son épouse tressaillir quand Erica vient s'asseoir au premier rang, de l'autre côté de l'allée centrale, sans leur jeter un regard.

Me Lange se penche vers son client et lui murmure à l'oreille :

— Ça va ?

Puis il se tourne vers Stephanie pour évaluer son état, comme s'il craignait qu'elle ne tienne pas le choc.

— Tout va bien se passer, lui dit Patrick.

— Tant mieux, ça va commencer.

Lange s'éloigne et retourne s'asseoir à sa table attitrée.

Quelques instants plus tard, les six jurés viennent discrètement s'installer sur leur banc. Patrick est en proie à un malaise grandissant. Ces six hommes et femmes pourraient bien changer le cours de son existence. Lui qui ne se serait jamais cru faible est terrorisé à cette idée. Ses mâchoires se contractent sans qu'il puisse exercer sur elles le moindre contrôle. Enfin, le juge fait son entrée par une porte latérale et vient siéger sur l'estrade. Les jurés prêtent serment. Le coroner est représenté par une avocate, Susan Spellman.

L'audience est ouverte. Le juge formule à l'intention de la cour ses remarques préliminaires, puis l'avocate de Yancik s'adresse au jury et appelle les premiers témoins à la barre. Patrick a été informé du déroulé : Lange aura le droit de poser des questions pertinentes à chaque témoin lors d'un contre-interrogatoire qui permettra, le cas échéant, de les confronter aux incohérences de leur récit.

Susan Spellman commence par appeler son client, George Yancik.

34

Yancik se dirige d'un pas vif vers la barre des témoins pour prêter serment. Patrick remarque qu'il a l'air nerveux. Vraiment pas idéal. Il ne faut pas que le coroner paraisse sur la défensive. Son anxiété déteint aussitôt sur Patrick.

Une fois l'identité du témoin déclinée, l'avocate commence :

— Vous trouviez-vous, en votre qualité de coroner du comté de Grant, au 712 Dupont Street, Creemore, le matin du 10 janvier 2009 ?

— Oui, j'y étais.

— Parlez-nous de ce matin-là, et de ce que vous avez trouvé sur place.

— Un appel au Samu avait été émis à 8 h 29 du matin, commence Yancik d'une voix hachée. J'ai été averti de la mort soudaine d'une femme et aussitôt dépêché sur les lieux. Quand je suis arrivé, une jeune femme avait été extraite du véhicule et étendue sur la neige.

Yancik tousse pour s'éclaircir la voix.

— J'ai observé une altération du teint symptomatique d'une intoxication au monoxyde de carbone et j'ai constaté le décès.

— Pouvez-vous nous dire ce que vous avez fait ensuite ?

— J'ai parlé au mari de la victime, Patrick Kilgour. Il semblait bouleversé. Je lui ai demandé ce qu'il s'était passé, et il m'a expliqué que sa femme attendait dans la voiture dont le moteur tournait pendant qu'il dégageait le véhicule. Il y avait une tempête de neige qui sévissait depuis plusieurs jours. J'ai aussitôt examiné le véhicule, garé au bout de l'impasse, et dont l'arrière était presque entièrement emprisonné dans une congère. Le pot d'échappement était enfoui sous la neige – ce qui a confirmé mon premier diagnostic d'intoxication au monoxyde. Mais j'ai demandé une autopsie, pour m'en assurer.

— Et qui a pratiqué l'autopsie ?

— J'ai fait appel à l'une de nos médecins légistes de confiance, Karen Soley.

— Avez-vous ensuite poursuivi les investigations autour de la mort de Lindsey Kilgour ?

Mal à l'aise, Yancik se tortille sur sa chaise.

— Eh bien, en tant que coroner, mon rôle est d'enquêter sur les décès. J'ai sécurisé la zone et exigé que le corps soit emporté pour être soumis à une autopsie. Le shérif de l'époque, Michael Bewdly, a interrogé le mari, Patrick Kilgour, dans les locaux du Bureau central, étant donné qu'il était le seul témoin. Le shérif m'a rapporté les propos que ce dernier a tenus.

— Et qu'a révélé l'autopsie ?

— Que la victime était décédée des suites d'une intoxication au monoxyde de carbone.

— L'interrogatoire de Patrick Kilgour tel que le shérif vous l'a retransmis vous a-t-il conduit à remettre en question les causes de la mort de son épouse ?

— Non, pas du tout.

— Et sur la base de vos observations, de votre investigation et de l'autopsie, quelle a été votre conclusion ?

— Que la mort avait été accidentelle.

— Merci.

L'avocat de Patrick se lève.

— Pas de question, Votre Honneur.

Le coroner retourne s'asseoir dans la salle.

— J'appelle à la barre Michael Bewdly, lance alors Susan Spellman.

L'ancien shérif s'exécute, d'une démarche lourde. Patrick l'observe attentivement.

— Vous étiez le shérif du comté de Grant à l'époque de la mort de Lindsey Kilgour, n'est-ce pas ? demande l'avocate une fois que Bewdly a prêté serment.

— Oui.

— Dites-nous ce qu'il s'est passé après l'arrivée du coroner.

— Une fois sur place, le coroner a sécurisé la zone, conformément au protocole. Puis j'ai escorté Patrick Kilgour jusqu'à mes bureaux pour parler avec lui de ce qu'il s'était passé.

— Et que vous a-t-il dit ?

— Il nous a dit – à moi et à mon officier d'investigation de l'époque, Dan Abbott – que son épouse était montée dans la voiture pour rester au chaud en attendant qu'il en ait fini avec la congère. Qu'il ne savait pas que le pot d'échappement était enseveli, et qu'il n'avait pas conscience des dangers que cela pouvait représenter. Cela arrive tous les ans dans le pays après une grosse chute de neige. Les gens devraient être mieux informés des risques, ajoute-t-il, comme gêné.

— Avez-vous pensé un instant qu'il ait pu s'agir d'un homicide volontaire ?

— Pas une seconde.

— Avez-vous demandé à M. Kilgour si sa femme possédait une assurance-vie ?

— Non.

— L'avez-vous interrogé sur l'état de son mariage ?

— Non.

— Merci.

Robert Lange se lève à nouveau mais, cette fois-ci, il a une question à poser au témoin :

— Pourquoi n'avez-vous pas interrogé Patrick Kilgour sur son mariage, ou sur une possible assurance-vie dont sa femme aurait été bénéficiaire ?

— C'était… c'était tellement évident qu'il s'agissait d'un accident tragique. Je n'ai pas jugé cela nécessaire.

— Pas d'autre question, Votre Honneur.

Jusqu'ici, tout va bien. La situation semble sous contrôle. De toute façon, Patrick sait qu'il n'a rien à craindre tant qu'Erica n'a pas été appelée à la barre. Mais il est incapable de se détendre.

— J'aimerais à présent appeler Ken Dingwall, déclare Mme Spellman.

Le témoin arrive, prête serment.

— M. Dingwall, avez-vous vendu une assurance-vie à Lindsey Kilgour ?

— Oui.

— Et pouvez-vous nous dire quelles circonstances avaient poussé votre cliente à contracter une telle assurance ?

— Les deux époux s'étaient présentés à mon bureau en novembre 2008. Ils m'ont expliqué qu'ils venaient de se marier, qu'ils attendaient un bébé, et qu'ils voulaient l'un comme l'autre se protéger.

— Et quel était le montant de ces assurances ?

— 100 000 dollars chacune, plus 100 000 dollars supplémentaires en cas d'accident mortel.

Patrick entend un murmure d'excitation parcourir l'assistance.

35

Le murmure n'a pas échappé non plus à Stephanie, qui se met à détester toute la salle. Les vautours. Ils voudraient tant que son mari soit coupable…

— Est-il… inhabituel que le contrat d'assurance prévoie une somme additionnelle en cas de mort accidentelle ? demande Spellman.

— Non, pas du tout, affirme le témoin sans ambages. La plupart des jeunes gens sont plus susceptibles de mourir d'un accident que de causes naturelles. Nous encourageons donc la couverture en cas de décès accidentel.

L'avocat de Patrick n'a pas de question supplémentaire et l'assureur retourne à sa place.

Stephanie sent ses épaules se décontracter très légèrement. Pour l'instant, pas de drame. Mais Erica n'a pas encore ouvert la bouche.

C'est justement le moment pour Erica Voss d'être appelée à la barre. Stephanie sent son pouls accélérer. Elle la regarde s'avancer puis tourne son attention vers les jurés : comment réagissent-ils à cette apparition ? Son avenir, l'avenir de sa famille tout entière, est suspendu à leur décision – qui vont-ils croire, cette femme ou son mari ?

— Madame Voss, commence Susan Spellman, connaissez-vous Patrick Kilgour ?

— Oui, je le connais.

— Pouvez-vous nous détailler la nature de vos relations ?

Erica hoche la tête.

— J'ai rencontré Patrick par le biais de sa femme. Elle et moi étions amies. Malgré cela…

Elle marque une pause, hésite.

— J'ai entretenu une relation avec son mari, Patrick, durant les semaines qui ont précédé la mort de Lindsey.

Dans l'assistance, l'excitation est palpable. *C'est pour ça qu'ils sont venus*, grince intérieurement Stephanie. Cet aspect de l'affaire a fuité ; la presse a fait mention d'une possible histoire d'adultère.

— Une relation sexuelle ?

— Oui.

— Qualifieriez-vous cette relation de légère, ou diriez-vous que c'était du sérieux ?

Erica semble avoir besoin de quelques secondes pour dominer ses émotions.

— C'était très sérieux, dit-elle enfin. Nous étions amoureux.

Dans son dos, Stephanie entend fuser des exclamations de surprise, des bruissements. Les jurés observent Erica avec le plus grand intérêt. Stephanie jette un coup d'œil à son mari ; son profil est figé, ses mâchoires, contractées. Il scrute Erica avec une haine tangible.

— Combien de fois vous êtes-vous vus ?

— Tout a commencé un soir où nous nous étions retrouvés en bande pour aller boire un verre. Lindsey était rentrée plus tôt. Patrick et moi étions ivres. Nous avons fini chez moi, dans mon lit. Après cela, tous les prétextes étaient bons pour se voir, mais ce n'était pas facile, car il était marié, et Lindsey voulait qu'il passe plus de temps à la maison. Nous nous retrouvions la semaine, pendant ses pauses déjeuner. Lindsey lui préparait un repas pour qu'il puisse le manger au bureau le midi, mais il venait dans mon appartement, et nous faisions l'amour.

À présent, l'assistance semble indignée.

— Avez-vous jamais évoqué la possibilité d'officialiser votre relation ? D'en parler à Lindsey ?

— Oui. Patrick m'a dit qu'il n'aimait pas sa femme et qu'il avait l'impression qu'elle lui avait passé la corde au cou. Il ne voulait pas de bébé aussi jeune. Ils se disputaient sans cesse. Il me disait que c'était avec moi qu'il voulait être.

— Aviez-vous, l'un ou l'autre, réfléchi à des solutions concrètes pour pouvoir vous mettre en couple ?

— Pas aussi clairement, répond Erica en se mordant la lèvre. Patrick m'a dit qu'il voulait se libérer d'elle. Mais je pensais qu'il parlait de divorcer, pas de la tuer.

Un nouveau sursaut d'effroi s'empare de la salle d'audience. Le juge fait retentir son marteau et le silence revient. Tout le monde est pendu aux lèvres d'Erica.

— Dites-nous ce qu'il s'est passé le 10 janvier 2009.

— J'ai reçu un appel de Greg Miller. C'était un ami de Patrick, un collègue. Nous étions une petite bande. Greg m'a annoncé qu'il y avait eu un accident. J'y suis allée aussi vite que possible.

— Avez-vous parlé à Patrick ?

— Non, j'étais en état de choc. Lui sanglotait, il était hystérique. Mais à un moment, quand personne ne nous regardait, ses yeux ont croisé les miens et… j'y ai vu une expression de triomphe.

— De triomphe ?

— Oui. J'ai su alors qu'il avait tout manigancé. Et qu'il pensait s'en sortir indemne.

Erica s'interrompt, ménageant habilement ses effets. Jouant à présent la femme bouleversée.

— Je pense qu'il s'attendait à ce que je… à ce que je m'en réjouisse.

Nouvel effroi collectif.

— Avez-vous parlé à Patrick après l'accident ?

— Non. Pas à ce moment-là. Lui a essayé, mais je l'ai évité. Je me suis rendue aux obsèques, et je l'ai évité là-bas aussi. Je pensais qu'il avait tué sa femme à cause de moi, mais j'avais trop peur pour dire quoi que ce soit. J'étais terrifiée à l'idée que la police me juge complice. Et je me sentais coupable, évidemment. Après cela, je ne pouvais même pas regarder Patrick en face. Je connaissais sa vraie nature.

Elle marque une pause et administre son coup de grâce.

— Et j'avais appris entre-temps que je portais son enfant.

La salle est consternée. Stephanie essaie de déchiffrer les expressions des jurés, mais la seule chose dont elle est sûre, c'est qu'ils sont captivés par le récit d'Erica, hypnotisés par chacun de ses gestes. Impossible de savoir en revanche s'ils la croient. Cette histoire semble tellement énorme.

— Qu'est-il arrivé à cet enfant ?

— Je l'ai confié à l'adoption, dès sa naissance. Je ne sais pas où il se trouve.

— Une dernière question : quelqu'un d'autre était-il au courant de votre relation ? Quelqu'un qui pourrait confirmer vos propos ?

Erica secoue la tête.

— Nous n'en avons parlé à personne. J'ai décidé de témoigner aujourd'hui parce que je n'arrive plus à vivre avec ce poids. Je dois à Lindsey la vérité. Et je veux que le monde entier sache de quoi Patrick est capable, car je me fais du souci pour sa seconde épouse. J'ai peur de ce qu'il pourrait lui faire.

Stephanie se demande, à présent, ce qui fait s'exclamer l'assistance. L'horreur ou l'incrédulité ?

— Merci, mademoiselle Voss.

Stephanie attend anxieusement le contre-interrogatoire de Robert Lange. L'avocat se lève et s'avance lentement vers la barre.

— Mademoiselle Voss. Vous dites que mon client et vous étiez « amoureux ». Pouvez-vous le prouver ?

— Eh bien, non. Comme je l'ai dit plus tôt, nous n'en avons parlé à personne, et personne ne nous a vus. Il fallait que cela reste un secret.

— Bien sûr. Donc nous ne pouvons nous fier qu'à votre témoignage. Avez-vous des preuves qui permettraient d'établir le nombre de rapports sexuels que vous avez eus ?

— J'ai eu un enfant de lui, répond Erica, défiante.

— Vous avez eu *un* enfant. À ce jour, rien ne prouve que Patrick Kilgour est le père, n'est-ce pas ?

— Non, admet-elle enfin. Mais je sais qu'il l'est.

— Quoi qu'il en soit, un seul rapport sexuel peut conduire à une grossesse. Avez-vous les moyens de prouver que mon client et vous en avez eu plus d'un ou deux ?

— Non.

— Une dernière chose. Est-ce vrai qu'en août dernier, à Aylesford, son lieu de résidence actuel, vous vous êtes rapprochée de Patrick Kilgour dans le but de le soumettre à un chantage ? L'avez-vous menacé de dire à sa femme que vous aviez entretenu avec lui une relation extraconjugale et qu'il avait tué sa première épouse ? Et quand vous vous êtes aperçue que vos efforts étaient vains, l'avez-vous menacé de faire en sorte que l'enquête sur la mort de Lindsey soit rouverte ?

Stephanie retient son souffle.

Erica soutient le regard de l'avocat, parfaitement calme.

— Pas du tout. C'est ce qu'il vous a dit ? Je l'ai approché à Aylesford pour lui annoncer que j'allais retourner voir les autorités du Colorado et leur avouer la vérité. Quand je lui ai fait part de ma décision, il m'a proposé de l'argent. En espèces. J'ai refusé et lui ai dit que je ne pouvais pas être achetée.

Stephanie a l'impression de recevoir un coup dans le plexus. Elle a envie de bondir de sa chaise et de hurler « Menteuse ! », mais elle est paralysée. Elle étudie le visage de l'avocat. Robert Lange ne s'attendait clairement pas à ça – il comptait sur un simple déni – et fait tout son possible pour encaisser. Patrick est blanc comme un linge.

36

Lange abandonne la partie sans avoir pu démonter la version d'Erica. Le juge suspend la séance le temps d'une courte pause déjeuner, puis l'audition reprend, et c'est à Patrick d'être appelé à la barre.

Stephanie sait que son mari est nerveux. Elle lui presse la main en guise d'encouragement, mais Patrick ne lui accorde pas même un regard. Il se lève avec le même entrain que s'il allait à l'échafaud. Du moins est-ce l'image qui vient à l'esprit de Stephanie.

La jeune femme a du mal à y voir clair. Elle a à peine dormi la nuit précédente. Elle n'a pas l'habitude d'être séparée de ses filles et elle a passé des heures à appréhender l'épreuve qui les attendait aujourd'hui. Aussi bien au petit déjeuner qu'à midi, son estomac était trop noué pour qu'elle avale quoi que ce soit. Elle pourrait défaillir à tout moment. Erica vient de commettre un parjure. Stephanie essaie de se concentrer sur ce qu'il se passe devant elle – c'est si important –, mais son cerveau est embrumé, et la sensation d'étouffement dans sa poitrine est devenue insupportable.

Une fois que Patrick a prêté serment, Susan Spellman commence.

— Parlez-nous du 10 janvier 2009.

Au grand soulagement de Stephanie, Patrick semble totalement maître de lui-même.

— Nous allions partir à Grand Junction rendre visite à la mère et à la sœur de Lindsey. Lindsey était impatiente. Vu les récentes chutes de neige, j'étais contre ce voyage. Ma femme a insisté. Nous nous étions un peu disputés à ce sujet la veille, mais j'avais compris à quel point c'était important pour elle. Il neigeait depuis le mardi soir et j'avais travaillé à la maison vendredi. Samedi matin, la voiture était presque entièrement recouverte de neige. Je suis allé la déblayer, j'ai allumé le moteur pour réchauffer l'habitacle. Lindsey est sortie et a pris place à l'intérieur. Je lui avais dit d'attendre dans la maison, mais elle était trop impatiente.

— Avez-vous remarqué que le pot d'échappement était enseveli ?

— Non. Je n'ai même pas pensé à regarder. Je ne savais pas que le monoxyde de carbone pouvait remonter dans la voiture. Aujourd'hui encore, je m'en veux pour ça.

— Entreteniez-vous une relation extraconjugale avec Erica Voss avant la mort de votre épouse ?

— Ce n'était pas une relation extraconjugale, répond Patrick après une courte inspiration. J'ai couché avec elle deux fois, très précisément. La première dans son appartement, après notre sortie au bar, et la deuxième quand elle m'a demandé de passer chez elle pendant ma pause déjeuner pour réparer quelque chose. On a fini au lit. J'ai mis un terme à notre liaison juste après.

— Donc vous contestez les propos qu'Erica Voss vient de tenir ?

— Je les conteste de la façon la plus vigoureuse. Nous avons couché ensemble, rien de plus. Deux fois. Nous n'étions pas amoureux. Elle n'a jamais manifesté le moindre sentiment à mon égard. J'aimais ma femme. J'ai eu l'impression qu'Erica m'avait délibérément séduit les deux fois. J'avais 23 ans. Je ne suis pas fier de ce que j'ai fait. Mais j'ai coupé court, très rapidement. Je ne voulais pas mettre en péril ce que j'étais en train de construire avec Lindsey.

— Donc votre mariage était heureux ?

— Oui, absolument.

— Vous ne vous disputiez pas ?

— Non. En tout cas, pas beaucoup. Nous nous entendions bien.

— Avez-vous tenté de parler à Erica après la mort de Lindsey ?

— Non. Je l'évitais depuis la seconde fois dans son appartement. Je suis allé la voir à l'enterrement – j'essayais de parler à tout le monde, de remercier les gens d'être venus – mais elle m'a tourné le dos. Honnêtement, j'étais soulagé. Je ne voulais rien avoir à faire avec elle.

— Erica Voss vous a-t-elle déjà menacé et demandé de l'argent en échange de son silence ?

— Oui, à plusieurs reprises, en août dernier.

— Lui avez-vous versé de l'argent ?

— Non.

— Lui avez-vous offert de l'argent ?

— Non.

— Merci.

L'avocat de Patrick se lève et dit : « Pas de question, Votre Honneur. »

Stephanie regarde son mari quitter la barre des témoins. Il a été bon. Crédible. Peut-être même un peu plus qu'Erica. Mais elle ignore ce qu'il se passe dans la tête des jurés. Patrick revient s'asseoir à côté de sa femme. Elle lui attrape la main et la serre fermement ; il la serre en retour.

— Votre Honneur, j'appelle Karen Soley.

Une femme à la silhouette épaisse se rend à la barre, prête serment.

— Déclinez votre état civil et votre profession, s'il vous plaît, lance Susan Spellman.

— Mon nom est Karen Soley. Je suis médecin légiste pour le comté de Grant.

— Est-ce vous qui avez pratiqué l'autopsie sur le corps de Lindsey Kilgour ?

— Oui, c'est moi.

— Quelles ont été vos conclusions ?

— Que Lindsey était morte d'une intoxication aiguë au monoxyde de carbone. Le bébé était décédé *in utero*.

— L'autopsie a-t-elle mis en évidence d'autres éléments susceptibles de modifier votre diagnostic ?

— Non, aucun.

Puis Susan Spellman appelle le docteur Joseph Chang.

Stephanie sent Patrick se raidir. Elle se tourne, mais impossible de capter le regard de son mari. Qui peut bien être ce médecin ?

— Pouvez-vous vous présenter ?

— Je suis médecin urgentiste à l'hôpital Saint Brigid de Denver. J'y travaille depuis maintenant douze ans.

— Avez-vous déjà croisé Lindsey Kilgour aux urgences de Saint Brigid ?

— Oui. Je l'ai vue tard le soir du…

Le médecin baisse la tête pour consulter ses notes.

— Du 24 novembre 2008. Elle était tombée dans l'escalier et voulait qu'on vérifie l'état de santé du bébé. Elle était enceinte de six mois et demi.

— Elle était tombée dans l'escalier ?

— C'est ce qu'elle a dit.

Un murmure parcourt le public.

— Et l'avez-vous examinée ?

— Oui. Nous avons fait une échographie et constaté que le bébé se portait bien. Mais la maman, Lindsey, avait des hématomes récents dans le dos ainsi que sur l'arrière du crâne, sous ses cheveux. Ces blessures pouvaient corroborer un scénario de chute dans les escaliers.

— Avez-vous cependant eu des soupçons concernant la nature de cette chute ?

— La patiente a insisté sur le fait qu'il s'agissait d'un accident. Il n'y avait pas de raison, à l'époque, de ne pas la croire.

37

Stephanie s'affaisse sur sa chaise. Essaie de respirer malgré la douleur intense. Personne ne doit la surprendre dans cet état de détresse. Patrick continue à regarder droit devant lui, stoïque, mais ses mâchoires sont plus contractées que jamais. Il a l'air sonné. Stephanie sait qu'elle ne devrait pas, mais elle se retourne pour regarder Erica. À sa grande surprise, celle-ci a l'air aussi choquée que Patrick. Elle n'était donc pas au courant. Le trouble de Stephanie s'accentue.

Que va-t-il se passer maintenant ?

Au même moment, le juge frappe sur sa table et suspend l'audience pour vingt minutes de pause.

Poussés par Robert Lange, Stephanie et Patrick battent prestement en retraite vers une salle qui leur est réservée. L'avocat referme la porte derrière eux, le visage rouge.

— Asseyez-vous, ordonne-t-il.

Les deux époux s'exécutent. Lange reste debout, ses yeux sévères braqués sur Patrick.

— Pourquoi est-ce que vous ne m'avez pas parlé de ça plus tôt ?

— Je n'aime pas votre ton, rétorque Patrick, déjà belliqueux.

— Ce n'est pas mon ton qui devrait vous préoccuper, siffle l'avocat.

Stephanie regarde son mari déglutir péniblement. Sa poitrine à elle est si contractée qu'elle ignore comment elle fait pour respirer – mais aucun des deux hommes ne s'aperçoit de son malaise. Elle est passée experte en l'art de la dissimulation.

— Ça m'est sorti de la tête, lâche Patrick sans conviction.

— Vous pensez vraiment que je vais vous croire ?

Patrick garde le silence, son regard évitant ostensiblement celui de son avocat.

— Dites-nous ce qu'il s'est passé.

— Elle a glissé dans le petit escalier qui séparait la cuisine de la porte de derrière. Elle était fatiguée et a manqué une marche en allant sortir les poubelles.

Stephanie pose une main sur sa bouche. Elle sent la bile remonter jusqu'à sa gorge. Elle ignorait tout de cette histoire. Pourquoi Lindsey sortait-elle les poubelles ? Pourquoi n'était-ce pas Patrick qui s'en chargeait ? Elle était enceinte de six mois et demi. Chez eux, Patrick est toujours assigné à cette tâche. A-t-il simplement oublié que sa première femme était tombée dans les escaliers et avait fini à l'hôpital quelques semaines avant de mourir ? Comment a-t-il pu ne pas se rendre compte de l'effet dévastateur d'un tel témoignage ? Stephanie se demande si Patrick ment.

— Où étiez-vous ?

— Dans la cuisine.

— Vous étiez en train de vous disputer ? demande Lange.

— Non, répond Patrick en jetant enfin un regard glacial à son avocat. Je n'étais pas à côté d'elle. Elle est tombée toute seule.

Stephanie observe Robert Lange : sa mine est sombre. Elle sait, maintenant, qu'ils sont dans le pétrin. Le stress est si intense qu'elle a presque l'impression de sortir de son corps. Elle a conscience que la fatigue peut provoquer ce genre de distorsions perceptives. Pour un peu, elle s'en réjouirait : au moins parvient-elle à prendre de la distance, à s'envoler loin de cette salle d'audience étouffante. Elle se demande avec un détachement qui l'étonne si les époux se disputaient, si malgré les dénégations de son mari il leur arrivait d'en venir aux mains, et si Patrick aurait pu pousser sa femme dans l'escalier. L'avocat se pose les mêmes questions, Stephanie le sait. Patrick n'a jamais été violent envers elle. Mais envers sa première femme ? Est-ce possible ? Le silence semble durer une éternité, comme s'ils se trouvaient tous les trois au bord du précipice et qu'aucun d'eux n'avait le courage de faire un pas de plus.

Robert Lange finit par regarder sa montre.

— Vous allez devoir vous expliquer.

Patrick acquiesce.

— Et vous allez devoir être convaincant.

Patrick est rappelé à la barre. Il se lève, les sens en alerte, franchit les quelques mètres qui le séparent de son siège en tâchant de dompter la colère qui l'assaille. Il a toutes les raisons du monde d'enrager, mais il ne faut pas qu'il donne à voir combien il est furieux. Furieux d'être ici, à se défendre de ces accusations. Furieux de se voir infliger cette épreuve. Furieux contre Erica. Comment a-t-elle osé nier ses tentatives de chantage ? Mais Patrick ne doit surtout pas penser à Erica, sous peine de ne plus rien maîtriser du tout. Il évite de la regarder lorsqu'il passe à sa hauteur et décide d'avoir les yeux rivés sur son avocat pendant toute la durée des questions. Il gardera une voix douce et mesurée et expliquera calmement ce qu'il s'est passé. Ils le croiront. Il faut qu'ils le croient. Ils l'ont cru, avant – il en est sûr. Une heure plus tôt, Patrick a senti que les jurés étaient de son côté, pas de celui d'Erica. Mais il sait que le récit du médecin urgentiste a rebattu les cartes. Il n'est pas naïf. Son avocat est inquiet. Quant à sa femme… Il a compris qu'elle avait commencé à douter de lui, et ça le ronge. Patrick ne sait plus ce que Stephanie croit.

Il se souvient bien de cette soirée, de Lindsey qui dévalait les escaliers, de cette scène à laquelle il avait assisté, comme filmée au ralenti. Il avait craint que quelqu'un ne déterre cette visite à l'hôpital et cherche à en tirer des conclusions, mais pas au point d'imaginer que cela pourrait réellement se produire.

Or l'avocate de Yancik demande, d'un ton solennel :

— Pouvez-vous nous expliquer comment votre femme s'est fait ces bleus ?

Cheryl allume la télévision pendant qu'elle prépare le dîner. Quand elle entend qu'il est question de l'audience de Creemore, elle s'interrompt pour regarder l'écran. Un couple aux traits tirés est filmé en train de se diriger vers le tribunal, suivi peu de temps après par une femme blonde. Cheryl se fige lorsqu'elle reconnaît Erica Voss. Que diable Erica vient-elle faire dans cette histoire ?

Cheryl monte le son et écoute l'envoyé spécial résumer les temps forts de la journée. Elle découvre qu'Erica Voss prétend avoir eu une liaison avec Patrick Kilgour, dont l'épouse est morte dans cette voiture, et affirme que l'accident était une mise en scène. Puis elle apprend qu'Erica Voss était enceinte de son amant. Cheryl fait ses calculs. L'enfant n'est autre que Devin. Et son père, très possiblement, un meurtrier.

L'audience est finie. Enfin. Stephanie, Patrick et son avocat se retrouvent pour dîner dans un restaurant italien non loin du tribunal. Ils ont réservé une table dans le fond pour se garantir un minimum d'intimité.

Patrick a expliqué calmement les raisons de la chute de Lindsey dans les escaliers. Son récit était convaincant. Lange a semblé si satisfait de la prestation de son client qu'il lui a brièvement tapoté l'épaule à la fin de son témoignage.

Stephanie commande un verre de vin blanc et en avale aussitôt la moitié. Ils n'ont plus qu'à attendre le verdict. Ils sont tous à cran mais l'épuisement de Stephanie est tel qu'elle est incapable de penser à la suite. La seule chose qu'elle sait, c'est que le supplice de l'audience est derrière elle. Lange au contraire voudrait évoquer plusieurs dénouements possibles ; la jeune femme a envie de hurler.

Les plats arrivent, mais Stephanie ne peut rien avaler. Elle pense à Jackie et Emma. Elle a besoin de les prendre dans ses bras, de les sentir contre elle, de humer leur peau. Elle a envie d'être chez elle. Le couple a prévu de repartir le lendemain matin aux aurores, quelle que soit la décision du jury.

Stephanie connaît les différentes options. Le jury peut statuer que la mort de Lindsey était accidentelle. C'est le scénario qu'ils espèrent tous. Mais la jeune femme réalise qu'il est aussi improbable qu'un ticket de loto gagnant. Erica était convaincante, et il y a cette histoire de chute dans les escaliers. Dans le cas contraire, le shérif actuel voudra probablement lancer sa propre enquête. Il pourrait même arrêter Patrick sur-le-champ. Alors qu'elle vide son verre de vin, Stephanie prend conscience qu'elle rentrera peut-être seule à New York. Serait-ce si grave ?

En se surprenant à avoir une telle pensée, Stephanie a un coup au cœur. Comment en est-elle arrivée là ? Mais cette chute dans les escaliers – et le fait que Patrick la lui ait dissimulée – a tout bouleversé. Elle repose son verre. Elle voudrait en commander un autre, mais résiste. Au fond d'elle, la jeune femme comprend qu'elle vient de franchir une ligne. *Bien sûr qu'il ne l'a pas fait*, se répète-t-elle, horrifiée.

Elle aime Patrick. Il est le père de ses filles. C'est simplement difficile de faire comme si de rien n'était, après tout ce qu'ils viennent de traverser. Elle ne croit pas une seconde que son mari soit un assassin. C'est tout bonnement impossible. Trop absurde pour être ne serait-ce que pris en considération. Patrick n'a jamais manifesté le moindre penchant pour la violence. Lindsey a dû tomber, comme il l'a affirmé.

Il ne l'a pas poussée pendant une dispute. Elle n'a jamais vu son époux perdre son sang-froid. Patrick n'est pas cupide, ni égoïste. Il n'est pas impulsif non plus. C'est un homme bon, patient, généreux. Tout est la faute d'Erica, cette menteuse assoiffée de vengeance, guidée par ses instincts tordus, dépourvue du moindre soupçon de morale.

Une autre possibilité est que les jurés, incapables de parvenir à un accord sur la base de ce qu'ils ont entendu pendant l'audience, rendent un verdict « indéterminé ». Dans ce cas, la décision de poursuivre ou non l'enquête reviendrait entièrement au shérif. Stephanie ne pourra pas vivre longtemps dans cette incertitude sans devenir complètement folle. Elle a besoin d'être une bonne mère pour ses jumelles. Elle a besoin que ce cauchemar s'arrête.

Un bip retentit et Lange attrape son téléphone dans la poche de sa veste. À son expression, Stephanie comprend que c'est ce qu'ils attendaient.

— Le jury a fini de délibérer.

Tous trois quittent rapidement le restaurant et roulent jusqu'au tribunal. Ils s'installent à leur place en même temps que les membres du jury.

Le juge demande à ces derniers s'ils sont parvenus à un verdict. Ils confirment.

— Quel est-il ? demande le juge.

— Verdict indéterminé, Votre Honneur.

Stephanie voit Patrick tressaillir. Elle jette un regard à Robert Lange, dont le visage s'est fermé.

Le silcncc qui suit est chargé de terreur. Ce n'est pas fini, bien au contraire. Ce n'est peut-être que le début. Patrick est livide. Stephanie réalise qu'il s'attendait à une autre issue, qu'il croyait pouvoir s'en sortir indemne.

— Qu'est-ce qu'on fait, maintenant ? finit-il par demander à son avocat, la voix tremblante.

— C'est le shérif qui va décider, avec le procureur. Vous, vous rentrez chez vous, et vous attendez.

38

Le soir même, le shérif Bastedo est assis à son bureau, dans le noir, perdu dans ses pensées. Il n'est pas très content d'avoir hérité de ce merdier. Bien sûr, l'affaire représente une opportunité pour sa carrière. Mais c'est justement ce qui l'inquiète : ce genre de dossiers ne laisse aucune marge d'erreur. Il pourrait en sortir grandi, ou bien anéanti. Lorne Bastedo préférerait faire profil bas. Il a toujours été constant et méthodique – c'est sa façon de bosser, et ça lui réussit. Or cette enquête s'annonce déjà comme un grand foutoir. A-t-il le choix, cependant ? Comment se contenter de fermer les yeux ? C'est ce qu'a fait son prédécesseur, et il a peut-être laissé un meurtrier courir dans la nature pendant neuf ans.

Armé d'un calepin et d'un stylo, le shérif n'a pas perdu une miette de l'audience. À la fin de la journée, il était aussi incertain que les jurés. Bastedo est un homme prudent par nature, mais il a conscience de la pression qui pèse sur lui. Le lendemain, à la première heure, il faut qu'il parle au procureur.

Patrick se fait violence pour ouvrir les yeux lorsque l'alarme de son téléphone retentit à 5 h 30. Il ne s'est pas endormi avant 3 heures. Il se sent complètement vaseux. Stephanie remue à côté de lui.

— Allez, on a un avion à prendre, marmonne-t-il en s'arrachant à la couette pour se rendre dans la salle de bains.

Le jet brûlant de la douche se charge de lui remettre les idées en place. Mais la lucidité est encore plus dure à supporter. Patrick est terrifié par la tournure que pourraient prendre les événements. Il essaie de se rappeler les propos de son avocat la veille au soir mais il était si désemparé que son cerveau n'a pas tout imprimé. Ses pensées recommencent à lui échapper. S'il est arrêté, et que l'enquête débouche sur un procès, il ne pourra certainement pas bénéficier d'une libération sous caution. De longs mois l'attendent en prison, loin de sa femme et de ses filles. Au procès, le procureur essaiera de convaincre le jury, « hors de tout doute raisonnable », que Patrick a tué Lindsey. Heureusement, il y a beaucoup de zones d'ombre dans cette affaire – sauf sur les faits : la jeune femme est montée dans une voiture allumée dont le pot d'échappement était obstrué par la neige. Personne ne cherchera à remettre en question ce scénario, fermement corroboré par les médecins légistes.

— Ils ne peuvent pas prouver que vous l'avez bouché vous-même, a dit l'avocat sans détour, pas plus qu'ils ne peuvent prouver que vous avez laissé votre femme s'asseoir dans une voiture allumée en sachant que le pot d'échappement était obstrué et que cela allait entraîner sa mort.

Le nœud du problème, ce sont les intentions de Patrick, et personne ne peut faire autre chose que les deviner, sans preuve. C'est du moins ce dont l'a assuré Robert Lange, après le verdict du jury, alors que Patrick sentait le bonheur de sa vie d'avant lui filer entre les doigts, remplacé par un amas de peur opaque.

— Ils auront sûrement envie de creuser un peu plus, a ajouté Lange. Mais ça ne devrait pas déboucher sur un procès. Une fois encore, ils manquent de preuves.

Mais que dire des stigmates ? Tout le monde le croira coupable. Patrick sera marqué par cette histoire pour le restant de ses jours. Car il n'existe aucun moyen de prouver qu'il ne voulait pas la tuer.

Aucun moyen de le prouver, non. Pas même à sa femme.

Ce n'était pas l'issue qu'ils espéraient. Stephanie ne pourra pas se contenter de rentrer à la maison et de mettre ces mauvais souvenirs derrière elle. Désormais, Patrick le sait, elle va guetter le prochain rebondissement. Il ne leur reste plus qu'à faire le deuil de leur ancien équilibre.

Et que dire de Niall ? L'associé de Patrick s'est montré solidaire quand ce dernier lui a annoncé l'audience à venir, mais très inquiet des conséquences que pourrait avoir un procès sur la santé de leur entreprise. Patrick lui a dit qu'il comprenait. N'empêche, depuis qu'ils ont eu cette conversation, quelque chose s'est cassé entre les deux hommes.

Patrick sait que le seul scénario qui aurait pu satisfaire Niall aurait été une disculpation nette et complète. Ce n'est pas ce qu'il a obtenu.

Dès lors, voudra-t-il mettre fin à leur association ? Comment Stephanie le prendrait-elle ? Mal, certainement.

La famille devra peut-être vivre quelque temps sur ses deniers à elle. Sans parler des frais de justice, qui s'annoncent exorbitants si l'affaire se poursuit.

Lorsque Patrick sort de la salle de bains, Stephanie est debout, en train de s'habiller. Elle ne prononce pas un mot. Elle n'a presque pas ouvert la bouche depuis la fin de l'audience.

— Steph ? lance Patrick, désireux de savoir ce qui se passe dans la tête de sa femme.

— Oui ? répond-elle, le dos tourné, tandis qu'elle enfile un tee-shirt.

— Stephanie, regarde-moi.

La jeune femme s'exécute et se retrouve face à son mari, de l'autre côté du lit défait.

— Tout va bien se passer. Je n'ai rien fait, et ils n'ont aucun moyen de prouver le contraire.

Stephanie hoche la tête. Patrick contourne le lit pour prendre son épouse dans ses bras.

— Steph, je t'aime. Tu le sais, n'est-ce pas ?

Elle le regarde, les yeux pleins de larmes. L'une d'elles roule le long de sa joue et Patrick l'essuie délicatement du bout du doigt.

— On va s'en sortir. J'en suis sûr.

Stephanie se détourne.

— Putain de merde. Je n'arrive pas à y croire, fait Niall.

Nancy est aussi interloquée que son mari. Le couple s'est levé tôt pour éplucher toutes les informations disponibles sur Internet au sujet de l'audience dans le Colorado.

— Tu ferais mieux d'avaler quelque chose, souffle Nancy, assise à la table de la cuisine, en levant les yeux de son ordinateur portable.

Visiblement contrarié, Niall secoue la tête et s'appuie contre le plan de travail. Nancy se lève, va lui remplir une tasse de café. Incrédule face à ce verdict auquel ils ne s'attendaient pas, il insiste :

— Franchement, ce ne peut être qu'un accident. Patrick n'aurait pas tué sa femme !

— Elle ment, il n'y a pas de doute, approuve Nancy.

Les révélations apportées par l'audience l'ont cependant choquée. Elle éprouve une immense pitié pour Stephanie, se demande comment elle s'en sort. Mais l'émotion qui prend le dessus sur toutes les autres, c'est l'inquiétude.

— Il a choisi la mauvaise personne pour s'envoyer en l'air, constate-t-elle avec aigreur. Toi aussi.

— Nancy, ne commence pas, souffle Niall en fermant les yeux.

Son mari a raison : ce n'est pas le moment de se déchirer, ils doivent faire bloc ensemble.

— Tu vas devoir couper les ponts avec Patrick.

— On peut peut-être attendre de voir ce qu'il se passe, suggère Niall en rouvrant les yeux. Ils ne l'ont pas arrêté.

— Ils ne l'ont pas *encore* arrêté, tu veux dire. Il faut que tu le vires. Mais le plus important, c'est qu'on se tienne à distance d'Erica. Or, si tu continues à travailler avec Patrick et à lui apporter ton soutien, tu resteras dans le viseur de cette folle. Quand je pense qu'elle continue à t'appeler… Ça frise le harcèlement.

Niall acquiesce, mal à l'aise. Nancy sait qu'elle a raison. Erica inquiète son mari autant qu'elle.

— Ce n'est pas agréable de tirer sur un ami à terre, c'est tout, remarque-t-il amèrement.

— Tu n'as pas le choix. Tu peux mettre un terme à votre partenariat. Prends un autre associé. Mais fais-le avec tact : je suis sûre qu'il comprendra.

Cheryl fait les cent pas dans la cuisine en se tordant les mains tandis que Gary fixe le carrelage. Un journal est étalé sur la table de la cuisine. Devin est parti tôt à l'école pour un entraînement de foot et ses parents sont seuls à la maison.

— Elle ment à coup sûr sur le chantage, déclare enfin Gary. Elle l'a fait avec nous, je suis prêt à parier qu'elle l'a fait avec lui.

— Tu crois qu'on devrait le leur dire ?

— On ne peut pas.

Cheryl se prend le visage dans les mains et éclate en sanglots.

— Je n'arrive pas à y croire, c'est un vrai cauchemar, gémit-elle.

Elle entend une chaise grincer puis sent les bras de son mari l'enlacer avec force. Quand elle a pleuré tout son soûl, elle se détache de son étreinte.

— Quel genre de femme faut-il être pour faire ce genre de chose ? Elle a peut-être menti sur tout pendant l'audience. C'est la *mère* de Devin. Et c'est aussi potentiellement une sociopathe. Qui nous dit que ce n'est pas génétique ?

Cheryl est sur le point de perdre pied. Son fils parfait. Gary et elle se regardent longuement : elle comprend que son mari est aussi troublé qu'elle.

— Et que faire si lui a réellement tout mis en scène pour tuer sa femme – sa femme enceinte ? poursuit Cheryl. Il ne peut pas être normal, lui non plus. Mais il est sans doute le père biologique de Devin. Je ne peux pas le supporter. Je ne peux pas !

— Écoute-moi, affirme alors Gary en plantant ses yeux dans ceux de Cheryl. Devin est un gosse épatant. Il a eu une bonne éducation, il s'en sortira très bien. Tu es une mère formidable – tu vois comme moi quelle personne géniale il est en train de devenir. Ne t'inquiète pas, je t'en supplie. Il nous a, nous. Il nous aura toujours.

Le shérif Bastedo est en route vers le bureau du procureur. Plus tôt dans la matinée, il a eu une courte conversation avec le coroner. Ils ont parlé du verdict, de ce qu'il impliquait.

— Ça craint, a admis Yancik au téléphone. Comment Michael a-t-il pu passer à côté de ça ? Il nous a tous mis dans la merde.

Bastedo se souvient de la mine penaude qu'arborait son prédécesseur pendant l'audience, mais il peine à éprouver de la compassion. Il sent aussi que le coroner est sur la défensive. Lui n'a aucun souci à se faire : il n'était pas présent au moment des faits. Mais il comprend Yancik. Comme s'il n'y avait pas déjà assez de pression sur le bureau du coroner en ce moment…

— La question, c'est qu'est-ce qu'on fait maintenant, a lancé Bastedo pour couper court.

Toute la nuit, il avait retourné le problème dans sa tête.

— Je vois la proc' ce matin, a-t-il ajouté.

— Qu'est-ce qu'elle décidera, à ton avis ?

— Je n'en sais rien. Mais je te tiendrai au courant.

À présent, le shérif arrive devant une porte de bureau ornée d'une plaque gravée au nom d'Aurora Lydia Dominguez. Les affaires criminelles sont rares dans cette petite communauté rurale, et celle-ci est potentiellement retentissante. La procureure voudra forcément se pencher dessus. Elle aussi a une réputation à tenir. *Tout le monde pense à ses propres intérêts*, songe Bastedo avec une pointe de cynisme.

— Entrez, dit une voix de femme.

Aurora Dominguez approche de la quarantaine. Ses cheveux bruns sont relevés en une queue-de-cheval, elle porte un tailleur élégant et des chaussures confortables. Dans un coin de la pièce, Bastedo repère une paire d'escarpins noirs. La procureure est bien trop maline pour les porter toute la journée. Le shérif se met à espérer qu'elle fasse preuve de la même sagesse vis-à-vis de l'affaire Kilgour. En ce qui le concerne, il navigue à vue.

— Fermez la porte, fait Dominguez.

39

Le vol de retour est cauchemardesque. Stephanie est sans cesse dévisagée par des inconnus qui l'ont reconnue à sa photo dans la presse. L'affaire fait la une des journaux ce matin, et la séquence montrant Patrick et elle entrant et sortant du tribunal passe en boucle sur les chaînes d'information. Bien qu'elle ait attaché ses cheveux et mis des lunettes de soleil, les gens savent qui elle est car Patrick, lui, est parfaitement identifiable.

Une fois devant leur maison, Stephanie n'a qu'une envie : jeter son sac à l'intérieur et courir chercher ses bébés de l'autre côté de la rue. Elle ne compte pas attendre Patrick ; au contraire, elle préfère se rendre chez Hanna seule.

— Tu peux t'occuper de tout pendant que je ramène les petites ? Elles auront besoin d'être nourries, lance-t-elle avant de se précipiter dans la rue, le cœur tambourinant.

Comment les jumelles ont-elles supporté son absence ? Stephanie se sent coupable de les avoir laissées, bien qu'elle ait tiré des litres de lait pour les donner à sa voisine et qu'elle lui fasse confiance comme à personne pour s'occuper de ses enfants. Mais maintenant, alors qu'elle s'apprête à se retrouver nez à nez avec Hanna, elle angoisse. Elle ne sait pas quelle sera la réaction de son amie. Stephanie lui avait assuré que Patrick s'attendait à un verdict clément.

Quelques semaines plus tôt, elle a informé Hanna de l'enquête en cours. Elle s'est invitée chez elle, a installé Jackie et Emma dans le parc avec Teddy et a vidé son sac. C'était la première fois qu'elle abordait le sujet ; elle devait lui expliquer pourquoi elle aurait besoin de lui confier ses filles pendant deux nuits. Et puis, de toute façon, l'affaire serait médiatisée. Tôt ou tard, Hanna l'apprendrait.

Le désarroi dans lequel Stephanie était plongée depuis des semaines a culminé lorsqu'elle a vu affleurer sur le visage de son amie les différentes émotions – incrédulité, déception, embarras – suscitées par son récit. Elle est sûre que Patrick a vécu la même chose lorsqu'il a dû parler à son associé, bien qu'il prétende que Niall l'ait bien pris. Stephanie a du mal à le croire. Hanna, en revanche, une fois dépassé le choc de l'annonce, a été d'un grand soutien. La maman de Teddy est sans doute ce qui se rapproche le plus, pour Stephanie, d'une épaule amie. Comme elle voudrait avoir encore une famille pour l'aider – des parents toujours en vie, des frères et sœurs. Elle se sent seule au monde. Depuis toutes ces années, elle n'a plus que Patrick.

Hanna ouvre la porte avec un sourire affectueux et se hâte de prendre sa voisine dans ses bras. Stephanie se laisse envelopper dans ce cocon de bienveillance, puis les deux femmes se séparent et, sans prendre la peine de mentionner le verdict – Hanna a dû l'apprendre aux infos –, Stephanie demande, le souffle court : « Où sont-elles ? »

Hanna fait un pas en arrière pour qu'elle puisse apercevoir les jumelles dans le salon. Stephanie enlève ses chaussures et court les retrouver. Elle se jette sur le tapis, attrape ses filles, enfouit le nez dans leur petit cou, se remplit de leur chaleur sucrée. Elle essaie de ne pas pleurer, mais les larmes sortent toutes seules. Et puis merde, pense-t-elle, quelle mère garderait les yeux secs après avoir passé un jour et deux nuits loin de ses bébés ? Jackie et Emma sont tout pour Stephanie.

— Elles ont été adorables, dit Hanna d'une voix tendre. Elles ont mangé et dormi sans problème. Mais c'est clair qu'elles sont contentes de te revoir.

Stephanie contemple les deux petites créatures gazouillantes qui ont déjà commencé à chercher le sein. Il faut qu'elle rentre à la maison.

— Je vais t'aider à rassembler leurs affaires, propose Hanna en commençant déjà à fourrer couvertures et jouets dans le sac à langer.

— Merci mille fois, Hanna. Si seulement je pouvais te rendre la pareille…

— Oh, je t'en prie, ne t'inquiète pas pour ça. Ça m'a fait plaisir.

— Je sais, mais n'oublie pas que tu pourras nous laisser Teddy quand tu veux.

Stephanie voit une ombre traverser fugacement le visage de son amie. Et elle comprend que Hanna ne leur confiera jamais Teddy. Parce que Patrick a peut-être tué sa première femme.

Le frisson qui la traverse alors l'accompagne jusqu'à chez elle et s'invite au plus profond d'elle-même, dans son cœur, pour y élire domicile.

Le shérif Bastedo attend que la procureure se soit rassise à son bureau pour se laisser lourdement tomber sur une chaise face à elle.

— Quel merdier, lâche Dominguez. Sa parole contre la sienne, le coup classique. Qui des deux dit la vérité ?

— Ou, si on change de perspective : lequel ment ?

La procureure hausse les sourcils.

— L'un des deux ment, reprend Bastedo. Ça ne fait pas de doute. Il va falloir que je fasse venir le mari pour l'interroger.

— Oui, absolument, acquiesce Dominguez, songeuse. Convoquez-le. Mais je n'intenterai pas une action que je n'ai pas de bonnes chances de gagner.

La procureure se penche au-dessus de son bureau et ajoute :

— Sa femme se trouvait dans la voiture dont le moteur était allumé, le pot d'échappement était bouché par la neige. Le savait-il ? L'a-t-il fait exprès ? En pratique, il sera impossible de prouver la préméditation – à moins qu'il ne se soit confié à quelqu'un avant les faits. Et je parie que non.

— On pourrait peut-être le poursuivre pour un chef d'accusation moins lourd.

— Non, répond Dominguez en secouant lentement la tête. Soit il a agi délibérément, en connaissance de cause, soit il ne l'a pas fait. Dans le second cas, c'est un accident, point. On ne peut pas lui réserver un traitement différent de celui qu'on applique aux cas similaires au sien. Sauf si on arrive à prouver l'intention de tuer.

— Je vais le soumettre au détecteur de mensonge, suggère Bastedo.

— Essayez de l'avoir à l'usure. Vous parviendrez peut-être à le convaincre de plaider coupable en échange d'une négociation de peine.

Patrick sait que Niall ne s'attend pas à le voir débarquer à l'agence, mais il veut se débarrasser du problème au plus vite. Il faut qu'il aille s'expliquer avec son associé après ce verdict inattendu.

— Pourquoi n'essaies-tu pas de te reposer ? demande Patrick à sa femme, qui tient déjà un bébé dans chaque bras. Tu as l'air épuisée.

Stephanie hoche la tête d'un air absent. Patrick l'embrasse sur le haut du crâne et lance :

— Ça t'embête si je m'absente un peu ?

— Tu vas où ?

— Au bureau.

Instantanément, la tension dans la pièce monte d'un cran.

— Comment penses-tu qu'il va réagir ? s'enquiert Stephanie.

— Je ne sais pas, fait Patrick en haussant les épaules. Nous n'avons jamais évoqué la possibilité d'un tel verdict. Je ne serai pas long, ajoute-t-il avant de tourner les talons.

Stephanie se met à déambuler dans le salon en réfléchissant à ce qui attend Patrick. Niall voudra se débarrasser de lui. C'est le choix que ferait toute personne sensée. Qui voudrait avoir comme associé un homme qui va peut-être être jugé pour meurtre ?

Un peu plus tard, la jeune femme entend le bruit du moteur dans l'allée. Patrick est déjà de retour. Elle s'immobilise dans le salon, sur le qui-vive. Patrick pousse la porte, jette les clés sur le guéridon de l'entrée et se tourne vers sa femme. À son visage, elle sait déjà que les nouvelles ne sont pas bonnes.

— Alors ? demande-t-elle.

— Il va rompre notre partenariat.

— Il a le droit de le faire ?

— Bien sûr qu'il a le droit. C'est une des clauses de notre contrat. Il va racheter mes parts.

Stephanie pourrait étouffer de colère.

— Pas la peine d'avoir des ennemis quand on des amis pareils, siffle-t-elle.

Erica savoure une tasse de café dans son appartement.

Indéterminé. Maintenant, la balle est dans le camp du shérif. Vu ce qu'il a entendu pendant l'audience, il sera obligé de faire quelque chose. Patrick doit être terrifié. Erica pense un instant à sa femme, Stephanie. Elle avait si mauvaise mine au tribunal. Amincie, mais pas dans le bon sens. Les traits creusés. Elle doit vivre un enfer… Mais ce n'est pas son problème, se répète Erica. Au contraire, elle lui rend service. Au moins elle saura qui elle a épousé. Avec un peu de chance, Patrick sera arrêté.

Erica se répète qu'à toute chose malheur est bon. Et ce malheur-ci ne fait certainement pas exception.

40

Pour Stephanie, la journée qui suit est harassante, à l'image du ciel, sombre et menaçant. Dans la rue, les gens ont commencé à préparer leurs jardins pour Halloween.

Elle n'arrive pas à arrêter de penser aux bleus sur le corps de Lindsey. Patrick aurait-il été capable de pousser son épouse dans l'escalier ? Si elle se pose la question, c'est qu'elle a commencé à déceler chez son mari des signes de stress, autant de fissures sur cette façade autrefois lisse. Quelques heures plus tôt, Patrick lui a aboyé dessus quand il s'est aperçu que la brique de lait était vide. Stephanie n'a pas hésité à lui répondre sur le même ton.

Tard dans la nuit, les yeux fixant le plafond, elle se demande à quoi ressemblait la vie de Lindsey, mariée si jeune, enceinte, exilée loin de sa famille. Le couple tirait le diable par la queue. Difficile de jouer la mélodie du bonheur quand les fins de mois sont difficiles. Lindscy savait-elle que son mari l'avait trompée ? Avait-elle simplement des soupçons ? L'avait-elle confronté à sa faute ? Peut-être, oui. Et peut-être que ça n'avait pas plu au jeune Patrick

– au point de la pousser dans les escaliers ? Non. Elle n'a pas le droit de se dire des choses pareilles. C'est la colère qui la fait dérailler. Colère contre lui, colère contre le monde entier. Colère contre cette passade qui leur coûte si cher aujourd'hui, à Patrick, à elle, à leurs deux merveilleuses enfants. Ils pourraient tout perdre parce que monsieur n'a pas su résister aux attraits d'une jolie fille. Mais c'est Erica qui inspire à Stephanie la colère la plus vive – cet être abject, capable de coucher avec le mari de son amie, de s'entêter dans d'immondes accusations de meurtre. De mentir à la barre, de nier ses tentatives de chantage.

Elle essaie de ne pas blâmer Patrick. Pourtant ce qu'il a fait, tromper sa femme de la sorte, est impardonnable. Alors pourquoi lui a-t-elle pardonné ?

Lui a-t-elle vraiment pardonné ?

Elle n'a toujours pas pris sa décision. Elle n'arrête pas de changer d'avis. Pour autant qu'elle sache, Patrick ne l'a pas trompée, elle. Devrait-elle le quitter quand même, pour le principe ? Au motif qu'un homme qui a été infidèle une fois risque à tout moment de recommencer ? Même si l'enquête ne donne rien – ce qu'ils espèrent –, les gens les scruteront toute leur vie en se demandant si Stephanie a épousé un assassin. Elle se souvient de l'expression de Hanna quand elle a proposé de garder Teddy un soir.

Si Stephanie quittait Patrick maintenant, tout le monde se dirait qu'elle ne croit pas à sa version des faits, qu'elle le pense coupable. Elle n'a pas le droit de lui faire ça. Et elle doit penser aux petites – Patrick est leur père. Elles ne peuvent pas grandir avec l'idée que leur mère prend leur père pour un assassin. Surtout que c'est faux !

Le lendemain, Patrick est parti faire des courses à la supérette quand le téléphone sonne.

— Allô ? fait Stephanie d'une voix lasse.

— Pourrais-je parler à Patrick Kilgour ? demande un homme au ton autoritaire.

La jeune femme se crispe d'un coup.

— Il est absent. C'est de la part de qui ?

— Le shérif Bastedo. J'appelle depuis le Bureau central du comté de Grant. Pouvez-vous, je vous prie, demander à M. Kilgour de me rappeler dès que possible ?

La main de Stephanie tremble en notant le numéro. Après avoir raccroché, elle titube jusqu'au salon, s'effondre sur le canapé. Ça y est, ils vont l'arrêter. Un grand malaise s'empare de la jeune femme. Elle place sa tête entre ses genoux avant que tout devienne noir.

Au bout de quelques minutes, elle entend Patrick rentrer, mais est incapable de se redresser.

— Stephanie ! s'écrie-t-il en s'agenouillant devant elle. Qu'est-ce qu'il y a ?

Mais son épouse ne parvient pas à reprendre son souffle. Elle a l'impression qu'on lui a entravé la poitrine et des points noirs s'agitent devant ses yeux.

— Respire, lui dit-il.

Les points noirs finissent par s'évanouir ; Stephanie relève la tête pour regarder son mari. Patrick dégage une mèche de cheveux du visage de sa femme.

— Qu'est-ce qui s'est passé ? Raconte-moi, demande-t-il, inquiet.

— Tu as reçu un appel du shérif du comté de Grant.

À présent, ils sont deux à afficher une expression de terreur.

— Il veut que tu le rappelles, il a laissé son numéro.

Patrick se lève brusquement et demande, comme possédé :

— Qu'est-ce qu'il voulait ?

— Il n'a rien dit, répond Stephanie d'une voix apeurée. Il a juste demandé que tu le rappelles.

— Merde. Putain de merde, lance Patrick en arpentant le salon.

Stephanie aussi commence à paniquer. *On ne va pas s'en sortir*, pense-t-elle. Patrick sera arrêté. Il ira en prison. Il y aura un procès. Comment pourra-t-elle endurer une telle épreuve ? La journée d'audience l'a déjà poussée dans ses derniers retranchements.

— Je vais appeler Lange, dit Patrick. Lui demander quoi faire.

Stephanie opine du chef puis l'observe passer le coup de fil, très bref.

— Alors ? demande-t-elle nerveusement quand les deux hommes ont raccroché.

— Il me conseille de rester calme, rapporte Patrick avec une ironie cinglante. Facile à dire. Et je dois le recontacter quand je saurai ce qu'ils me veulent.

Patrick continue à aller et venir, trop agité pour rappeler tout de suite le shérif. Puis il se dirige vers la cuisine et Stephanie l'entend se servir à boire. Il revient avec un verre d'alcool fort qu'il engloutit en deux gorgées. Au bout d'un moment qui paraît interminable à sa femme, il lui demande le numéro.

Stephanie va chercher le bout de papier, le tend à Patrick qui s'arme de courage pour passer son appel.

Même en n'entendant que la moitié de la conversation, Stephanie n'a aucun mal à comprendre de quoi il retourne.

— Qu'est-ce que ça veut dire, au juste ? Vous m'arrêtez ?

Elle le voit pâlir.

— Entendu, pas de problème, dit-il avant de raccrocher.

Lentement, il se retourne vers elle.

— Ils veulent me soumettre au détecteur de mensonge.

Patrick est parfaitement immobile, son téléphone portable toujours entre les doigts. Il sent la sueur perler à son front. Machinalement, il lève la main pour desserrer le col de sa chemise mais il ne porte qu'un tee-shirt. Il n'a plus besoin de s'habiller pour le boulot, maintenant. Sa main retombe.

— Tout va bien, non ? demande Stephanie en essayant de capter son regard. Ils n'ont pas l'intention de t'arrêter. Tu passes au détecteur de mensonge et après ça ils seront obligés de nous foutre la paix. Ils auront la preuve que tu n'as rien fait de mal !

— Ce n'est pas si simple, Stephanie, articule lentement Patrick.

— Qu'est-ce que tu veux dire ? réplique la jeune femme, aux abois.

— Ces tests ne sont pas fiables. Ils ne sont même pas acceptés comme preuves au tribunal.

— Alors pourquoi t'infliger ça ?

Patrick regarde sa femme en essayant d'ignorer la rage qui bout en lui. *Les bâtards*.

— Je vais te dire pourquoi. La police peut les manipuler. Ils vont me donner le mauvais rôle.

— Ils ne peuvent quand même pas te faire échouer – pas si tu dis la vérité.

Il se détourne, il ne veut pas la voir. Il a juste besoin de parler à son avocat.

41

Le lendemain, Stephanie se réveille avant tout le monde. Elle observe son mari endormi à côté d'elle dans le lit, ses cheveux bruns, son magnifique profil grec. Comme elle l'aimait, avant… Il y a encore peu de temps. L'amour ne serait-il qu'une illusion vouée à disparaître quand la réalité devient trop sombre ? Non, décide-t-elle. L'amour est réel. Celui qu'elle éprouve pour ses deux filles, par exemple. Mais l'amour romantique… il se peut bien, oui, qu'il s'agisse d'une illusion.

Il faut qu'elle prépare les jumelles de bonne heure afin de les ramener chez Hanna. Patrick et Stephanie doivent prendre l'avion pour Denver, où les attendent un rendez-vous au cabinet de Lange et une convocation chez le shérif de Creemore. La jeune femme ignore à quelle sauce ils vont être mangés. Le stress lui paraît insoutenable. Il y a eu un moment terrible, la veille, quand Patrick a dû réserver leurs billets en ligne. Il a longuement hésité entre prendre un ou deux allers-retours dans la journée. Lange l'a prévenu qu'il serait peut-être retenu sur place. Finalement, l'aller-retour coûtant à peine plus cher que l'aller simple, Patrick a acheté un retour pour lui aussi.

En ce qui la concerne, Stephanie est sûre, en tout cas, qu'elle rentrera le jour même. Elle ira chercher les petites chez Hanna tard dans la soirée.

Patrick ne voulait pas que Stephanie l'accompagne – ils se sont disputés à ce sujet. Il a essayé de la convaincre qu'elle ne lui serait d'aucune aide là-bas, qu'elle ferait mieux de rester à Aylesford pour s'occuper des jumelles. Que cela n'avait rien à voir avec l'audience, où les apparences étaient si cruciales. La visite au bureau du shérif se déroulerait sans témoin.

Mais Stephanie a tenu bon. Patrick ne semblait pas comprendre qu'elle avait *envie* de venir. Pour entendre par elle-même ce que l'avocat avait à dire.

Et par-dessus tout, elle voulait assister au test du détecteur de mensonge.

Stephanie se glisse furtivement hors du lit et descend préparer le café.

La suite se déroule à toute vitesse. Elle nourrit les petites, les habille, avale une tartine pendant que Patrick prend sa douche et court chez Hanna juste avant l'heure du départ. À 6 heures du matin, ils sont dans la voiture pour leur vol de 8 heures. Pendant tout le trajet vers l'aéroport, ni Patrick ni Stephanie ne prononcent un seul mot. La jeune femme se contente de regarder par la fenêtre, l'esprit vide. Elle a dit à Hanna qu'ils retournaient voir l'avocat de Patrick à Denver et que la police voulait interroger son mari. Hanna n'a rien trouvé à dire, elle a juste serré son amie dans ses bras.

L'avion atterrit à l'heure et le couple se retrouve bientôt dans un taxi en direction du centre-ville. Stephanie regarde devant elle, stoïque. Denver ne l'intéresse pas.

Luxueux et moderne, le cabinet de Robert Lange vibre d'une discrète énergie.

— Comment s'est passé votre vol ? s'enquiert l'avocat en venant les chercher à la réception.

Mais aucun d'eux n'a vraiment le cœur à échanger des banalités.

— Suivez-moi, fait-il en les guidant à travers un couloir.

Une fois ses clients installés dans son bureau, l'avocat va droit au but.

— Je suis désolé de ce qu'il vous arrive, mais guère surpris. Comme je vous l'ai dit l'autre jour, les autorités sont obligées d'agir après un verdict indéterminé. L'interrogatoire, c'est juste la prochaine étape. Dans le Colorado, il est très fréquent d'avoir recours au détecteur de mensonge.

— Et si je refuse de m'y soumettre ? demande Patrick.

Stephanie regarde son mari, ébahie.

— Ils risquent de vous arrêter, répond l'avocat.

— Je ne comprends pas bien, dit Stephanie. Pourquoi le faire passer au détecteur de mensonge s'ils ne peuvent pas utiliser les résultats des tests ?

— Laissez-moi vous expliquer, fait Robert Lange en se tournant vers la jeune femme. Le détecteur de mensonge mesure différentes données physiologiques, comme les battements cardiaques, la pression artérielle, la transpiration, la respiration, etc., et met en évidence leur variation chaque fois qu'une nouvelle question est posée par l'examinateur. À partir des résultats obtenus, l'officier peut déterminer si la personne ment ou non. Mais ces résultats ne sont souvent pas fiables. C'est pour cela qu'ils ne sont généralement pas recevables dans le cadre d'un procès.

— Alors à quoi servent-ils ? insiste Stephanie.

— Bien qu'ils ne fournissent pas d'éléments recevables d'un point de vue légal, la police les trouve instructifs.

La jeune femme essaie de lire entre les lignes.

— Donc, la police fait confiance à ces tests, même si elle ne peut pas les utiliser devant la cour.

Robert Lange ne daigne pas lui répondre.

— Si vous passez au détecteur sans encombre, ce sera sûrement la fin de l'affaire, dit l'avocat à l'intention de son mari. C'est ce qu'il se passe, la plupart du temps. D'autant que l'homicide serait presque impossible à prouver pendant le procès.

Stephanie regarde Patrick. Il est pendu aux lèvres de Lange.

— Je vais vous dire autre chose concernant le détecteur de mensonge, ajoute ce dernier en posant les coudes sur son bureau. C'est un piège, cette machine. Nous ne laissons jamais nos clients s'y soumettre avant de leur avoir fait passer un test blanc, mené par un examinateur de chez nous.

L'information tombe au milieu de la pièce. Le couple encaisse.

— Le passage au détecteur de mensonge représente le même risque que n'importe quel interrogatoire de police, poursuit Lange d'un ton grave. Vous serez susceptible d'être manipulé, poussé à livrer des informations compromettantes – car même si les résultats du détecteur ne sont pas admis devant un juge, les questions et les réponses que vous y apportez le sont. Parfois il vaut mieux ne pas leur parler du tout. C'est un choix délicat, à ne surtout pas prendre à la légère. La plupart du temps, le détecteur ne nous aide pas. Mais parfois, si.

Le silence retombe, embarrassant. Patrick le brise en demandant :

— Donc qu'est-ce qu'on fait ?

— Comme je vous l'ai dit au téléphone, nous allons vous brancher à la machine et vous faire passer le test tout de suite. Restez ici, je reviens.

Patrick n'a pas parlé de cette simulation à Stephanie. Elle en reste pantoise. L'avocat ne semble par ailleurs pas croire son mari en mesure de réussir le test. Mais la plupart de ses clients sont sans doute coupables ; Lange doit avoir l'habitude des échecs. Sauf que Patrick n'a pas tué sa femme. Ça les aidera. Il le faut.

Patrick se tortille sur sa chaise, évitant ostensiblement le regard de son épouse. Stephanie frissonne, comme sous la caresse d'une main glacée.

À son retour, l'avocat est accompagné d'un homme transportant un lourd équipement. Rapidement, la machine est installée dans un coin du bureau et Patrick s'assoit face à l'examinateur, deux bandes en caoutchouc lui barrant la poitrine et l'index enserré dans un clip.

Stephanie et Robert Lange assistent à la scène sur le côté.

— Détendez-vous, fait ce dernier. Roddy est l'un de nos meilleurs collaborateurs. C'est un ancien officier de police à la retraite. Il sait ce qu'il fait.

Patrick jette un coup d'œil nerveux à l'homme qui lui fait face.

— Roddy va vous poser une série de questions que nous avons préparées ensemble, continue l'avocat. Répondez simplement par oui ou non.

L'examinateur adresse un petit signe de la tête à l'avocat, qui lance :

— C'est parti, on y va.

Roddy a une voix douce et mesurée.

— Sommes-nous au mois d'octobre ?

— Oui.

— Allez-vous répondre à mes questions sincèrement ?

— Oui.

— Avez-vous déjà menti pour vous tirer d'un mauvais pas ?

Une légère hésitation.

— Oui.

— Résidiez-vous dans la ville de Creemore, Colorado, en janvier 2009 ?

— Oui.

— Avant que votre femme, Lindsey Kilgour, ne perde la vie le 10 janvier 2009, saviez-vous qu'il était dangereux de se trouver à l'intérieur d'une voiture allumée dont le pot d'échappement est obstrué ?

— Non.

— Le jour où votre femme est morte, l'avez-vous invitée à attendre dans la voiture pendant que vous déblayiez le véhicule ?

— Non.

— Avant que votre femme ne meure le 10 janvier 2009, saviez-vous que le pot d'échappement de votre voiture était obstrué par la neige ?

— Non.

— Résidez-vous actuellement au 17, Danbury Drive, Aylesford, État de New York ?

— Oui.

— Avez-vous jamais poussé votre épouse, Lindsey Kilgour, dans l'escalier ?

— Non.

— Aviez-vous l'intention de tuer votre femme en l'invitant à attendre dans votre voiture dont le pot d'échappement était obstrué par la neige ?

— Non.

— Avant le 10 janvier 2009, aviez-vous déjà entendu parler d'accidents mortels provoqués par un pot d'échappement obstrué par la neige ?

— Non.

Enfin, l'examinateur éteint la machine, lève les yeux vers Lange, et secoue la tête.

De nouveau, les points noirs s'invitent dans le champ de vision de Stephanie.

42

Sonné, Patrick reste assis sur sa chaise, sanglé de part en part, les bras sur les accoudoirs, le cœur battant. Non. Ça ne peut pas être ça. Mais Lange se tient à côté de l'examinateur, il étudie les résultats, le visage grave.

Tout à coup, Stephanie se met à haleter. Elle semble sur le point d'étouffer, les mains autour de la gorge, le visage marbré. Les trois hommes ont les yeux rivés sur elle mais Patrick ne peut pas bouger. Lange s'agenouille devant son épouse tandis que lui assiste impuissant à la scène, comme s'il était déjà sur la chaise électrique. Il a tout de suite reconnu les symptômes : Stephanie traverse une nouvelle crise d'angoisse.

— Respirez, lui intime l'avocat.

La jeune femme a ramené sa tête entre ses genoux. Patrick n'est plus étonné : il connaît la marche en suivre dans ces cas-là, et Stephanie lui a expliqué ce qu'elle ressent quand elle panique. Or si elle panique, c'est parce qu'il a échoué au détecteur de mensonge. Il le sait, il lui suffit de voir la tête de Robert Lange.

Trop préoccupés par ce qui arrive à Stephanie, Roddy et Lange ne semblent pas réaliser que Patrick est dans le même état de choc.

Peu à peu, sa femme se remet à respirer normalement.

— Voilà, c'est bien, dit Lange d'une voix rassurante.

Patrick voit alors l'examinateur se pencher sur lui et retirer son équipement. Il voudrait parler mais il a l'impression qu'on lui a coupé les cordes vocales.

L'atmosphère dans la pièce a radicalement changé. Patrick observe son épouse. Il ne voulait pas qu'elle vienne. Elle aurait mieux fait de rester à la maison, comme il le lui avait conseillé. Elle se serait épargné ça.

Lange se relève, les mains sur les épaules de Stephanie. Elle est toujours pliée en avant, sans doute pour éviter d'avoir à croiser le regard de son mari. Ses pires peurs se sont réalisées, suppose Patrick. *Comme elle se trompe.*

Lange se tourne vers lui, soupire bruyamment, et prononce les mots auxquels ils s'attendent tous :

— J'ai bien peur que vous ayez échoué au test, Patrick.

— Non, c'est impossible ! s'insurge celui-ci en secouant la tête. La machine doit se tromper.

Stephanie se redresse lentement. Elle semble s'être changée en pierre. Pourquoi préfère-t-elle croire une machine plutôt que son mari ? Elle l'a entendu comme lui, pourtant : ces tests ne sont pas fiables !

Libéré de ses entraves, Patrick se précipite à ses pieds.

— Stephanie, tu sais que ces tests ne valent rien ! C'était un accident.

Elle ne le regarde même pas.

L'examinateur quitte la pièce, son équipement sous le bras.

— Merci, Roddy, lance l'avocat avant de s'adresser à Patrick. Écoutez, nous avons une décision à prendre. Asseyez-vous, on a du pain sur la planche.

Les deux hommes reprennent place de part et d'autre du bureau sous le regard de Stephanie. Patrick n'aime pas l'expression de son épouse. Il imagine très bien ce qui se trame dans sa tête. Elle le pense coupable. Tout est peut-être déjà fini entre eux. Elle ne le croira plus. Ne l'aimera plus. Patrick se demande combien de temps il lui reste avant qu'elle le quitte. Cette idée le terrifie, le vide de toute force vitale.

— Vous êtes attendu au bureau du shérif, rappelle Robert Lange. Voilà ce que je vous propose. On sait qu'ils veulent vous faire passer au détecteur de mensonge. Je vous conseille de refuser. Ils choisiront alors sans doute de vous arrêter pour homicide, avec ou sans préméditation, selon le degré d'intentionnalité qu'ils vous prêteront.

Patrick fixe son avocat, pétrifié.

— Vous vous retrouverez en garde à vue. Vous n'êtes pas obligé de parler. Je serai avec vous. Je propose que vous leur accordiez un court entretien au cours duquel vous nierez catégoriquement les charges. Vous expliquerez, une fois de plus, qu'il s'agissait d'un accident. Et c'est tout. Je ne leur permettrai pas de vous questionner davantage. C'est à eux, après, de prouver votre culpabilité hors de tout doute raisonnable. Mais nous, on ne va rien leur donner, d'accord ?

Patrick acquiesce, incapable de prononcer un mot.

— Vous ne rentrerez pas chez vous ce soir, ajoute l'avocat avant de jeter un regard à Stephanie. Je ne pense pas que cela serve à grand-chose, madame, que vous nous accompagniez chez le shérif.

Patrick est d'accord. Stephanie semble déjà convaincue qu'il va être condamné. Mieux vaut qu'elle rentre. Elle ne lui est d'aucune aide ici, c'est certain.

— Haut les cœurs, reprend Robert Lange, mesurant la terreur qui s'est abattue sur son client. C'est à l'État de prouver qu'il s'agissait d'un meurtre hors de tout doute raisonnable. Tenez bon. Honnêtement… je ne crois pas qu'ils iront jusqu'au procès.

Patrick se demande si son propre avocat le croit coupable. S'en soucie-t-il seulement ? Pour lui, il n'est qu'un client de plus.

Lange contourne son bureau et vient aider Stephanie à se relever.

— Je suis désolé, lui dit-il, mais il vaut mieux que vous regagniez l'aéroport. Mon assistante va vous appeler un taxi. Allons la voir.

Patrick regarde sa femme accompagner son avocat, sans un regard pour lui. Il se sent plus seul que jamais, incapable de puiser le moindre réconfort dans les propos de ce dernier. Tout ça à cause de cette traîtresse d'Erica.

Stephanie erre de boutique en boutique en attendant son vol. Si on lui avait dit qu'un jour elle serait condamnée à arpenter un aéroport inconnu pendant que son mari se trouve dans le bureau d'un shérif, sur le point d'être inculpé pour meurtre…

Elle finit par s'arrêter au Starbucks, commande un café, s'assoit à une petite table. Elle aurait besoin de parler à quelqu'un. Une personne de confiance. Une personne sur laquelle se décharger un peu du fardeau qui l'accable. Stephanie songe à Hanna. Peut-elle se fier à elle ? Lui raconter ce qu'il s'est passé dans le bureau de l'avocat ? *Non*, conclut-elle. *Impossible*.

Elle a elle-même du mal à réaliser ce qui lui arrive.

Patrick n'a pas réussi le test du détecteur de mensonge. Qu'est-ce que cela lui apprend ? Il l'a fait. Il a tué sa femme et son bébé à naître.

Elle tourne et retourne la chose dans son esprit, essayant de lui donner un sens. On ne peut pas se fier aux détecteurs de mensonge. Tout le monde le sait. Il ne voulait pas la tuer. Il ne peut pas avoir voulu la tuer.

Mais la police fait confiance à ces machines. S'ils apprennent qu'il a échoué, ils le croiront coupable. À voix basse, alors qu'ils venaient de quitter son bureau, Robert Lange a garanti à Stephanie que les autorités n'auraient jamais connaissance de son échec. C'est une donnée confidentielle.

Et si elle avait au contraire envie qu'elles le découvrent ?

La jeune femme traverse un moment irréel.

Elle est la seule, outre Patrick et son avocat – et l'examinateur –, à savoir. Ce fardeau est trop lourd à porter. Mais elle doit tenir sa langue.

Et décider ce qui va suivre.

43

Patrick, le dos droit, se dirige à grands pas vers le bâtiment abritant le bureau du shérif, plein d'une détermination feinte. Il est innocent, victime d'un traitement inique, et se contente d'appliquer les conseils de son avocat. Voilà tout.

— Prêt ? demande Lange, à ses côtés.

Alors qu'ils gravissent les marches, Patrick repense à la dernière fois qu'il a monté cet escalier, le matin de la mort de Lindsey. C'était l'hiver. Il n'arrive pas à croire qu'il soit de retour après toutes ces années. Il a l'estomac en vrac. À l'époque aussi. Il avait vomi dans la neige.

Patrick est attendu. Conduit en compagnie de son avocat dans une salle d'interrogatoire où se trouvent déjà le shérif et un policier en uniforme. Pour l'instant, ce n'est qu'une formalité. C'est la suite qui le terrifie. Les nuits en prison. Le procès. Patrick est tellement préoccupé par son avenir qu'il entend à peine Me Lange annoncer que son client refuse de se soumettre au détecteur de mensonge étant donné le peu de fiabilité de cette méthode et son irrecevabilité dans le cadre d'une procédure. Patrick se force à se redresser sur sa chaise et affronte le regard du shérif. Il ne veut surtout pas avoir l'air fautif. Mais il voit Lorne Bastedo sourire en coin et comprend : l'homme a deviné qu'il avait échoué à un test blanc. Le choc est aussi brutal qu'un coup dans le ventre. Le shérif le pense déjà coupable.

— Nous aimerions vous poser quelques questions, si vous êtes d'accord.

— Mon client va se contenter d'une courte déclaration. Patrick ?

L'avocat attend que ce dernier débite le texte qu'ils ont préparé ensemble sur le chemin pour venir jusqu'ici.

Patrick s'éclaircit la voix et parle d'un ton ferme :

— Je n'avais pas l'intention de tuer ma femme. C'était un accident. Je ne savais pas que le pot d'échappement était obstrué, ou que Lindsey courait le moindre risque.

— Vous voulez ajouter quelque chose ? demande le shérif après un temps.

Patrick lance un coup d'œil nerveux à son avocat.

— Non, je crois que c'est tout, répond Me Lange.

Lorne Bastedo se lève.

— Patrick Kilgour, dit-il, vous êtes en état d'arrestation pour l'assassinat de Lindsey Kilgour le 10 janvier 2009…

Le cerveau de Patrick se déconnecte, il n'entend pas la suite. Puis quelqu'un vient lui attraper le coude.

— Levez-vous, je vous prie.

Patrick s'exécute, chancelant.

— Main derrière le dos, s'il vous plaît, ordonne calmement le policier en uniforme.

Patrick se laisse menotter en silence. Et c'est ainsi qu'en une poignée de minutes il se retrouve arrêté pour meurtre et conduit en prison.

Stephanie apprécie l'anonymat de son vol de retour, débarrassée de son charismatique mari, reconnaissable entre mille. Elle, elle peut passer pour n'importe quelle trentenaire épuisée. Personne ne la scrute, personne ne lui inflige les regards accusateurs qui l'ont accompagnée pendant tout le trajet aller – ces regards qui disaient : *Qui donc épouserait un homme qui a tué sa première femme ?*

Les gens ont lu les journaux, regardé les reportages télévisés et conclu d'eux-mêmes à la culpabilité de Patrick. Mais maintenant, Stephanie sait quelque chose qu'ils ignorent. Elle sait qu'il a échoué au test du détecteur de mensonge. *Je n'étais pas au courant !* voudrait-elle hurler.

Si seulement elle pouvait sangloter contre le hublot. Mais elle n'ose pas. Elle garde ses larmes pour ce soir, quand les jumelles seront couchées. Elle laissera tout sortir, d'une façon qu'elle ne s'est jamais autorisée auparavant, quand Patrick était à la maison. Ce sera peut-être cathartique, elle réussira peut-être enfin à dormir. Et à réfléchir posément à sa situation.

La jeune femme a reçu un SMS de Robert Lange l'informant des récents événements : l'arrestation de Patrick, sa première nuit en prison. Elle n'aura plus de nouvelles de son mari directement, à moins que celui-ci ne l'appelle depuis un téléphone pénitentiaire. Stephanie l'imagine dans sa cellule, vêtu d'un uniforme de prisonnier, privé de sa ceinture, de ses lacets, de tout objet susceptible de l'aider à s'ôter la vie. Mais ce qu'elle n'arrive pas à imaginer, c'est son état d'esprit. Parce qu'en fait, réalise-t-elle, elle n'y a finalement jamais eu accès. Elle frissonne en réalisant qu'une machine connaît son mari mieux qu'elle. Qu'elle ne l'a sans doute jamais vraiment connu.

Après tout, Stephanie est peut-être plus en sécurité maintenant que Patrick est derrière les barreaux. Ses filles aussi. S'il est vraiment un assassin, mieux vaut qu'il reste éloigné de Jackie et Emma. Elle repense avec horreur à l'épisode du départ d'incendie dans la cuisine, à cette poêle à frire mystérieusement posée sur la plaque de cuisson. Pourrait-il être le responsable ? Erica disait-elle vrai ? Avait-il le projet de se débarrasser de son épouse et de ses filles pour récupérer le pactole – plus de trois millions de dollars en tout ?

Elle n'arrive pas à y croire. Elle n'arrive pas à se dire qu'elle s'est si effroyablement trompée sur la personne qu'elle aimait. Mais trop de doutes se sont immiscés en elle. Elle ne sait plus ce qui est vrai, ni ce qu'elle doit faire. L'avocat de Patrick compte sur elle pour soutenir son mari, pour faire corps. Mais en est-elle capable ? Est-elle capable de prendre le risque d'aider un meurtrier à s'en tirer et à rentrer chez lui – chez eux ! – comme si de rien n'était ?

Sauf que Patrick est peut-être innocent.

Comment pourra-t-elle un jour en avoir le cœur net ?

Quand l'avion atterrit, il fait déjà nuit. Stephanie récupère sa voiture et affronte l'heure et demie de route qui la sépare de son domicile, les yeux brûlants de fatigue. La maison est plongée dans l'obscurité ; elle regrette de ne pas avoir laissé la lumière du porche allumée. Tous les sens en alerte, elle pousse la porte d'entrée. Stephanie n'a jamais aimé se retrouver toute seule chez elle en pleine nuit. Mais avant, il y avait Patrick – avec lui, elle se sentait en sécurité. À présent, le moindre petit bruit la fait sursauter, la moindre ombre. Elle se demande si elle retrouvera un jour sa sérénité passée. Puis elle s'ordonne d'arrêter de ruminer.

Rapidement, elle monte le chauffage, allume toutes les lumières et enfile un pantalon de survêtement avant de traverser la rue pour aller chercher les jumelles. Elle n'a pas réfléchi à ce qu'elle allait dire à Hanna. La seule chose dont elle est sûre, c'est qu'elle ne doit pas lui parler du détecteur de mensonge. Même si elle en meurt d'envie.

Dès que sa voisine ouvre la porte en souriant, Stephanie éclate en sanglots. C'est plus fort qu'elle. Hanna l'enlace et la fait entrer au chaud.

— Allez, allez, dit-elle. Les jumelles dorment à l'étage. Je vais te servir à boire.

— Tu es sûre ? demande Stephanie. Il est très tard.

— Mais oui, viens.

Trop faible et trop seule pour décliner l'invitation, Stephanie s'apprête à suivre Hanna dans la cuisine. Mais elle voudrait d'abord voir ses filles.

— Je peux juste jeter un œil ?

— Pas de problème, répond Hanna. Mais ne les réveillons pas, surtout, qu'on puisse profiter d'un peu de calme.

Dans leur parc juste à côté du berceau de Teddy, Emma et Jackie dorment profondément. Stephanie entre sur la pointe des pieds pour les contempler à la douce lumière de la veilleuse, allongées sur le dos, leurs visages tournés l'un vers l'autre, leurs petits poings serrés, leurs genoux pliés, leurs poitrines se levant et s'abaissant paisiblement. L'image même de l'innocence. Elle sent son cœur se serrer.

— Tout va bien ? chuchote Hanna.

Stephanie acquiesce et les deux femmes redescendent les escaliers. À la grande surprise de Stephanie, Ben, le mari de Hanna, se trouve dans la cuisine. Mais il vit ici, bien sûr. C'est elle l'intruse, qui vient abuser de la générosité de ses voisins.

— Ne t'occupe pas de lui, lance Hanna. Il va descendre regarder un truc au sous-sol.

Ben salue poliment Stephanie, en prenant soin de ne pas la dévisager alors qu'il ouvre le frigo pour y prendre une cannette de bière. De toute façon, il aura bientôt tous les détails, pense amèrement Stephanie. Mais elle s'en repent aussitôt. Ben et Hanna ont été formidables avec elle. Elle ne peut pas laisser le drame qu'elle traverse entacher ses rapports avec les autres.

— Une tisane ? Ou quelque chose de plus fort ? demande Hanna quand Ben a disparu avec sa bière.

— Tu as du vin ?

Les deux amies prennent place autour d'une bouteille de rouge et de deux verres. La lumière est tamisée.

— Alors, comment ça s'est passé ? commence Hanna.

— Ils l'ont arrêté, lâche Stephanie de but en blanc.

Le visage de Hanna dit tout à la fois la stupéfaction, la pitié et l'effroi.

— Qu'est-ce que tu vas faire ? murmure-t-elle.

— Je ne sais pas.

Tard, ce soir-là, Patrick est étendu sur sa couchette, les pensées tournoyant dans sa tête à toute vitesse. Il a l'impression de voir Stephanie couchée dans leur lit, les yeux fixés au plafond. À moins qu'elle n'erre dans la maison, comme elle en a pris l'habitude depuis que leurs ennuis ont commencé. Pense-t-elle qu'il est coupable ? Croit-elle aux résultats du détecteur de mensonge ? Ou bien a-t-elle recouvré la raison ?

Cette putain de machine. Sa femme n'aurait jamais dû être là. Pourtant, jusqu'au bout, Patrick a cru qu'il réussirait le test. Son échec l'a anéanti.

44

Cheryl a l'impression de vivre un cauchemar éveillé. Maintenant qu'elle en sait davantage sur les parents biologiques de Devin, elle se surprend à étudier son fils sans cesse, à interroger chacun de ses gestes. Elle a remarqué des choses qu'elle ne voulait peut-être pas voir avant, comme cette façon qu'il a de toujours vouloir être le premier, de devancer ses camarades. Il est très conscient de son charme et sait l'utiliser pour parvenir à ses fins. Avant, cette attitude ne l'inquiétait pas. Aujourd'hui, bien qu'elle ait du mal à l'admettre, Cheryl guette chez lui des signes révélateurs d'une personnalité sociopathe.

Gary lui répète qu'elle se fait des films, qu'elle invente des problèmes là où il n'y en a pas. L'amour qu'ils portent à leur fils est suffisant, lui assure-t-il. L'amour peut tout résoudre. Cheryl et lui sont des gens bien, ils ont élevé leur fils convenablement. Ils vont s'en sortir.

Erica Voss prend son petit déjeuner en faisant distraitement défiler les nouvelles du jour sur son téléphone lorsqu'elle s'immobilise d'un coup, submergée d'adrénaline. *Un suspect arrêté dans le cadre de l'affaire Kilgour*. Elle clique sur l'article et le survole à toute vitesse. Puis elle se cale au fond de sa chaise, un lent sourire se dessinant sur ses lèvres.

Bien fait pour lui. C'est ce qui arrive aux gens qui essaient de la prendre pour une conne.

Aussitôt, Erica compose le numéro des Manning sur son téléphone. Elle sait déjà ce qu'elle va dire.

— Allô ? fait Cheryl à l'autre bout du fil.

— Bonjour, Cheryl.

— Qui est à l'appareil ?

Erica perçoit la crainte dans la voix de son interlocutrice. Elle a déjà préparé le terrain en venant se planter devant chez elle en décapotable.

— C'est Erica, la maman de Devin.

— Que voulez-vous ? demande Cheryl après un silence tendu.

— Je ne sais pas si vous avez regardé les infos…

— Vous voulez parler de l'enquête qui a été réouverte ? réplique l'autre d'une voix tremblante.

— Ça a dû être un choc pour vous de découvrir l'identité du père de Devin dans de telles circonstances.

— Dites-moi la vérité, ordonne Cheryl. Les a-t-il vraiment tuées ?

— Bien sûr qu'il l'a fait.

— Que voulez-vous ? répète Cheryl.

— Voir mon fils.

— Ce n'est pas votre fils. C'est le nôtre. Vous avez renoncé à vos droits parentaux.

— Je me fiche des droits légaux, rétorque Erica. Vous faites très bien l'affaire. Mais je pense que Devin a le droit de savoir d'où il vient, pas vous ? Je pourrais le voir, lui dire qu'il a été adopté. Je parie qu'il ne le sait pas encore, je me trompe ? Et je pourrais lui parler de son père, lui expliquer pourquoi j'ai dû l'abandonner à sa naissance contre ma volonté.

Erica marque une pause puis reprend :

— Vous avez vu que Patrick a été arrêté ?

Un souffle se fait entendre dans le combiné.

— Pour homicide, poursuit-elle.

— Je vais raccrocher, prévient Cheryl.

— Non, vous n'allez pas raccrocher, réplique Erica. Vous allez m'écouter. Vous allez dire à Gary que je veux 100 000 dollars de plus, sans quoi Devin risque d'apprendre bientôt des choses que vous préféreriez qu'il ignore. Vous ne pouvez pas garder un œil sur lui toute la journée. Je vous rappellerai dans quelques jours. D'ici là, réunissez l'argent.

Puis elle ajoute :

— Quand le procès de Patrick s'ouvrira, je n'aimerais vraiment pas avoir à dire que je sais où se trouve mon fils et vous imposer toute la procédure du test de paternité. Ce serait terrible pour Devin de découvrir la vérité de cette façon…

Stephanie va chercher le journal sur le perron et l'apporte dans la cuisine. La journée est froide et pluvieuse. Elle s'assoit à table et feuillette le quotidien à la recherche d'un article concernant son mari. Elle finit par trouver un entrefilet, enfoui au fond de la rubrique des faits divers. Au moins ici l'affaire ne fait-elle pas la une. Pour combien de temps encore ?

Stephanie presse ses paumes contre ses paupières irritées. Elle a passé plus de temps que prévu chez Hanna la veille, et bu plus de vin que raisonnable.

Mais ça lui a fait du bien. Elle avait besoin de se confier à quelqu'un – même si elle craint d'en avoir trop dit sur ses doutes. Rien sur le détecteur de mensonge, toutefois. Heureusement.

Elle revient au début du journal, profitant des quelques minutes de tranquillité qu'elle a devant elle tandis que les petites gazouillent gaiement dans le salon. Bientôt, Stephanie les habillera pour sortir et elle ira faire des courses au supermarché. Elle espère sans trop y croire qu'elle ne croisera personne. Elle croise toujours quelqu'un.

Un article en page 2 attire son attention, l'histoire atroce d'un homme s'étant donné la mort après avoir tué sa femme et leurs deux enfants à Albany. Elle voudrait s'interdire de lire mais échoue. Évidemment. Elle ne peut pas lutter, elle a toujours été fascinée par les faits divers dans ce genre. L'homme a étouffé ses enfants avant que la mère, dont il était en train de se séparer, ne revienne du travail. À son retour, il l'a poignardée dans la poitrine à plusieurs reprises, puis il est monté calmement dans sa voiture et s'est jeté d'un pont.

Stephanie reste quelques instants à fixer la page, bouleversée.

Ces drames arrivent tout le temps. Et personne ne semble jamais les avoir vus venir.

La sonnerie du téléphone retentit dans la cuisine et la fait sursauter. Qui que ce soit, il ne peut s'agir que d'une mauvaise nouvelle. Elle n'arrive plus à s'attendre à autre chose.

— Oui ? fait-elle.

— Stephanie, bonjour. Robert Lange à l'appareil.

Quoi encore ? se demande Stephanie, une boule dans la gorge.

— Je voulais vous informer que Patrick sera présenté à un juge dans la matinée en comparution initiale.

La jeune femme ne sait pas quoi dire.

— S'ils poursuivent dans cette direction – et je ne vois pas comment ils le peuvent, concrètement –, le procès se tiendra sans doute au printemps ou au début de l'été.

— OK, fait Stephanie en fermant les yeux et en se retenant au plan de travail.

— Je vais avoir besoin d'une avance sur honoraires.

Bon an mal an, les journées se succèdent. Même lorsque tout s'écroule, le soleil continue de se lever, de se coucher, Stephanie a besoin de manger, de dormir, et les petites de recevoir l'attention de leur mère. Et il y a les appels de Patrick, auxquels Stephanie se doit de répondre.

Leurs conversations sont fausses, empruntées. Comment pourrait-il en être autrement ? Le temps qu'ils passent séparément, le quotidien qu'ils ne partagent plus ont creusé un fossé entre eux. C'est ce qui arrive toujours dans les relations à distance – alors que dire quand l'un des deux est en prison soupçonné de meurtre, et l'autre pas totalement convaincue de son innocence ?

— Stephanie, répète Patrick, comme chaque fois qu'ils se parlent. Tu dois me croire. Je n'ai rien fait.

— Je sais.

Sa réponse est automatique, et elle est bien consciente qu'elle n'a pas l'air sincère mais détachée, peu intéressée par la question.

— Ils vont devoir abandonner les poursuites. Je vais bientôt sortir d'ici et rentrer à la maison.

— Oui, oui, fait-elle en regardant par la fenêtre, l'œil vide.

Elle ne ressent rien quand elle lui parle.

— Lange dit que s'ils n'arrivent pas à mettre la main sur une nouvelle preuve, il n'y aura pas de procès. Ce serait sa parole contre la mienne au sujet de l'adultère, et un adultère n'est pas suffisant pour prouver que j'ai tué ma femme. L'assurance-vie non plus. Ils n'ont rien pour étayer l'hypothèse selon laquelle j'aurais voulu me débarrasser de Lindsey.

Mais Stephanie n'écoute pas vraiment.

Soudain, elle se rappelle une phrase qu'Erica a prononcée sur le porche. Que ses voisins devaient avoir remarqué les allées et venues de Patrick dans son appartement, ou entendu leurs ébats à travers la cloison. Si la police parvenait à trouver ne serait-ce qu'un voisin à même de confirmer avoir vu Patrick plus de deux fois chez elle, il serait cuit.

— Stephanie, il faut que tu sois forte pour moi, d'accord ? Pour moi et pour les jumelles.

Pour une fois, la jeune femme entend poindre le désespoir dans la voix de son mari. Son masque s'effrite. Patrick a peur. Bien sûr qu'il a peur.

— Lange veut une avance sur honoraires, dit-elle.

— Oui, il m'a dit qu'il t'avait appelée.

— Ça représente beaucoup d'argent.

— Je sais. Et je suis désolé, dit Patrick, contrit. Mais quand tout ça sera derrière nous, ça n'aura plus d'importance, Steph. Ce n'est que de l'argent. Je vais lancer ma propre agence, tout récupérer. Les gens ont la mémoire courte. D'ici quelques années, tout ça nous fera l'effet d'un mauvais rêve.

Alors qu'il descend dans son pick-up la rue principale de Creemore, le shérif Bastedo réfléchit au dossier Kilgour. Ils n'ont rien. Que dalle. Ce rusé d'avocat a fait ce qu'il fallait pour. Et si Kilgour ne parle pas, ils n'auront pas de quoi aller jusqu'au procès.

Inquiet mais pas découragé pour autant, Lorne Bastedo gare sa voiture face à la pharmacie K&R, une petite affaire familiale où travaillait Erica à l'époque des faits. Il se dirige vers le fond de la boutique, montre son insigne à l'homme d'âge mûr assis derrière le comptoir.

— Vous êtes le propriétaire ? demande-t-il.

Le pharmacien acquiesce.

— Que puis-je faire pour vous, Shérif ?

— J'aimerais vous poser quelques questions au sujet de l'une de vos anciennes employées, Erica Voss. Vous vous en souvenez ?

L'homme lance à Bastedo un regard entendu.

— Je me demandais justement quand vous alliez venir.

La curiosité du shérif est piquée. Personne aux alentours, ils peuvent parler sans crainte.

— Qu'avez-vous à me dire à son sujet ?

— C'était une employée modèle, déclare le pharmacien.

Avant d'ajouter :

— Pour autant que je sache.

— Que voulez-vous dire par là ?

— Elle était très maligne, fiable, un excellent contact avec la clientèle. Elle apprenait vite. Ambitieuse.

— Je sens qu'il y a un « mais ».

L'homme sourit.

— On a eu plusieurs cambriolages, à l'époque. Des médicaments. Principalement de l'oxycodone. Des cachets faciles à vendre dans la rue. Votre prédécesseur n'est jamais parvenu à mettre la main sur les coupables.

— Et ?

— Je n'ai aucune preuve. Mais j'ai toujours pensé que c'était elle, ou en tout cas qu'elle était impliquée d'une façon ou d'une autre. J'ai mentionné cette possibilité au shérif de l'époque, mais il n'a rien trouvé. Comme je vous l'ai dit, cette gamine avait oublié d'être bête.

— Vous l'avez renvoyée ?

— Non, comment aurais-je pu ? Je ne pouvais pas la licencier sans preuve. Mais je lui ai posé la question directement. Elle a nié. De deux choses l'une : ou elle disait la vérité, ou c'est une menteuse redoutable.

— Et ensuite ?

— Elle a quitté la ville, peu de temps après cet effroyable drame chez les Kilgour. Ma femme et moi étions soulagés, nous n'avons plus eu de vols après son départ. Vous voulez mon avis ? ajoute le pharmacien en haussant un sourcil.

— Dites-moi.

— Je ne croirais pas un traître mot de ce qu'elle raconte.

— Merci de votre disponibilité.

— Je vous en prie.

Le shérif Bastedo remonte dans sa voiture. En chemin vers son bureau, il réfléchit à ce qu'il vient d'entendre. Il ferait mieux de vérifier.

Ce soir-là, Erica rappelle. Gary sent la sueur perler sous ses aisselles et dans le bas de son dos tandis que Cheryl l'observe anxieusement à l'autre bout de la pièce. Ils s'attendaient à ce coup de fil, ils sont descendus exprès au sous-sol pour éviter que Devin ne les entende.

— Bonsoir, Gary, dit Erica. J'imagine que vous êtes au courant de ma conversation avec votre femme l'autre jour.

— J'ai du mal à réunir la somme, répond Gary.

— Bien sûr, ironise Erica.

— C'est vrai.

Le pire, c'est que ça l'est. C'est d'ailleurs pour cette raison qu'il transpire si abondamment. Il a essuyé de grosses pertes lors des deux derniers trimestres.

— Je suis ric-rac en ce moment, plaide-t-il.

— À d'autres. Je ne vous crois pas.

— Pourquoi pas ? On est aux États-Unis, merde. Tout le monde est endetté !

Puis Gary prend une inspiration et lance :

— Écoutez. Vous aurez l'argent. J'ai juste besoin de temps. On ne veut pas que vous parliez à Devin, que vous ruiniez sa vie. Que vous ruiniez la nôtre. Vous le savez très bien.

— Entendu, dit-elle après ce qui ressemble à un temps de réflexion. Délai accordé. Je vous rappellerai dans quelques jours.

45

Après des journées de pluie incessante, le soleil reparaît enfin. Patrick a déjà passé presque une semaine en prison. C'est mardi matin et Stephanie a prévu de retrouver Hanna et Teddy dans la matinée pour aller au parc, puis de prendre un café quelque part. Maintenant que tout le monde est au courant de l'arrestation de Patrick, elle préfère sortir avec Hanna. À ses côtés, elle se sent protégée, comme si son amie pouvait faire tampon entre elle et l'extérieur. Quelques journalistes ont bien essayé de lui soutirer des informations, mais ils ne campent pas devant chez elle, au moins.

Les petites sont dans leurs chaises hautes et Stephanie leur donne leur purée à la becquée. Comme toujours depuis l'échec de Patrick au détecteur de mensonge, ses pensées tournent en boucle.

S'il est vraiment coupable, s'il a tué sa première femme de sang-froid… Alors, oui, il faut qu'elle se fasse à l'idée que son mari est un assassin. Dire qu'il n'y a pas si longtemps elle pensait simplement qu'il avait été volage un soir ou deux et que cette Erica voulait leur soutirer de l'argent. Pendant des semaines, elle a vécu dans un brouillard paranoïaque à l'idée que son mari soit accusé à tort. Mais maintenant…

Qu'espère-t-elle ? Souhaite-t-elle que Patrick soit libéré ? Condamné ? Comment vivrait-elle son retour à la maison ?

Même s'il s'en tire, ça ne veut pas dire qu'il est innocent, pense-t-elle en fixant le mur.

Il y a trop d'éléments qui la font douter de la bonne foi de son époux. La chute dans les escaliers. Le détecteur. Elle ne peut pas continuer à se mentir à elle-même – si Patrick est bel et bien un meurtrier, elle doit penser à sa sécurité et à celle des petites. *Il ne doit pas revenir ici*, décide-t-elle soudain.

Ça y est, elle a fini par l'admettre. Elle ne croit plus à l'innocence de son mari.

Patrick est escorté jusqu'à la pièce réservée aux entretiens des prévenus avec leurs avocats. Il a l'impression d'avoir pris plusieurs années d'un coup depuis qu'il est entré ici. Comment les gens peuvent-ils supporter ça pendant vingt ans ? Pendant le restant de leur vie ? Cette seule perspective lui retourne l'estomac, lui provoque des sueurs froides. Ses vêtements empestent, et lui avec. Il n'endure pas cette épreuve aussi bien qu'il l'espérait. Mais comment connaître à l'avance sa réaction face à la prison, à une accusation de meurtre ? C'est un pays étranger, ici. Un monde auquel il n'appartient pas. Patrick n'est pas comme les autres détenus – des criminels endurcis, des brutes sans instruction. Il est un ovni. Chaque jour, il doit lutter pour se rappeler qu'il n'est pas en train de cauchemarder. Il se demande s'il finira par s'adapter.

— Patrick, fait Lange en se levant.

Patrick s'approche en traînant les pieds et se laisse lourdement tomber sur sa chaise, tandis que le gardien part en fermant la porte derrière lui. Robert Lange a l'air peiné de voir son client dans un si piteux état, et Patrick apprécie cette marque de sollicitude. Il ne peut pas en dire autant de sa femme, qui semble sur le point de le lâcher. Mais peut-il vraiment la blâmer ?

— Comment ça va ? demande l'avocat.

— À votre avis ? répond Patrick. Pour tout vous dire, je suis mort de trouille. Je déteste cet endroit. Il faut que vous me fassiez sortir de là.

— Et c'est ce que nous allons faire, assure Lange. Il faut juste que vous vous accrochiez, Patrick. Est-ce qu'on vous traite correctement ?

— J'imagine que oui, dit-il d'une voix lasse.

— Au cas où ils s'obstineraient à vouloir aller au procès, nous devons tout passer en revue, tout ce qui pourrait vous être préjudiciable. S'il y a quelqu'un, une seule personne, dont les déclarations seraient susceptibles de vous nuire, il faut que je le sache maintenant. On peut discréditer un témoin si on sait à quoi s'attendre, mais les surprises, c'est fini, on ne peut plus se le permettre. Est-ce que c'est clair ?

Patrick jette à son avocat un regard contrarié. Lange le croit coupable.

— Quid de votre ami Greg Miller ? sonde ce dernier.

— Quoi ? Qu'est-ce que vous voulez savoir sur Greg ?

Robert Lange se penche au-dessus de la table.

— Écoutez-moi bien. Un procès au pénal n'a rien à voir avec une audience diligentée par un coroner. Ils ne vont pas y aller de main morte, vous comprenez ? Greg Miller vous fréquentait à l'époque.

Il détient peut-être des informations compromettantes. Lui avez-vous déjà dit un jour, même sur le ton de la plaisanterie, que vous vouliez vous débarrasser de votre femme ?

— Non, bien sûr que non ! se récrie Patrick, outré.

— L'accusation ne risque pas de sortir de son chapeau un témoin qui affirmera que vous lui avez demandé de liquider Lindsey ? On a déjà vu ce genre de chose se produire.

Patrick sue à grosses gouttes, il baigne dans sa propre puanteur. Il n'a pas peur du scénario que vient d'évoquer son avocat. Mais la vérité, c'est que même si cela n'avait rien à voir avec la grande histoire d'amour qu'elle prétend avoir eue, Erica et lui ont couché ensemble plus de deux fois. Il a sciemment minimisé les faits, à plusieurs reprises, y compris pendant l'audience. Il a menti. Et Erica le sait.

— Non, je le jure, proteste-t-il pourtant en secouant vigoureusement la tête. Ça n'arrivera pas.

— Alors, Kevin, lance le shérif Bastedo au type émacié en jean sale qui se tient face à lui dans la salle d'interrogatoire.

Ils ont questionné tous les dealers et ex-dealers locaux qu'ils ont dans leur fichier.

— Et si vous me disiez ce que je fous ici ? s'insurge l'autre. Ça fait des années que je me tiens à carreau.

— Ne t'inquiète pas, on n'a rien à te reprocher. On veut juste discuter avec toi.

— Discuter de quoi ? demande l'homme, inquiet.

— Tu trempais dans la came, il y a une dizaine d'années.

— Ouais, et j'ai payé ma dette. Je travaille, maintenant. Je suis clean. Demandez à qui vous voulez.

— On l'a fait, et on le sait. Rassure-toi. On aimerait juste t'entendre au sujet d'Erica Voss.

L'homme marque une pause. Réfléchit. Avale sa salive.

— OK.

— Tu sais qui c'est ?

— Ouais, bien sûr. On la voit partout dans les journaux à cause du gars qui a tué sa nana dans la voiture.

— Ce qui nous intéresse aujourd'hui, précise Bastedo en se penchant vers l'ancien toxicomane, c'est quel genre de personne elle était à l'époque. Parle-nous de la dope.

Kevin déglutit à nouveau.

— J'ai déjà payé, on est d'accord ? Vous me garantissez que rien de ce que je dirai ici ne pourra m'attirer d'ennuis ?

— Tout à fait. Tu es libre et en règle. On te demande juste de nous donner un coup de main.

— Alors OK, oui, elle a été dans le business. Un peu. Pas très longtemps.

— Elle dealait ?

Kevin hoche la tête.

— De l'oxy, ouais. Je lui en ai acheté.

— Où est-ce qu'elle se procurait les pilules ?

— Elle les volait dans la pharmacie où elle bossait.

46

Dépitée, la procureure jette sur son bureau la pochette en papier kraft.

— On va devoir laisser sortir Patrick Kilgour. On n'a aucune chance de l'emporter, pas tant qu'il n'est pas passé aux aveux.

— Je suis d'accord, admet Bastedo. Et ce foutu avocat ne le laissera pas parler. Je n'ai rien réussi à en tirer.

— En plus, notre seul témoin a vraisemblablement volé et revendu des opioïdes. Dommage que la prescription nous empêche de la poursuivre à ce sujet.

— Regardez le bon côté des choses, suggère le shérif avec un sourire désabusé. Pensez à tout l'argent que nous faisons économiser à l'État. Pas de procès, pas d'emprisonnement à vie…

La procureure ricane tristement.

— Très bien, mais je sens pourtant que ce salaud est coupable.

— Moi aussi, soupire Bastedo. Sur ce, je vais lever l'accusation et le remettre en liberté.

Robert Lange reçoit l'information sur son téléphone. Il était temps. Il se met en route pour la prison afin d'annoncer en personne la bonne nouvelle à son client.

À son arrivée devant le centre pénitentiaire, l'avocat retrouve le shérif Bastedo. Les deux hommes sont emmenés dans une salle d'entretien où Patrick les rejoint peu de temps après. En les voyant ainsi réunis, le détenu semble paniquer. Sans doute s'attend-il au pire.

— Patrick, détendez-vous, s'empresse de dire Robert Lange. Ils abandonnent les poursuites. Vous êtes libre. Vous pouvez rentrer chez vous.

Patrick entend les mots mais il est tout d'abord incapable de leur donner un sens. Son avocat fait un pas en avant, le prend dans ses bras, et soudain, tout s'éclaire. Le soulagement déferle en lui, le submerge de la tête aux pieds, plus puissant qu'un raz-de-marée. Pendant quelques instants, il est trop chancelant pour quitter l'étreinte de Robert Lange. Ce dernier avait beau être optimiste, Patrick a bien cru qu'il mourrait entre ces murs. Qu'il serait jugé, condamné, qu'il ne reverrait plus jamais la lumière du jour.

— On sort, vraiment ? Maintenant ? bredouille-t-il.

— Oui, je peux vous faire rentrer chez vous dès ce soir. Il y a de la place sur le vol de cet après-midi, j'ai vérifié.

Patrick commence à réaliser. Le choc laisse peu à peu place à l'euphorie. Il n'a qu'une hâte : arracher son horrible combinaison pénitentiaire, décaper sous le jet de la douche l'odeur de la prison, se coucher dans son lit.

— Allons-y, dit Robert Lange.

Patrick se demande comment Stephanie va réagir à son retour inattendu.

— On va appeler votre femme pour lui annoncer la bonne nouvelle, lance l'avocat comme s'il avait lu dans ses pensées.

Sonnée, Stephanie est assise sur son canapé. Elle vient de parler à Patrick au téléphone : il est en route. Elle n'arrive pas à y croire. Elle le pensait sur le point d'affronter un procès pour meurtre. Au lieu de quoi, le voilà libre. Dans quelques heures, il sera à la maison.

La jeune femme aurait voulu avoir plus de temps pour s'éclaircir les idées. Elle ne sait toujours ni que faire ni que penser.

Erica est une menteuse. Cela ne fait pas de doute, elle l'a entendue mentir pendant l'audience au sujet du chantage.

Son mari est un menteur. C'est ce qu'a dit le détecteur de mensonge.

Qui est-elle supposée croire ? Elle voudrait être libérée de ces deux-là. Patrick l'inquiète. Elle ne l'a pas revu depuis qu'il est passé au détecteur. Quand la confiance s'en va, l'amour ne tarde pas à suivre, remplacé par l'instinct de conservation.

Elle pourrait le quitter. Le quitter maintenant, avant son retour, prendre les jumelles et disparaître sans laisser d'adresse. Mais elle a très peu de temps devant elle, et avec toute cette pression sur les épaules, elle est incapable d'échafauder un plan. Si Stephanie s'enfuyait, Patrick ne tarderait pas à la retrouver. Et il aurait la justice de son côté – on ne prive pas un père de ses enfants. D'autant qu'aux yeux de la loi son mari est un homme innocent.

Stephanie pense aux jumelles, le cœur brisé. Ses petits oiseaux. Puis une lame de peur vient lui transpercer les entrailles. Si Patrick a vraiment tué sa première femme – et leur enfant à naître –, s'il en était capable à l'époque… la tuerait-il pour avoir essayé de s'enfuir en emmenant les filles avec elle ? Tuerait-il Jackie et Emma ? La nausée ne tarde pas à pointer le bout de son nez. Dernièrement, Stephanie n'a pas arrêté de penser à l'histoire de cet homme qui a étouffé ses deux enfants sous leur oreiller et poignardé sa femme… Elle est obligée de prendre toutes les options en considération.

Patrick était-il violent avant qu'elle le rencontre ? A-t-il poussé sa première femme dans les escaliers ? Son second mariage n'était-il qu'un mensonge ? Tout ce temps, Patrick était-il capable de *tuer* ? Des parents qui assassinent leurs enfants pour se venger d'un conjoint, ça s'est déjà vu. Le père, le plus souvent. Après quoi ils tuent leur conjoint. Personne ne voit jamais le drame arriver. Patrick l'a peut-être déjà fait une fois.

Et il rentre ce soir.

47

La main tremblante, Patrick glisse la clé dans la serrure. Stephanie a laissé la lumière du perron allumée. Il est tard, 23 heures passées. Le trajet a été long – il a préféré louer une voiture à LaGuardia plutôt que demander à sa femme de venir le chercher à l'aéroport avec les petites. Sur la route, il a eu tout le temps de réfléchir. L'excitation de la nouvelle, fêtée avec Lange dans un bar de l'aéroport, s'est estompée au fur et à mesure que Patrick a commencé à songer à ce qui l'attend à présent.

Mais au moins, le cauchemar est derrière lui. Pour de bon. Rien ne peut plus changer ça. Erica n'aura plus moyen de l'atteindre. La justice n'a pas de quoi intenter un procès à Patrick et, par ailleurs, Erica a été complètement discréditée. C'est une menteuse et une criminelle. Il est libéré – d'elle, et du passé.

Ne lui reste maintenant qu'à convaincre Stephanie que tout va s'arranger, qu'ils peuvent repartir de zéro, qu'ils s'en sortiront indemnes. Patrick a été innocenté – tous les journaux diront que les poursuites contre lui ont été abandonnées. Il ignorait totalement le passé de dealeuse d'Erica. Il la connaissait à peine, en fait, si ce n'est d'une façon charnelle. Tous les rêves sont permis, maintenant. Il va se relever, recommencer. Lancer son propre business – montrer à Niall ce dont il est capable. Son ancien associé s'en mordra les doigts. Et Stephanie pourra à nouveau être fière de lui.

En attendant, toutefois, il doit lui parler, lui expliquer. Il essaie de ne pas s'agacer de ses doutes le concernant. Elle sait pourtant aussi bien que lui qu'Erica a menti à l'audience.

Il va falloir qu'il se justifie au sujet du détecteur de mensonge. Stephanie a cessé de le croire ce jour-là, il en est sûr. Il voit encore la scène – sa réaction quand elle a pris conscience qu'il venait d'échouer au test. En prison, il s'est repassé le film en boucle. À cet instant, Stephanie a pensé qu'il avait prémédité l'assassinat de sa femme. Et elle le pense sans doute encore, malgré la décision de justice. Si seulement elle arrivait à lui pardonner… ils pourraient aller de l'avant. Elle l'a aimé, autrefois, il n'y a pas si longtemps. Et puis il y a les jumelles. Ils ont toute une vie à bâtir ensemble.

Patrick ouvre la porte. Une faible lumière émane du salon. Les petites doivent être couchées à l'étage. Il pose les clés sur le guéridon, pend son manteau et traverse lentement les quelques mètres qui le séparent de sa femme. Elle l'attend sur le canapé, assise dans la pénombre. Pas de fougueuses embrassades, pas d'étreintes émues : elle reste parfaitement immobile. Même s'il ne s'attendait à rien de spécial, Patrick ne peut s'empêcher d'être déçu.

Pendant quelques instants, ils se font face, s'observant en silence. L'expression de Stephanie ne lui dit rien qui vaille. Elle semble sur le qui-vive. Effrayée, même. *C'est donc comme ça qu'on peut espérer être accueilli chez soi après avoir été innocenté ? Alors qu'on revient de l'enfer ?* Patrick n'a jamais donné de raison à Stephanie d'avoir peur de lui. Pourquoi n'est-elle pas capable de se réjouir autant que son avocat ? Robert Lange sait, lui, que les résultats des détecteurs de mensonge ne valent rien. Elle pourrait paraître heureuse, elle pourrait lui faire un peu confiance, lui accorder au moins le bénéfice du doute.

— Steph, commence-t-il, la voix rauque.

Il fait un pas de plus dans le salon.

— Je suis là. Tout va bien. C'est fini. Elle ne peut plus nous faire le moindre mal.

Stephanie continue à dévisager son mari, les yeux ronds. Il faut qu'elle écoute, qu'elle comprenne. Patrick s'approche encore.

— Erica est une menteuse, poursuit-il avec plus de vigueur. Tu le sais. Elle voulait du fric, elle voulait me faire du mal, c'est tout. Ils m'ont laissé sortir parce qu'il n'y avait tout simplement pas d'affaire. Ils savent qu'elle a tout inventé. On ne peut pas se fier à ce qu'elle raconte.

— Qu'est-ce qui s'est passé ? murmure enfin Stephanie.

— Ils ont découvert qu'elle avait volé des médicaments dans la pharmacie où elle bossait, pour les revendre. Ils ont des preuves. Des témoins.

Patrick lit de la stupeur sur le visage de sa femme. Elle ne s'attendait clairement pas à ça.

— Elle ferait n'importe quoi pour de l'argent, ajoute-t-il amèrement. Elle n'en a rien à foutre, de blesser les gens.

Stephanie garde le silence, comme si elle avait du mal à relier les mots entre eux.

— C'est une bonne nouvelle, Stephanie, insiste-t-il en essayant de ne pas prendre ombrage de sa réaction.

— Tu as échoué au détecteur de mensonge, Patrick, souffle-t-elle. Qu'est-ce que j'étais censée croire ?

Patrick sent l'irritation monter. Combien de fois devra-t-il le répéter ? Il vient s'asseoir à côté d'elle.

— Je sais. Et je peux t'expliquer pourquoi, dit-il en dégageant le front de Stephanie de quelques mèches rebelles.

À son contact, la jeune femme a un mouvement de recul. Bien que blessé, Patrick se décale sur le canapé pour lui laisser un peu d'espace.

— Personne n'a été aussi choqué que moi quand j'ai appris que j'avais échoué au test. Mais des innocents y échouent chaque jour. Peut-être que j'étais trop nerveux… parce que je t'ai menti sur autre chose, Stephanie. Sur la durée de ma relation avec Erica.

Patrick ferme les yeux pour ne pas voir l'expression de sa femme, mais les rouvre aussitôt pour jauger sa réaction.

— Je t'ai dit que je n'avais couché avec elle que deux fois, mais j'étais en deçà de la vérité.

Stephanie semble à deux doigts de vomir. Patrick se dépêche d'en finir, comme s'il devait sauter par-dessus un précipice. La suite dépendra de sa capacité à être convaincant.

— Je ne voulais pas te perdre. Toi et les petites, vous êtes tout pour moi. Je ne suis évidemment pas un assassin, mais je pensais que si tu savais pendant combien de temps j'avais couché avec Erica, tu allais me quitter, et ne plus me croire sur le reste. Et à partir du moment où je t'avais assuré qu'il n'y avait eu que ces deux fois, j'étais obligé de m'en tenir à cette version pendant l'audience.

Agacé par la façon dont Stephanie le regarde, Patrick se lève soudainement et commence à faire les cent pas, comme tant de fois depuis qu'Erica est revenue dans sa vie.

— Puis ils ont voulu me passer au détecteur, et j'ai paniqué. J'étais tellement stressé. Je pense que c'est pour ça que j'ai raté le test. Mais ce n'était pas ce qu'elle prétend, implore-t-il, du désespoir plein la voix. Nous n'étions pas amoureux. C'était juste sexuel entre nous. J'avais 23 ans, ma femme était enceinte… nous ne faisions plus l'amour. C'est inexcusable, je le sais. Mais jamais, au grand jamais, je n'aurais tué Lindsey. Ni pour Erica, ni pour personne. Je ne suis pas un assassin, enfin ! Ça serait presque drôle si ce n'était pas d'une tristesse à pleurer !

Stephanie le toise, sidérée.

— Tu as menti pendant l'audience. Tu as commis un parjure.

— Je sais, admet Patrick. Mais c'est fini, maintenant. Ils ne le sauront jamais.

À moins que Stephanie ne le leur dise, pense-t-il soudain.

Elle le fixe, les yeux agrandis.

— Tu l'as poussée dans l'escalier ? lui chuchote-t-elle.

— Non ! s'exclame-t-il, ahuri. Comment peux-tu penser un truc pareil ? Je l'aimais !

Patrick a des sanglots dans la voix.

— Je suis désolé, Stephanie. Je suis tellement, tellement désolé pour tout ce que je t'ai fait endurer. Je te le promets, je vais passer le restant de mes jours à me faire pardonner.

Il regarde sa femme, les yeux suppliants. Tant de choses dépendent de ce qu'elle va faire maintenant.

48

Ses yeux dans ceux de son mari, Stephanie se demande si elle est en train de regarder un assassin. Les mots qu'il prononce n'ont plus aucune valeur. Depuis le premier jour, il lui assure qu'il lui a tout dit, sauf qu'à chaque fois il a un nouvel aveu à lui faire. À combien de révélations du même genre doit-elle encore s'attendre ? Est-ce qu'il la réveillera une nuit, un couteau à la main, pour lui lâcher juste avant de l'égorger : « Ah oui, un dernier truc, j'ai bouché moi-même ce pot d'échappement et j'ai patiemment attendu qu'elle crève » ?

Stephanie est parcourue d'un frisson. Elle s'agrippe au coin du canapé, incapable d'articuler un mot.

— Stephanie, dis quelque chose, s'il te plaît, implore Patrick.

— Mais quoi ? lâche-t-elle, de glace. Je ne sais pas quoi dire.

La vérité, c'est qu'elle est en train de penser à combien il est facile pour lui de mentir. Il lui a menti à elle, il a menti à la barre – il a commis un parjure, et cela ne semble pas le bouleverser plus que ça.

— Tu me mens depuis le début, lance-t-elle, son ton s'enflammant soudain. Pourquoi devrais-je te croire maintenant ? Qu'est-ce que je devrais ressentir ?

Patrick a l'air sincèrement surpris. Stephanie n'en revient pas. Imaginait-il vraiment qu'elle allait tout gober ? Ce n'est pas parce qu'Erica ment qu'il ne ment pas lui non plus. Ils sont de la même engeance, tous les deux. D'ailleurs, ils sont peut-être faits l'un pour l'autre…

— Tu as toutes les raisons du monde d'être énervée, tente Patrick.

— Énervée ?! s'exclame Stephanie avant de baisser d'un ton. Je suis un peu plus qu'énervée, Patrick.

Elle se demande jusqu'où elle peut aller face à ce mari qui est potentiellement un meurtrier. Jusqu'où elle *oserait* aller, pour le tester. Pour en avoir le cœur net. Pour voir à quel point Patrick est capable de se mettre en colère. La poussera-t-il dans l'escalier, elle aussi ? Elle a très envie de tenter le diable. De découvrir enfin ce qu'il s'est passé dans la neige, il y a toutes ces années. À présent, Stephanie se sent plus proche de Lindsey que de personne d'autre – plus proche de cette jeune épouse défunte que de son propre mari. Patrick et Erica la manipulent depuis le début.

— Qu'est-ce qui se trame, Patrick ? demande-t-elle soudain.

— Quoi ? Mais de quoi tu parles ?

Elle se sent soudain épuisée, aussi bien sur le plan physique qu'émotionnel, trop désorientée pour réfléchir clairement. Tout le monde court après l'argent. Son argent. En veulent-ils tous les deux à son héritage ? Ses pensées se bousculent, plus paranoïaques les unes que les autres. Patrick et Erica sont-ils encore amoureux ? À moins qu'ils ne soient incapables d'aimer vraiment, et simplement mus par leur intérêt personnel – deux psychopathes liés par un but commun. Non, c'est impossible, ils ne sont pas de mèche. C'est une idée insensée. Il faut qu'elle se reprenne, qu'elle affronte la réalité immédiate au lieu de s'inventer des scénarios improbables.

— Qu'est-ce qui ne va pas ? la presse Patrick.

— Rien. Tout.

Patrick se rassoit sur le canapé, s'approche prudemment de son épouse.

— Ça va aller, Stephanie.

La jeune femme le laisse la prendre dans ses bras, la tête pressée contre son large torse, l'oreille posée contre son cœur qui bat. L'étreinte se prolonge. Patrick embrasse le haut de son crâne. Il doit s'imaginer qu'elle va lui pardonner. Mais non : elle cherche comment lui échapper.

Le lendemain, la comédie se poursuit autour du petit déjeuner, comme s'il s'agissait d'une matinée comme une autre, comme si les choses étaient déjà revenues à la normale alors que Stephanie n'arrive même pas à concevoir que quoi que ce soit puisse à nouveau être normal un jour. Patrick, lui, semble ravi. La jeune femme est en train de se verser une tasse de café lorsque quelqu'un sonne à la porte. Elle se penche pour jeter un œil dans le vestibule, aperçoit une silhouette à travers le verre ondulé de la porte d'entrée. Aussitôt, elle craint qu'il ne s'agisse d'Erica.

— J'y vais, fait Patrick en repoussant sa chaise.

Les jumelles gazouillent gaiement dans leur chaise haute, mais Stephanie est pétrifiée. Elle regarde la porte s'ouvrir, les mains moites, puis voit apparaître le visage amical de Hanna. Cette dernière laisse échapper une exclamation de surprise.

— Patrick !

Stephanie se ressaisit et court jusqu'à l'entrée.

— Coucou, Hanna ! lance-t-elle.

Hanna doit se douter que son amie ne se réjouit pas particulièrement du retour de son mari.

— Tu es revenu, constate-t-elle en essayant d'avoir l'air détendue.

Stephanie détecte dans la voix de sa voisine davantage que de l'étonnement. De la nervosité, peut-être, ou de la consternation.

— Eh oui, répond Patrick avec un sourire affable. Ils ont abandonné les poursuites hier, je suis rentré dans la soirée. J'ai été complètement blanchi, comme prévu.

Le ventre de Stephanie se contracte en entendant ces mots. *J'ai été complètement blanchi*. C'est ce qu'il dira à tout le monde. Mais ce n'est pas tout à fait vrai, si ? La police manquait juste de preuves pour étayer l'hypothèse inverse. Hanna jette un regard à son amie, plantée derrière son mari, comme pour lui demander de prendre le relais. Stephanie s'avance.

— Je te fais un café ? propose-t-elle.

— Non, je n'ai pas le temps, dit Hanna en secouant la tête. Ben garde Teddy et il doit partir au boulot. Je passais juste pour vous inviter à la maison, toi et les filles. Vers 10 heures ? Je vais faire des muffins.

— Avec plaisir, répond Stephanie en se forçant à sourire.

Elle est pressée de sortir de chez elle, loin de Patrick, ne serait-ce que pour quelques heures. Elle n'arrive pas à réfléchir sereinement lorsqu'il est dans les parages. Stephanie a l'impression de devoir constamment l'avoir à l'œil, d'être obligée de rester en alerte. C'est éreintant. Elle est censée se comporter d'une façon normale – mais qu'est-ce que « normal » peut encore vouloir dire ? Avec Hanna, au moins, elle pourra baisser la garde.

Patrick et Stephanie ont passé la nuit ensemble dans le lit conjugal, lui derrière elle, l'enveloppant tout entière, son bras en travers de sa poitrine. Elle a détesté ça. Il s'est endormi très vite mais elle est restée longtemps éveillée. Dès qu'elle a entendu les premiers ronflements, elle a soulevé le bras de son mari et s'est réfugiée à l'autre bout du matelas.

Erica apprend la nouvelle de la même façon qu'elle apprend toutes les nouvelles : en consultant le fil d'actualités de son téléphone. Elle est en train de prendre un petit déjeuner tardif lorsqu'elle lit dans un article sommaire que toutes les poursuites contre Patrick ont été abandonnées. Aucune explication supplémentaire n'est donnée.

Elle appelle le bureau du shérif à Creemore. Il est à peine 8 heures du matin dans le Colorado mais, par chance, la standardiste lui annonce que Bastedo est déjà arrivé. Le temps d'attente avant d'être mise en relation lui semble interminable.

— Je me demandais si vous alliez m'appeler, dit le shérif quand il décroche enfin.

Puis il lui explique les raisons de sa décision, et l'informe qu'ils ont découvert son passé de dealeuse à la petite semaine. Le sang d'Erica se glace. Elle pensait cette histoire morte et enterrée.

— Rien de cela n'est vrai, proteste-t-elle.
— Bien sûr.

Elle raccroche sans un mot de plus puis se déchaîne sur son appartement, jette les coussins du canapé à travers le salon, retourne la table basse et tous les objets se trouvant dessus. Des livres, des magazines, un sachet de bonbons volent dans la pièce. Elle finit par s'écrouler sur son canapé, tentant de se calmer.

Peu importe que Patrick aille ou non au procès. Elle aurait bien aimé le voir perdre ses moyens, mais d'un point de vue financier, cela ne fait aucune différence. Les Manning vont payer et continuer à le faire. Ils seraient prêts à tout pour l'empêcher de prendre contact avec Devin.

Stephanie s'apprête à sortir de la maison avec les jumelles pour aller voir Hanna lorsque Patrick vient la saluer dans l'entrée. Elle se laisse embrasser sur la bouche, dégoûtée. Elle ne peut pas s'empêcher d'imaginer ces mêmes lèvres posées sur celles d'Erica. Mais elle ne doit pas laisser voir l'étendue de sa répulsion : il ne faut pas que Patrick sache ce qu'elle pense, ce qu'elle prépare. Stephanie a besoin de plus de temps.

Erica ment, certes, mais peut-être pas au sujet de sa liaison avec Patrick. Et l'explication que ce dernier a fournie sur son échec au détecteur de mensonge est loin d'avoir été satisfaisante. Stephanie sait, maintenant, qu'Erica et lui ont couché ensemble de nombreuses, de très nombreuses fois. Et que Patrick a menti sous serment.

La jeune femme n'est toujours pas capable de prévoir comment il réagirait si elle le quittait. Depuis son retour, Patrick est plus possessif qu'avant, toujours en train d'essayer de la toucher. Ou alors, elle ne s'en rend compte que maintenant, parce que désormais cette tendresse l'incommode. Peut-être lui a-t-elle manqué pendant son incarcération. Ou peut-être s'est-il aperçu qu'elle s'éloignait. Dans tous les cas, une question reste en suspens : si Stephanie partait, pourrait-il devenir violent ?

Il serait certainement hors de lui. La voir filer avec les petites et son héritage… Jusqu'où pourrait-il aller ?

Alors que doit-elle faire ? Rester ou partir ? Elle espère qu'avec le temps la décision s'imposera d'elle-même.

Toute la nuit, elle est restée éveillée à imaginer comment ses problèmes se résoudraient en un clin d'œil si son mari venait à mourir dans un accident de voiture, percuté par un chauffard ivre. Mais ces choses ne se produisent pas sur commande. Ce sont toujours les gens bien qui partent dans des circonstances tragiques.

Elle est piégée.

Telles sont les pensées qui l'absorbent lorsqu'elle arrive devant chez Hanna, chancelante de fatigue, et sonne à la porte. Hanna vient ouvrir, l'invite à entrer. Stephanie installe ses filles au salon pendant que son hôte file à la cuisine. La maison embaume le muffin et lui rappelle combien la vie était simple, avant : Hanna et elle parlant puériculture et éducation positive autour d'un café et d'un plateau recouvert de douceurs. Elle se retient pour ne pas pleurer. Comment les choses ont-elles pu déraper ainsi ?

— Le café sera bientôt prêt, lance Hanna en revenant. Dis-moi où tu en es…

Stephanie ne sait pas quoi dire. Elle a pensé à ça aussi, pendant son insomnie. Que dire à son amie ? Prétendre que tout va bien ? Choisir l'honnêteté ? Elle ne s'en sent pas la force.

— Ça va, répond-elle finalement avec un sourire, avant de lui donner des explications : l'absence de preuves, Erica et son passé criminel.

Hanna la dévisage, préoccupée. Elle n'est pas dupe.

— Mais qu'est-ce que tu en penses, toi ? demande-t-elle.

Stephanie déglutit.

— Il a trompé sa première femme. Je le sais. J'ai réussi à le lui pardonner… je crois. Erica, en revanche… C'est une vraie menteuse. Elle n'a dit que des conneries au sujet de l'accident. Plus personne ne remet en doute la version de Patrick. C'était juste un terrible, un tragique accident.

Elle s'interrompt avant d'ajouter :

— Mais Patrick sait que si jamais il me trompait, je le quitterais sur-le-champ.

Hanna continue de poser sur elle un regard embarrassé ; Stephanie reste figée dans un sourire factice.

— Je pense que je n'ai plus aucun souci à me faire, maintenant, conclut-elle. Tout va bien. Et je meurs d'envie de goûter un de tes muffins.

49

Nancy attrape son sac, son manteau, et quitte la maison pour se rendre à son cours de gym. Elle est en train d'ouvrir la portière de sa voiture lorsqu'elle voit une femme approcher – une femme qu'elle reconnaît immédiatement. Une femme dont l'apparition suffit à la liquéfier. *Que fait Erica ici ?* Elle voudrait monter dans la voiture et démarrer à toute vitesse, mais elle est incapable de bouger. Impuissante, paralysée, elle regarde Erica remonter son allée, le vent jouant dans ses magnifiques cheveux dorés. Comment une créature aussi abjecte peut-elle avoir une apparence si angélique ?

— Bonjour, Nancy.

— Que voulez-vous ? demande Nancy nerveusement.

— Votre mari filtre mes appels.

— Bien sûr. Je vous avais dit qu'il vous quitterait dès qu'il me saurait au courant. Il ne veut plus jamais vous revoir. Il a trop peur de me perdre.

Erica offre à son interlocutrice un long regard sceptique, ce qui met Nancy en rage. Elle sait à présent de quoi cette femme est capable. Elle l'ignorait, le jour où elle est allée lui rendre une visite impromptue. Aujourd'hui, Nancy est terrifiée et ne souhaite qu'une chose : qu'Erica sorte de leur existence. Comment pourra-t-elle s'en débarrasser ?

— Alors pourquoi avez-vous l'air si angoissée ? la titille Erica.

— Je ne suis pas angoissée.

— De quoi avez-vous peur ? insiste-t-elle, le plus calmement du monde. Qu'est-ce que vous cachez ?

— Rien, répond Nancy trop rapidement.

Sentant qu'elle s'est peut-être trahie, elle essaie de se justifier :

— Qu'y a-t-il de si étonnant à ce qu'un homme veuille interrompre une passade idiote pour sauver son mariage ?

— Dites-lui de m'appeler.

— Sortez de nos vies, bordel de merde ! hurle Nancy.

Erica sourit et répète :

— Demandez-lui simplement de m'appeler, d'accord ?

Puis elle se retourne et fait claquer ses talons aiguilles jusqu'à sa voiture.

Tremblante, Nancy la regarde s'éloigner et rentre chez elle à toute vitesse. S'enferme à double tour et s'écroule sur le canapé en position fœtale, terrassée par la peur. Et si Erica découvrait ce que Niall et elle cachent depuis six ans ? Elle essaie d'ordinaire de ne pas y repenser, mais la culpabilité et l'effroi la plongent à nouveau dans le souvenir de cette nuit-là.

C'était une soirée pluvieuse, à la fin du mois de novembre. Niall et Nancy avaient décidé d'aller dîner dans un restaurant de Westchester, à un peu plus d'une heure d'Aylesford. Ils avaient quelque chose à fêter, un article élogieux dans une revue d'architecture, et ils l'avaient arrosé comme il se doit.

— Tu te sens d'attaque pour conduire ? avait demandé Nancy au moment où ils remettaient leurs manteaux.

— Oui, sans problème, avait assuré Niall.

Et il avait effectivement l'air en forme. Pas ivre, en tout cas. Mais Nancy avait bu, elle aussi, son jugement était peut-être altéré.

La pluie avait redoublé quand ils avaient quitté Westchester. Niall était penché au-dessus de son volant, les yeux plissés pour y voir quelque chose. Il faisait bon dans la voiture, remplie du bruit des gouttes s'écrasant sur le pare-brise et des essuie-glaces assurant leur office avec une régularité de métronome. Nancy n'avait pas tardé à s'endormir – jusqu'à ce qu'un bruit sourd la réveille. Elle avait senti le véhicule faire une embardée puis reprendre sa position initiale au milieu de la chaussée.

— Qu'est-ce que c'était ? avait-elle crié.

Niall avait l'air hébété.

— Je ne sais pas. J'ai peut-être heurté quelque chose. Je n'ai rien vu.

Il avait continué à conduire, les jointures des doigts blanchies par la pression qu'il exerçait sur le volant. Nancy avait failli lui suggérer de s'arrêter, mais s'en était abstenue. Elle aussi avait fini par se convaincre que ce n'était rien.

— Sans doute juste un lapin, avait fini par dire Niall au bout d'une minute.

Mais ils savaient tous les deux qu'un lapin n'aurait pas produit un bruit pareil.

De retour à la maison, ils n'en avaient plus parlé et s'étaient endormis.

Le lendemain matin, en allant chercher le journal devant leur porte, Nancy avait lu un petit article en bas de la première page, et leur vie avait changé à jamais. La veille au soir, un jeune homme qui marchait sous la pluie le long de la nationale à la sortie de Westchester avait été percuté par un véhicule alors qu'il était probablement en train de faire de l'auto-stop. La victime était morte sur le coup, le chauffard avait pris la fuite. Il n'y avait pas de caméra de surveillance dans la zone. La police lançait un appel à témoins.

Nancy avait lu l'article deux fois de suite, envahie par une cruelle certitude. Elle avait traversé la cuisine en direction du garage attenant et mis quelques minutes avant de rassembler le courage nécessaire pour ouvrir la porte. Elle avait hésité à appeler Niall, puis décidé qu'elle préférait affronter la chose seule ; elle s'était agenouillée devant la voiture, pieds nus, frissonnant dans sa nuisette légère, et avait évalué les dégâts. Le pare-chocs avant était légèrement endommagé, mais rien de flagrant.

Elle avait monté les escaliers quatre à quatre et secoué son mari encore endormi.

— Ça peut être nous ? avait-elle crié en lui jetant le journal à la figure.

À son tour, Niall avait lu l'article et pâli.

— Je ne sais pas, avait-il balbutié, horrifié. Je pensais que ce n'était rien.

— Mais l'endroit..., insista Nancy. C'est bien là qu'on se trouvait quand tu as percuté quelque chose.

— Qu'est-ce que tu veux que je fasse ?

— Je ne sais pas...

— Le mal est fait, avait dit son mari d'une voix tremblante. Un homme est mort. Si c'est ma faute... mon Dieu...

Il s'était levé d'un coup et avait commencé à arpenter la chambre.

— J'étais sûrement en excès de vitesse. J'ai commis un délit de fuite. Je vais aller en prison.

— Non, non, non ! avait gémi Nancy, en larmes. Je vais appeler mon père, il saura quoi faire.

— Surtout pas ! Laisse-le en dehors de ça.

— Mais il peut nous aider, Niall !

— Il va me demander de me rendre.

— Seulement si c'est la meilleure solution. Je l'appelle.

Niall s'était rassis, impuissant, les mains collées sur les oreilles pendant que Nancy appelait son père pour lui dire qu'il s'agissait d'une urgence. L'homme était arrivé chez eux une heure plus tard, sans son épouse, comme convenu.

— Que se passe-t-il ? avait demandé le vieux juge, direct comme à son habitude. Quel est le problème ?

Nancy et Niall lui avaient tout raconté, article à l'appui. L'humeur du juge s'était assombrie.

— Comment avez-vous pu prendre le volant alors que vous aviez bu ? Comment avez-vous pu prendre la fuite ? Qu'est-ce qui vous est passé par la tête ?

— Papa, il faut que tu nous aides, avait imploré Nancy, consciente du conflit moral qui était le sien.

Ils savaient tous que Niall aurait dû se rendre, mais elle voulait que son père lui donne la permission de ne pas le faire.

— Montrez-moi la voiture.

Ils s'étaient dirigés d'un pas lourd jusqu'au garage et le juge était resté de longues minutes à examiner le pare-chocs en silence.

— On pourrait s'attendre à plus de dégâts, après avoir renversé quelqu'un.

Nancy laissa échapper un soupir sonore.

— Peut-être que ce n'est pas nous qui l'avons renversé.

Le juge était retourné dans la maison, la tête baissée. Une fois installé dans l'un des fauteuils du salon, il avait déclaré, en regardant Niall dans les yeux :

— Je ne peux pas vous dire quoi faire. Le seul moyen de savoir avec certitude si vous êtes vraiment responsable serait de vous rendre, et de laisser la police faire des relevés sur la voiture. Le serveur du restaurant pourrait révéler combien vous avez bu ce soir-là. Il y a de grandes chances pour que vous écopiez d'une peine de prison.

Nancy avait recommencé à sangloter.

— Je peux également vous dire que le taux de résolution des délits de fuite est ridiculement bas, avait ajouté son père après être resté longtemps muet. Dans votre cas, ils n'ont ni témoins, ni images de vidéosurveillance.

De nouveau, le silence était retombé, puis le père de Nancy avait repris la parole, manifestement contrarié :

— Quelle que soit votre décision, vous pouvez compter sur moi.

Nancy avait guetté la réaction de son mari. Quelle option choisirait-il ? Elle aurait voulu que son père soit plus catégorique.

— Que fait-on de la voiture ? avait demandé Niall.

— Rien, avait répondu le juge d'un ton las. Ne l'amenez pas chez le carrossier, elle n'en a vraiment pas besoin et la police sera attentive à ce genre de démarches dans les jours qui viennent. Personne ne remarquera votre pare-chocs.

Et, de fait, personne n'avait rien remarqué. Pendant longtemps, Nancy s'était réveillée tous les matins en espérant apprendre que le vrai chauffard avait été arrêté, que sa voiture était sérieusement amochée, preuve ultime qu'ils n'étaient pas les vrais coupables. Mais ce n'est pas ce qui s'était produit. L'affaire avait simplement disparu des colonnes des journaux.

À présent, recroquevillée sur son canapé, les genoux contre la poitrine, Nancy doit résister à la tentation d'appeler son père.

50

Patrick savoure la stupéfaction sur le visage de la réceptionniste lorsqu'il pénètre dans l'agence.

— Patrick ! s'écrie-t-elle.

— Salut, Kerri, lance-t-il avec un sourire triomphal. Niall est dans le coin ?

Aussitôt Niall accourt, alerté par les voix.

— Patrick ! répète-t-il, aussi surpris que la standardiste.

Le moment est particulier. La dernière fois qu'ils se sont parlé, Patrick s'attendait à être arrêté et Niall avait mis fin à leur collaboration. L'échange n'avait pas été tendre. D'ailleurs, Niall semble encore sur ses gardes. *Qu'il aille se faire foutre*, pense Patrick. Ne pourrait-il pas se réjouir ? Où sont passés ses vrais amis ?

— J'ai de bonnes nouvelles. Les poursuites ont été abandonnées. J'ai été complètement blanchi, comme prévu.

— Formidable ! s'exclame Niall, visiblement soulagé mais pas aussi enthousiaste que Patrick ne l'aurait souhaité.

— Tu as une minute ? demande Patrick.

— Bien sûr, viens dans mon bureau.

Patrick suit son ancien associé et prend place sur la chaise qu'il a tant de fois occupée, presque quotidiennement, pendant les quatre dernières années. Un instant, la pensée le frappe qu'à la même heure, la veille, il était encore en prison, convaincu qu'il allait y mourir. Comme les choses changent vite, pour le meilleur comme pour le pire.

— Alors, raconte-moi, fait Niall en se laissant aller au fond de son fauteuil. Qu'est-ce qui s'est passé ?

— Ils n'avaient aucune preuve. Zéro. Et dès qu'ils ont commencé à enquêter sérieusement, ils ont découvert que cette Erica Voss était une criminelle et une voleuse.

Patrick lui raconte ce qu'il a appris sur le passé d'Erica.

— Elle n'a raconté que des bobards, finit-il en secouant la tête. Dire qu'à cause d'elle j'aurais pu croupir en prison jusqu'à la fin de mes jours !

— Ça alors…, commente Niall, pâle comme un linge. Ils peuvent la poursuivre ?

— Je n'en sais rien, répond Patrick. Mais moi, je suis libre et débarrassé d'elle. Prêt à reprendre le boulot – sans aucune distraction.

Niall semble gêné.

— Quoi ? demande Patrick, confus. J'ai été innocenté, Niall. Complètement. Ils ont réalisé qu'ils n'auraient jamais dû m'arrêter. Ils l'ont même reconnu devant moi !

La dernière phrase est un mensonge.

— Je pense qu'il y a eu un malentendu, dit Niall.

— Comment ça, un malentendu ?

— On s'est déjà mis d'accord pour rompre notre partenariat, Patrick. Je suis en train de te racheter tes parts.

— Mais c'était avant ! proteste Patrick. Tout est différent, maintenant. Pourquoi voudrais-tu te séparer de moi ?

Le sang de Patrick ne fait qu'un tour quand le silence s'éternise.

— Ne te méprends pas, tente de se justifier Niall en rougissant. Je suis tellement content pour toi, Patrick. Content et soulagé. Cette garce mériterait de pourrir en taule pour ce qu'elle t'a infligé. Mais… il faut penser à l'image de la boîte. Je veux dire… tu as été au centre de l'attention. Ça a créé un vrai scandale.

— Eh bien, maintenant, tout le monde parlera de comment la justice a été obligée de me laisser sortir. Je ne suis pas coupable, Niall !

— Je sais, et je suis désolé. Mais pour être tout à fait honnête, ça faisait déjà pas mal de temps que j'y songeais. Tu perds pied depuis des mois, Patrick, tu ne peux pas le nier.

— C'était à cause des jumelles ! Je ne dormais plus ! Elles avaient des coliques, mais elles sont tirées d'affaire, maintenant ! Tout est revenu à la normale. Je peux reprendre le boulot et me donner à 100 %. À 110 % !

— Je suis navré de devoir te dire ça, reprend Niall en détournant son regard, mais j'ai déjà trouvé un autre associé.

Patrick en reste bouche bée.

— Espèce d'enfoiré.

— Pas la peine d'en arriver là, Patrick.

Mais Patrick voudrait lui mettre son poing dans la figure. Quatre ans ! Quatre ans de collaboration, quatre ans à construire une affaire ensemble ! Réduits à néant en une semaine. Patrick prend tout à coup conscience qu'il n'a plus rien à perdre.

— Tu couchais avec elle, admets-le, crache-t-il d'un ton accusateur.

Niall est livide, en proie à une détresse manifeste.

— Ça t'a flatté, pas vrai ? enchaîne Patrick. Laisse-moi te donner un conseil : ne t'approche plus d'elle. Elle est dangereuse à un point que tu ne peux même pas imaginer.

— J'ignorais le coup qu'elle était en train de te faire, bredouille Niall. Nancy m'a pris la main dans le sac et j'ai rompu. C'est après que j'ai appris pour l'enquête, et le rôle qu'Erica avait joué dedans. J'étais écœuré. Nancy avait déjà menacé de me quitter. J'ai voulu prendre mes distances avec vous deux.

Niall se tasse sur son fauteuil, honteux.

— Tu n'es qu'un lâche, assène Patrick.

Il refuse de céder à la rage. La classe, c'est tout ce qu'il lui reste, apparemment. Il va se débrouiller seul. Patrick se lève et quitte l'agence, sans un regard pour Kerri, en claquant la porte derrière lui.

51

À Danbury Drive, quelques jours s'écoulent dans une atmosphère de malaise. Patrick redouble d'affection envers sa femme et ses filles, comme si rien n'avait changé, mais Stephanie est loin de partager son insouciance.

Elle n'a toujours pas pris de décision. Dans sa paralysie, elle a choisi la voie la plus facile : ne rien faire. Elle se concentre sur les jumelles – les nourrir, les baigner, les habiller, les changer. Elle les sort en promenade, leur raconte des histoires, joue à compter leurs doigts de pied.

Stephanie a l'impression que les événements qu'elle vient de traverser ont aspiré toute son énergie. À l'intérieur, c'est un champ de ruines. Et il y a le problème de ses insomnies, qui n'ont pas diminué. Elle continue d'errer dans la maison endormie, observant ses enfants, pensant du mal de tout le monde, imaginant des choses. Des choses affreuses.

Il serait grand temps d'arrêter les frais et de quitter Patrick. Mais Stephanie a peur. Peur pour les jumelles, surtout. Elles ont besoin d'une mère forte. Elle doit survivre, quoi qu'il arrive, afin de prendre soin de ses filles. De les protéger. La jeune femme est hantée par des images de maison en feu, elle se voit mourir avec ses enfants. Elle repense à la poêle sur la plaque allumée, elle ne sait toujours pas qui l'y a laissée. C'était peut-être elle. Ou pas.

— Je sors faire un tour, lui dit Patrick.

Mais elle est si profondément plongée dans ses pensées morbides qu'elle l'entend à peine.

Erica vient de quitter son appartement et s'apprête à monter dans sa voiture quand son téléphone se met à vibrer. Elle regarde l'écran : Patrick. Elle hésite, puis se décide à décrocher.

— Erica, dit-il à voix basse.

Il respire fort, comme s'il était en train de marcher à vive allure. Le cœur battant, Erica se surprend à regarder par-dessus son épaule pour examiner le parking. Pas de Patrick en vue. À moins que… Son pouls s'emballe. Elle l'aperçoit, à l'autre bout, venant vers elle. Elle essaie de garder la voix ferme, d'y mettre toute son assurance d'autrefois.

— Qu'est-ce que tu fous ici ?

Comme il s'approche, elle raccroche et glisse le téléphone dans son sac. Ils ne s'étaient plus revus depuis l'audience. Patrick ne s'arrête qu'à quelques centimètres de son visage.

— Pourquoi est-ce que tu es allée voir le coroner ? siffle-t-il, furieux. Je pensais qu'on avait un accord, merde !

— Moi aussi, répond Erica, surprise. Jusqu'à ce que tu essaies de me la faire à l'envers. Tu t'attendais à quoi ?

— De quoi tu parles, bordel ?

Patrick la fixe droit dans les yeux. Elle connaît si bien son odeur, ce léger parfum de sueur.

— Quelqu'un a essayé de me renverser, rétorque-t-elle, aussi menaçante que lui. Ne me fais pas croire que ce n'était pas toi. C'était elle que tu devais tuer ! Bien sûr que je suis allée voir les flics, c'était le seul moyen de me protéger.

L'expression de Patrick oscille entre rage et incompréhension.

— Conneries ! Je n'ai jamais essayé de t'écraser ! Arrête un peu de raconter n'importe quoi, d'accord ? Tu ne m'as pas donné assez de temps. J'avais besoin de m'assurer que je ne me ferais pas pincer. Maintenant, grâce à toi, je ne pourrai jamais me débarrasser de Stephanie… Tu nous as baisés tous les deux en allant voir les flics !

— Non, riposte-t-elle, amère. *Tu* nous as baisés tous les deux. Je te souhaite une vie de merde avec ta coincée qui veut tout contrôler. Si elle ne te fout pas dehors.

Puis Erica passe devant lui, monte dans sa voiture, et démarre en trombe.

Patrick regagne lui aussi son véhicule à grandes enjambées. En chemin vers Aylesford, il repense aux affres dans lesquelles l'a plongé l'ultimatum d'Erica : ou il tuait sa femme, ou elle allait le dénoncer à la police. Il avait passé plusieurs journées dans un brouillard permanent, paralysé par la peur, l'indécision et le manque de sommeil.

Le jour du pique-nique avec Stephanie, il n'avait pas eu le courage d'aller jusqu'au bout. Pendant le déjeuner, il avait développé un plan approximatif pour le chemin du retour : il aurait conduit, Stephanie et les jumelles se seraient endormies dans la voiture, puis il aurait donné un brutal coup de volant à un endroit de la route qu'il connaissait – par la suite, il aurait prétendu s'être assoupi – et aurait plongé dans le lac. Il n'aurait pas aidé Stephanie ni les petites à sortir de la voiture inondée – il en aurait empêché sa femme, si nécessaire –, mais fait en sorte qu'on croie qu'il avait essayé de les sauver. Seulement Stephanie avait insisté pour conduire au retour, à croire qu'elle avait un sixième sens. Finalement, Patrick avait été soulagé. Il n'aurait jamais pu s'en tirer comme ça. C'était une décision désespérée, née d'une situation désespérée. Quand il avait décidé qu'il serait bien plus judicieux de liquider Erica, la source de tous ses problèmes, cette petite conne était déjà allée voir le coroner.

Il comptait régler la question de Stephanie depuis le début, d'une façon ou d'une autre, mais Erica lui avait forcé la main.

Tout avait commencé le soir où il avait donné une petite poussée à Lindsey en haut des escaliers alors qu'elle avait le dos tourné. Il avait clamé que c'était un accident, mais il savait exactement ce qu'il faisait. Elle avait roulé tout le long des marches et s'était retrouvée au sol, inerte. Patrick avait cru que c'était fait – et puis la jeune femme avait commencé à remuer. Elle allait très bien ! Il se rappelle encore son incrédulité, sa cuisante déception. Mais il avait foncé en bas des escaliers pour venir en aide à son épouse, se confondant en excuses, manifestant une immense inquiétude. Lindsey n'y avait vu que du feu. La seule chose qui la préoccupait, c'était le bébé. Elle avait insisté pour aller faire une échographie aux urgences. Ils avaient sauté dans un taxi et il avait passé des heures dans la salle d'attente à ruminer le meilleur moyen d'éliminer sa femme et leur enfant à naître.

Ce n'était que des semaines plus tard, la veille de leur départ chez sa belle-mère, alors qu'il était réveillé en pleine nuit pendant cette tempête de neige, que l'idée lui était apparue. Le pot d'échappement. Quel plan parfait. Quelle idée géniale. Il était tellement fier d'y avoir songé. Facile à mettre en œuvre, et très peu risqué. Il se souvient du regard qu'Erica lui avait lancé pendant l'enterrement. Comme si elle savait. Mais comment était-ce possible ?

Depuis ce jour, il avait vécu avec la peur.

52

Stephanie est dans l'allée, en train d'attacher les petites à leur siège bébé, quand elle voit Patrick rentrer sa voiture et se garer derrière elle. Elle se demande ce qu'il a bien pu faire pendant tout ce temps.

— Salut, dit-il en s'approchant.

Toujours penchée au-dessus des filles, la tête à l'intérieur de la voiture, elle ignore la bonne humeur de son mari. Elle ne comprend pas ce qu'il attend d'elle. Il a bouleversé leurs existences, réduit leur mariage à une imposture, et semble incapable de ressentir la moindre culpabilité.

— Tu vas où ? demande-t-il quand elle peut enfin se redresser après avoir fini de sangler les jumelles.

— Faire des courses.

— Pas la peine de les emmener avec toi. Je peux les garder à la maison.

— Oh non, je viens à peine de les installer. Ça ira.

Stephanie remarque qu'il semble contrarié, bien qu'il tente de prétendre le contraire. Ses yeux sont froids, distants.

— J'insiste, laisse-les avec moi. Tu te plains toujours de devoir faire les courses avec les petites.

Patrick n'a pas tort. Mais il est hors de question que ses bébés restent seules avec lui à la maison. C'est la première fois que Stephanie se formule cette pensée si clairement, et elle en est profondément remuée. Elle est bien obligée de l'admettre, à présent : elle a peur de laisser les enfants sous la surveillance de leur père.

— Je sais, fait-elle en se tournant vers lui. Mais c'est important pour elles. Il faut qu'elles sortent tous les jours. Au supermarché, je leur laisse toucher les oranges, les paquets de riz. Elles adorent ça.

Et tout le monde m'arrête pour me dire à quel point elles sont ravissantes, pense-t-elle, *et j'en ai besoin, ça rend la situation plus supportable.* Quoi qu'elle fasse, quoi qu'elle décide, ce sera toujours pour Jackie et Emma. Qui sait ? Elle va peut-être monter dans sa voiture maintenant, avec les jumelles, le sac à langer, son sac à main, et rouler sans s'arrêter…

— Tu veux que je t'accompagne ? propose Patrick.

— Non, ne t'inquiète pas, répond-elle en se forçant à sourire. J'ai l'habitude.

— Bon, d'accord, dit-il en tournant les talons et en rentrant à la maison.

Tant bien que mal, Stephanie arrive au supermarché, l'esprit fébrile.

Plus tard dans la soirée, après un dîner silencieux et frugal, Patrick monte se coucher tandis que Stephanie s'installe au salon avec son ordinateur portable. Elle se sent comme asséchée, elle n'a plus aucune larme à verser. D'ailleurs, les larmes sont une marque de faiblesse, songe-t-elle. Ce qu'elle ressent maintenant, c'est une froideur, une détermination qui lui étaient inconnues autrefois. Une force surgie des circonstances, la force que l'on ressent lorsqu'on n'a plus d'autre choix que de prendre les choses en main et d'avancer.

Il est près de 23 heures. Stephanie referme son ordinateur, le pose sur la table et se dirige lentement à l'étage. Elle est si fatiguée qu'elle a l'impression de devoir gravir une montagne. Elle s'arrête en haut des marches. Pour l'instant, elle dort encore dans le même lit que son mari. Devrait-elle investir la chambre d'amis ? Elle aimerait. En aura-t-elle le courage ?

La jeune femme marche jusqu'à leur chambre, la moquette étouffant le son de ses pas. Elle s'immobilise sur le seuil. Patrick se tient devant son placard, de dos, mais l'angle permet à son épouse de voir ce qu'il a dans la main droite. Son arme. Comme s'il voulait vérifier son fonctionnement. Le cœur de Stephanie s'emballe. Comment a-t-elle pu oublier le revolver ? Il a toujours été là. Verrouillé dans le coffre. Patrick le conserve au cas où un cambrioleur s'introduirait chez eux pendant leur sommeil – il n'aurait besoin que de quelques secondes pour le dégainer.

Stephanie observe la scène, le cœur tambourinant sous ses côtes. Le coffre-fort est ouvert. Elle sait que ses munitions y sont aussi. Voulait-il charger son arme ? L'a-t-il déjà fait ? Complètement absorbé par sa tâche, Patrick ne se rend pas compte de la présence de son épouse. Cette dernière fait un calcul rapide : elle ne peut pas prendre la fuite, elle n'aurait jamais le temps de récupérer les jumelles et de sortir de la maison. Stephanie est comme clouée sur place.

Patrick repose le revolver dans le coffre, le verrouille, se retourne et sursaute en apercevant sa femme.

— Qu'est-ce qui ne va pas ? demande-t-il.

Il a sans doute remarqué à quel point elle est livide.

— Rien, répond-elle. Je ne me sens pas très bien, c'est tout. Je pensais me coucher.

— C'est vrai que tu n'as pas l'air en forme, constate Patrick en fronçant les sourcils.

Stephanie gagne son côté du lit, attrape sa chemise de nuit rangée sous l'oreiller et tourne le dos à son mari. Elle se déshabille, attentive à ne pas le provoquer, trop effrayée pour oser s'installer dans la chambre d'amis, puis elle se glisse entre les draps sans prendre la peine de se laver le visage ni de se brosser les dents, et se met à fixer le mur. Comment pourrait-elle s'endormir dans cet état ?

Alors que Patrick la rejoint sous la couette et que la longue nuit commence, Stephanie reste éveillée, obsédée par cette arme.

53

Dans l'obscurité, Patrick contemple le dos de son épouse. C'est tout ce qu'elle a à lui offrir, ces derniers temps. Stephanie fait semblant de dormir, mais il n'est pas dupe.

Le regard qu'elle avait quand elle l'a surpris avec son flingue à la main… Bon Dieu, on aurait dit qu'elle s'attendait à ce qu'il lui tire dessus. La situation est plus préoccupante que ce qu'il imaginait.

S'il n'y avait pas eu cette putain d'Erica Voss, Stephanie ne saurait rien. Elle serait l'heureuse maman de deux jumelles qui font leurs nuits et l'insouciante détentrice d'un portefeuille de plus de deux millions de dollars d'actions. Et maintenant, Patrick risque de tout perdre.

Il se sent sur le point d'imploser. Sa rage envers Erica ne connaît pas de limites. Envers Niall aussi. Et Stephanie l'a profondément déçu. Il était sûr de vaincre le détecteur de mensonge. Il avait étudié la question, prévu de se mordre violemment l'intérieur de la bouche afin que la douleur déséquilibre le test. Il pensait que ça fonctionnerait. Ça aurait dû fonctionner.

Si Erica n'était pas revenue dans sa vie, si elle ne s'était pas pointée à Aylesford…

Patrick se souvient encore de leur première fois. Greg et lui étaient allés boire des coups après le travail, un vendredi soir, et Lindsey s'était jointe à eux en amenant son amie Erica. La petite copine de Greg était également de la partie. Au bout de quelques cocktails sans alcool, Lindsey, très enceinte, avait annoncé qu'elle était fatiguée et s'était péniblement dirigée vers la sortie, abandonnant derrière elle son mari et sa meilleure amie sans manifester d'inquiétude particulière – pourquoi aurait-elle dû s'inquiéter ? Elle avait même invité Patrick à rester autant de temps qu'il le souhaitait pour profiter à fond de sa soirée. Bientôt, avait-elle ajouté, l'arrivée du bébé le priverait de ce genre de divertissement. Patrick avait souri à sa femme, mais la permission qu'elle avait cru nécessaire de lui accorder et cet avertissement lui avaient laissé un goût amer.

Il avait 23 ans, venait d'obtenir son premier job et n'était pas prêt du tout à devenir père. Il avait regardé sa femme se frayer un chemin à travers le bar en se demandant s'il devait la raccompagner, puis il avait été distrait par Erica. Ce n'était pas la première fois qu'il la voyait, mais ils n'avaient encore jamais véritablement parlé. Ce soir-là, la bière avait délié sa langue et gonflé son audace, de sorte que lorsque Erica avait commencé à flirter, il s'était pris au jeu. Tout cela semblait si innocent. Et puis, Erica était une amie de Lindsey.

Ils s'étaient décidés pour un dernier verre et avaient cherché à convaincre Greg et sa copine de les accompagner, en vain. Ces derniers avaient pris congé sans paraître le moins du monde gênés à l'idée de laisser Patrick et Erica seuls.

Une fois tous les deux, cependant, la dynamique avait changé du tout au tout. Patrick avait compris qu'Erica avait envie de lui et que s'il le voulait, il pouvait tout à fait finir dans son lit. Il avait lutté, un peu : Erica était la meilleure amie de sa femme. Un verre de plus rendrait cette issue très probable. Puis elle lui avait chuchoté à l'oreille que Lindsey ne le saurait jamais, et la suite était devenue inévitable.

Ils avaient quitté le bar. Une fois à l'air libre, Erica lui avait attrapé la main et l'avait entraîné de l'autre côté du bâtiment. Elle s'était adossée au mur, l'avait attiré à elle. C'était comme… sauter en parachute. Ce danger, cette excitation. Il était plus dur qu'il ne l'avait jamais été avec Lindsey. Il s'était demandé comment il s'était débrouillé pour mettre enceinte et épouser une femme comme celle-là alors qu'il n'aurait dû baiser que des filles comme Erica.

Elle l'avait ramené chez elle, à quelques minutes à pied. Creemore était un village, tout était proche. Pendant le trajet, il avait surveillé les alentours, craignant qu'on les voie ensemble, mais il n'y avait personne. Ils étaient arrivés en bas de l'immeuble, étaient montés dans l'ascenseur ; Patrick avait failli baisser sa braguette là, dans la cabine, mais la porte se rouvrait déjà. Il s'imaginait en elle.

Une fois dans l'appartement – ce n'était pas grand-chose, aucun d'eux n'avait grand-chose à leur âge –, elle l'avait conduit dans sa chambre. L'excitation lui battait aux tempes, toutes les limites étaient franchies. Après l'acte, comme ils reposaient sur le lit, épuisés,

Patrick lui avait caressé les cheveux en lui disant qu'elle était époustouflante.

— Je sais, avait-elle répondu en souriant.

Il avait éclaté de rire en même temps qu'elle, bien qu'elle ne lui ait pas retourné le compliment. Puis il était devenu grave :

— Il ne faut surtout pas que Lindsey l'apprenne.

Il voulait s'épargner ça.

En admirant le corps nu d'Erica, allongée à côté de lui, sa peau diaphane, ses formes sveltes, il avait aussitôt songé à Lindsey. Les comparer était injuste, Lindsey allait devenir mère, elle n'y pouvait rien si elle était bouffie, marquée de veines apparentes et de vergetures. Mais, bon Dieu, il en voulait encore ! Encore plus de cette femme parfaite étendue contre lui.

— Non, avait acquiescé Erica. Ça la tuerait.

S'attendait-elle à ce que Patrick réagisse à cette phrase ?

— On recommencera ? avait-il demandé.

Au lieu de répondre, elle s'était contentée de sourire :

— Tu ferais mieux de retourner auprès de ta femme.

Elle était comme ça, Erica. À l'époque déjà, elle voulait toujours garder le contrôle. Patrick était rentré chez lui avec l'impression d'avoir été congédié, en se demandant comment il allait faire pour se comporter normalement s'il était amené à revoir Erica et Lindsey ensemble.

Et puis elle l'avait appelé, le lundi suivant, pour l'inviter à venir chez elle pendant sa pause déjeuner. Il n'avait pensé qu'à elle tout le week-end. Dès lors, c'était devenu leur routine. Une délicieuse et excitante liaison sans conséquence – pour tous les deux.

À présent, Patrick est allongé dans le noir, les yeux grands ouverts, fixés sur le dos de Stephanie, revisitant son passé et tous les événements qui l'ont mené jusqu'à aujourd'hui. Il n'a jamais été amoureux d'Erica – quelque chose chez elle l'en empêchait, un élément profond de son être. Peut-être parce qu'elle-même semblait incapable d'aimer qui que ce soit ? À vrai dire, Erica lui faisait déjà un peu peur, à l'époque.

Et maintenant, dix ans plus tard, Erica a tout gâché. L'épouse qui le vénérait il y a peu le tient pour un meurtrier et risque à tout moment de partir en emportant avec elle son héritage.

54

Le lendemain matin, Stephanie sort de son lit à tâtons et enclenche sa routine matinale aussi machinalement qu'un robot. Elle a senti le regard de son mari dans son dos toute la nuit, se demandant à quoi il pouvait bien penser tandis que devant ses yeux à elle tournait en boucle l'image de ce maudit revolver.

Ça ne peut pas continuer.

Elle a eu une idée. Une idée qui l'effraie… Tant pis : elle a besoin d'un plan d'évasion. Elle l'a échafaudé pendant la nuit la plus noire, juste avant l'aube, à l'heure où l'esprit se laisse traverser de pensées qui ne survivront pas à la lumière du jour.

Pourtant c'est le matin, le soleil brille à la fenêtre et l'idée est toujours là.

Hanna l'a de nouveau invitée chez elle. Stephanie sait qu'il est inutile de lui retourner la politesse parce que Patrick est à la maison et que Hanna, malgré tous les efforts que déploie son amie pour prétendre le contraire, est convaincue de sa culpabilité. Elle ne mettra plus un pied chez eux. Stephanie ne peut s'en prendre qu'à elle-même : elle a baissé la garde, le soir de l'arrestation et redoute maintenant que sa voisine sache ce qu'elle pense vraiment.

Elle ira chez Hanna ce matin, d'une part parce qu'elle en a envie – elle a un besoin désespéré de normalité –, mais aussi parce que Hanna, bien qu'elle l'ignore, fait désormais partie de son plan.

Stephanie installe les jumelles dans leur poussette et frappe chez sa voisine. À l'intérieur, ça sent bon les cookies au chocolat. À chacune de ses visites, Hanna a préparé des douceurs réconfortantes et rien que pour cela, Stephanie éprouve pour son amie une reconnaissance éternelle.

— Tiens, sers-toi, lance cette dernière en tendant un plat de biscuits encore brûlants, une fois que mamans et bébés sont tous installés dans le salon. Je viens de lancer le café.

— Tu es un ange, commente Stephanie, sincère.

Il n'y a personne d'autre vers qui elle puisse se tourner, personne d'autre avec qui passer des moments agréables. Elle n'avait encore jamais mesuré à quel point elle était isolée. Elle aurait dû garder le contact avec ses collègues quand elle a pris son congé maternité, songe-t-elle. Quant au groupe de mamans, elle a arrêté d'y participer ; c'était trop d'effort, avec tout ce qui lui arrivait. Toutes ces femmes qui doivent penser, comme Hanna, que son mari est un assassin – elles savent qu'il a trompé sa première épouse, qu'elle est morte. Elles se demandent sûrement pourquoi Stephanie ne l'a pas encore quitté. Hanna commente-t-elle la situation des Kilgour avec d'autres mamans du quartier ? *Forcément*, conclut Stephanie en attrapant un deuxième cookie.

Pendant quelques minutes, les deux femmes parlent de leurs enfants, comment ils mangent, comment ils dorment, ce qu'a dit le pédiatre de Teddy lors de sa dernière consultation. Puis un blanc s'invite, entaché par le seul babillage des bébés, et Hanna semble attendre que Stephanie reprenne la parole.

— Je vais quitter Patrick, lance celle-ci après avoir rassemblé tout son courage.

Hanna ne semble pas étonnée – elle a l'air plus soulagée qu'autre chose.

— J'ai déjà tiré un trait sur lui, j'ai fini par le comprendre, même s'il fait encore des efforts, explique Stephanie. Je ne lui fais plus confiance. Il a trompé Lindsey, le monde entier est au courant. Et toute cette histoire autour de l'accident… On ne s'en relève pas, Hanna, tu n'imagines même pas.

— Je comprends tout à fait, approuve Hanna. Et je trouve que c'est la bonne décision. Quand la confiance n'est plus là…

— Je ne crois pas qu'il ait tué Lindsey, précise Stephanie. C'est une idée complètement farfelue. Je n'ai pas peur de lui, mais… je ne l'aime plus. Et je n'arrive pas à lui pardonner de m'avoir imposé ça, même si ce n'est pas entièrement sa faute.

— Il est mal tombé en choisissant sa maîtresse, admet Hanna.

— Ça, c'est sûr. Et maintenant, on en paie tous le prix, ajoute Stephanic, amère. J'ai rendez-vous lundi avec un avocat en droit de la famille. Je dois mettre les choses au clair avant de parler à Patrick.

— Quand est-ce que tu vas lui dire ? demande Hanna, le visage froissé par l'inquiétude.

— Le plus vite possible, dit Stephanie après avoir respiré à fond. Dès que j'aurai vu l'avocat. J'ai besoin de tourner la page.

— Comme je le disais, je pense que tu fais le bon choix. Tu sais que je suis là pour toi, n'est-ce pas ?

— Je sais, répond Stephanie avec un sourire triste. Et je t'en remercie. Il n'y a personne d'autre à qui je peux parler. C'est tellement dur.

Elle se prend le visage entre les mains.

— Et je me fais du souci pour Patrick. Je me demande comment il va le prendre.

— Il risque de se sentir trahi.

— Possible. Et il est déjà très déprimé. On a vécu des moments épouvantables, Hanna…

Elle se mord la lèvre pour s'empêcher de pleurer et se penche pour prendre un mouchoir dans son sac à langer.

— Il ne veut même pas parler de son arrestation… C'était tellement horrible, ce moment. Je pensais qu'une fois sorti de prison il irait de l'avant. Mais Niall l'a lourdé et il a perdu sa boîte. Comment veux-tu qu'il s'en remette ? Sa réputation est détruite, même après l'abandon des poursuites.

Elle n'hésite pas à en faire des tonnes.

— C'est tellement injuste…, poursuit-elle. Et quand je vais lui dire que je le quitte…

— Mon Dieu, Stephanie, je ne sais pas quoi dire, répond Hanna avec une moue navrée.

— Il n'est plus lui-même.

— Qu'est-ce que tu veux dire ?

— Il s'accuse pour tout ce qui est arrivé. Il est mal luné, déprimé, il dit des choses…

— Quel genre de choses ?

— Qu'on serait mieux sans lui, lâche Stephanie en tournant des yeux anxieux vers son amie. J'ai peur qu'il passe à l'acte, si je le quitte. Qu'il s'en prenne à lui-même.

— Arrête de penser à lui, objecte vivement Hanna. C'est toi qui m'inquiètes. Stephanie, il faut que tu le quittes. Prends les jumelles et va-t'en. Maintenant.

Devrait-elle lui parler de l'arme ? Non, ce serait aller trop loin. Elle secoue la tête :

— Je vais d'abord consulter l'avocat.

— D'accord.

— Ça m'aidera à y voir plus clair.

— Mais si jamais..., ose Hanna. Si jamais il s'en prenait à toi, aux jumelles ?

— Non, non. Il ne ferait jamais ça. Mais si je lui dis que je le quitte, il va se sentir cruellement abandonné. Je me sens tellement coupable. Je... je ne suis pas sûre d'y arriver.

— Tu n'as aucune raison de te sentir coupable, Stephanie, martèle Hanna. Tu dois faire ce qui est le mieux pour toi et tes filles.

Stephanie observe sa seule amie. Hanna pense que Patrick est un assassin. Et Hanna a raison. Elle doit se dire qu'il rendrait service à tout le monde en se suicidant. Sur ça aussi, elle a raison.

— Sérieusement, Stephanie, insiste Hanna, anxieuse. Tu dois le quitter si c'est ce que tu veux vraiment, indépendamment de son état ou de son hypothétique réaction. Pense un peu à toi, pour changer. À toi et à tes filles.

Elle pose un regard soucieux sur les jumelles.

— Qui te dit qu'il n'est pas dangereux ?

— Il ne l'est pas, ment Stephanie. Tout ira bien. Il nous aime, moi et les filles. Il ne nous fera aucun mal. C'est pour lui que je m'inquiète.

Pendant ce temps, Patrick est affalé à la table de la cuisine, il boit café sur café en ruminant. Il a dit et répété à Stephanie qu'il n'avait jamais aimé Erica, même s'il l'avait fréquentée plus longtemps que ce qu'il avait prétendu initialement, que la mort de Lindsey était un accident. Mais il doute que son épouse le croie.

Il a eu tellement de chance de tomber sur une jeune femme ayant hérité d'une énorme somme d'argent. Si seulement Erica n'était pas revenue dans sa vie…

Chaque fois que Patrick pense à elle, son corps entier se contracte de rage. Il se ferait une joie de la tuer de ses propres mains. Il aurait dû le faire quand c'était encore possible, avant qu'elle n'aille voir la police. Mais il a manqué de temps, il n'a pas pu mettre au point un plan solide qui lui aurait permis de s'en tirer incognito.

Et maintenant, c'est trop tard, la tuer n'aurait plus de sens. Patrick serait le coupable désigné. Déjà que tout le monde pense qu'il a tué sa première femme… Même s'il parvenait à maquiller la mort en accident, il serait attendu au tournant. On dirait de lui qu'il a agi selon son habituel modus operandi.

Et Stephanie ne serait pas dupe.

Elle va le quitter, il en est sûr. Il est clair qu'elle a peur de lui. Or c'est la dernière chose dont il a besoin en ce moment.

Les gens vont croire qu'elle est partie parce qu'il a tué sa première femme.

Il faut qu'il aille voir un avocat, qu'il se renseigne sur ses droits. En combien de temps peut-elle obtenir le divorce ? S'ils étaient séparés mais pas encore divorcés et que Stephanie venait à disparaître, Patrick toucherait-il son héritage ?

Il se ressert un autre café. Hélas… il ne peut pas plus liquider Stephanie qu'Erica. Ça ne passerait pas. Pas cette fois.

55

Stephanie se tient devant la porte du dressing. Il faut qu'elle se concentre. Son esprit turbine à plein régime vingt-quatre heures sur vingt-quatre. Elle pense à son plan pendant qu'elle nourrit les jumelles, pendant qu'elle change leurs couches, pendant qu'elle cuisine. Comment se débarrasser des gants ?

Elle a décidé que son mari devait se tuer. C'est le seul moyen de sortir de cet enfer. Or Patrick ne le fera pas de lui-même. Stephanie va devoir s'en charger.

Voilà où ils en sont arrivés, en quelques mois à peine. Ils étaient deux conjoints aimants et épanouis, et maintenant ils sont un duo de meurtriers de sang-froid. *Comme les choses changent vite*, pense-t-elle. Comme la vie est folle et imprévisible. Un vrai cirque – des funambules loin au-dessus du sol, des gens cachés derrière leurs masques de clown. *On contrôle si peu*, songe-t-elle. *Presque rien*.

Mais ça, elle peut le faire. Elle peut reprendre sa vie en main. Elle peut protéger ses filles. C'est pour Jackie et Emma qu'elle agit.

On n'a pas toujours le choix.

Mais parfois si.

Stephanie n'aime plus Patrick. Elle ne veut pas passer le restant de ses jours aux côtés de cet homme infidèle, menteur, assassin, sans parler de partager son héritage avec lui. Elle n'a aucune intention de vivre dans la peur, dans l'attente du jour où il finira par les tuer, elle et ses filles. Il a déjà réussi à échapper à la justice une fois.

Elle aurait préféré se contenter de le quitter, mais cette option ne lui semble pas viable. Dans le meilleur des cas, Patrick continuerait à faire partie de leur vie : aux yeux de la loi, il est innocent et jouit des mêmes droits qu'elle concernant leurs enfants. Dans le pire des cas, il pourrait les tuer, comme cet homme qui a étouffé ses enfants et poignardé sa femme. Comme tous ces hommes blessés qui massacrent leur famille dans un accès de colère. Il y en a tant…

Reste donc la question des gants. Comment les faire disparaître en vitesse ? Et Stephanie s'interroge également sur les munitions.

Elle observe la porte du placard. Patrick est sorti, elle est toute seule à la maison. Elle a mis les gants qu'elle a achetés pour l'occasion. Elle compose le code secret et ouvre le coffre-fort. Observe le 19 mm qu'elle a vu dans la main droite de Patrick. Elle sait que l'arme porte les empreintes de son mari : il avait même le doigt sur la détente. Comme un cadeau. Mais à présent, en inspectant le pistolet, elle s'aperçoit qu'il n'est pas chargé. Stephanie va devoir s'y coller – ce n'est pas un problème en soi, elle porte des gants et elle sait comment s'y prendre : elle a déjà tiré par le passé. Mais elle s'inquiète du fait que les empreintes de son mari n'apparaîtront pas sur les douilles, alors que sur le revolver, si. L'autre souci, c'est que Patrick risque de contrôler à nouveau son arme et de s'apercevoir qu'elle a été chargée avant que Stephanie puisse en faire usage. Elle va donc devoir faire vite. Le plus vite possible. Elle glisse les balles dans le réservoir.

Le lundi matin, Stephanie annonce à Patrick qu'elle sort avec les jumelles. Elle a un mensonge tout prêt à lui servir, au cas où, mais Patrick ne pose aucune question.

Elle a prévu de se rendre dans un cabinet d'avocats spécialisé dans les affaires de divorce. Elle n'a pas de rendez-vous mais imagine que si elle se présente à l'accueil en évoquant une urgence, elle obtiendra un entretien. Un temps, elle a envisagé de confier les jumelles à Hanna, mais cette dernière a déjà beaucoup fait pour elle sans que Stephanie puisse lui renvoyer l'ascenseur.

Sur Internet, l'agence Thompson Doyle apparaissait comme la meilleure d'Aylesford pour tout ce qui concerne le droit de la famille. Stephanie s'engage dans l'ascenseur avec sa double poussette, monte jusqu'au dernier étage, s'excuse auprès de la standardiste et demande un rendez-vous en urgence. Cette dernière l'invite à patienter. La salle d'attente offre une vue splendide sur le fleuve, mais Stephanie le voit à peine. Elle est concentrée sur son récit et sur les jumelles, qu'elle essaie de distraire pour éviter qu'elles pleurent.

— Gabriel Thompson va vous recevoir, vient l'informer la réceptionniste.

Stephanie est conduite jusqu'au bureau de l'avocat. Il lui suffit de regarder autour d'elle pour comprendre que cette démarche lui coûtera les yeux de la tête, mais peu importe. Elle peut se le permettre.

Maître Thompson est un homme âgé aux cheveux argentés, bien coiffés, vêtu d'un irréprochable costume-cravate. Une fois Stephanie installée, il lui demande :

— Comment puis-je vous aider ?

— Je veux divorcer, lâche-t-elle de but en blanc.

— Vous avez frappé à la bonne porte, commente-t-il avec flegme.

— Je suis mariée à Patrick Kilgour.

L'avocat hausse un sourcil et se penche en avant, soudain très attentif. Stephanie se demande s'il a suivi l'enquête de près. Elle hésite, déglutit.

— Je vois, l'encourage-t-il. Je suis familier de l'affaire.

— Cela a mis notre mariage à rude épreuve.

Elle vacille, prend quelques instants pour se redonner une contenance.

— Tout le monde est au courant qu'il a trompé sa première femme, poursuit-elle. Il l'a admis. Je ne sais pas s'il m'a trompée, moi aussi. Dans tous les cas, notre mariage est fini, et j'ai besoin de connaître mes options.

— Bien sûr.

— J'ai touché un gros héritage lors de mon dernier anniversaire. Il ne peut pas y prétendre, si ?

— Absolument pas. Dans l'État de New York, les biens hérités ne sont pas pris en compte dans le régime de communauté des biens. Vous n'avez aucun souci à vous faire de ce côté-là.

— Tant mieux.

— Avez-vous rédigé un testament ? demande-t-il sans détour.

— Oui. Dans l'état actuel, tout ce que je possède est censé revenir à Patrick après ma mort.

— Il va nous falloir remédier à cela. Une assurance-vie ?

Il doit avoir suivi l'affaire Kilgour de *très* près. Elle n'est guère surprise : tout le monde en a parlé à Aylesford comme dans le Colorado.

— Oui.

— Vous sentez-vous en danger ? s'enquiert Thompson, la mine sérieuse.

Mais Stephanie se souvient pourquoi elle est venue :

— Non, pas du tout. Je m'inquiète juste de la façon dont Patrick réagira quand je lui dirai que je veux divorcer. Il est déjà très déprimé, après tout ce qu'il a traversé. Ça n'a pas été facile pour moi de prendre cette décision. Mais je dois penser à moi et à mes filles.

— Bien sûr, répond l'avocat avec sympathie. Mettons les choses en route aussi promptement que possible.

56

Quelques heures plus tard, alors que les jumelles sont endormies, Stephanie tente de convaincre son mari de prendre quelques verres avec elle. Qu'il ait un peu de whisky dans le sang aiderait beaucoup. Et elle-même aurait bien besoin d'un petit remontant pour se donner du courage.

Il faut qu'elle l'amène jusqu'à la cuisine. Dans une chaise au dossier droit, devant un verre de scotch.

— Je boirais bien un petit verre, lance-t-elle en quittant le canapé.

Patrick lève la tête.

— Tu m'accompagnes ?

Il semble presque touché par l'invitation. Stephanie devrait se sentir coupable pour ce qu'elle s'apprête à faire, mais ce n'est pas le cas. Elle se répète qu'elle agit pour ses filles. Elles méritent mieux que de grandir auprès d'un meurtrier, infidèle et menteur.

— Avec plaisir, dit-il en la suivant dans la cuisine.

Stephanie s'assoit sur la chaise qu'elle occupe toujours pendant les repas, celle qui fait face à l'entrée de la pièce, laissant à Patrick la chaise tournée dos à la porte. Elle le regarde ouvrir la vitrine dans laquelle sont stockées les bouteilles, en sortir deux verres à apéritif.

— Qu'est-ce qui te ferait plaisir ? demande Patrick.

— La même chose que toi.

Puis elle ajoute, alors que Patrick se retourne vers elle, étonné :

— Je ne dirais pas non à quelque chose d'un peu fort.

Patrick hoche la tête. Il a l'habitude de boire son whisky pur. Il en sert deux généreuses rasades. Stephanie se félicite de le voir toucher la bouteille, les verres, répandre ses empreintes partout. Lorsque tout sera fini, elle lavera méticuleusement son verre et le rangera dans le placard avant l'arrivée du Samu. Ce sera mieux de dire que Patrick était en train de boire seul pendant qu'elle était sous la douche. Heureusement que les jumelles sont petites et bien à l'abri dans leur berceau. Les choses auraient été plus compliquées avec des enfants plus âgés.

Et puis Jackie et Emma sont si jeunes qu'elles ne se souviendront même pas de leur père. Elle pourra contrôler le récit originel, l'arranger à sa sauce. Mais pour ça, elle sera obligée de déménager pour repartir de zéro. Elle tâchera de ne pas aller trop loin. Tiens, et si elle reprenait son nom de jeune fille ? L'idée lui plaît.

— Stephanie, commence Patrick en s'asseyant face à elle. Tu sais combien je suis désolé.

Elle acquiesce en évitant son regard. Elle n'a pas envie d'entendre ses excuses, ses sempiternelles explications. C'est trop tard. Qu'est-ce qu'on dit, déjà ? Quand les couples se décident enfin à consulter un thérapeute conjugal, en général, c'est que l'un des deux a déjà décrété que c'était fini.

— J'ai réfléchi à notre avenir, poursuit-il.

Elle va jouer le jeu pour le garder à table, pour qu'il continue à boire. Stephanie se moque de ce que Patrick peut bien lui dire. Elle a trouvé sa solution.

— Je devrais peut-être lancer ma propre agence.

Elle opine. Il n'a pas le choix, de toute façon : personne ne voudra le recruter, maintenant. Une gorgée d'alcool lui brûle la gorge, calme sa nervosité. Elle en a besoin : ni trop, ni pas assez – suffisamment pour se mettre du cœur à l'ouvrage sans pour autant risquer de commettre une imprudence.

— Ça demandera sans doute beaucoup d'investissement avant de devenir rentable.

— Sans blague, ne peut-elle s'empêcher de lancer.

Patrick se mord la lèvre, comme si l'ironie de Stephanie l'avait blessé. Puis il saisit son verre et le descend d'un coup avant de s'en resservir une grosse lampée.

Parfait. Son mari n'a pas la moindre idée de ce qui l'attend. Il n'y aura pas de nouvelle agence. Elle feint de prendre en considération ses arguments, avale une nouvelle gorgée en le regardant s'illuminer à l'idée qu'elle s'embarque avec lui dans cette aventure. Au moins, il mourra heureux.

Patrick se penche au-dessus de la table, à présent intarissable sur ses ambitions. Stephanie doit être bonne comédienne, car il ne s'arrête plus de parler. Il se sert un troisième verre. C'est le moment ou jamais.

— Garde ça en tête, fait-elle. Il faut que j'aille aux toilettes. Je reviens tout de suite.

57

Elle se précipite à l'étage. À l'instant même où elle quitte la cuisine, elle sent sa physionomie changer. La voilà froide, résolue, impitoyable. Elle se dirige jusqu'à la salle de bains qu'elle verrouille bruyamment, mais depuis le couloir. Puis elle se rend à pas de loup jusqu'à sa chambre, où elle se déshabille à la hâte. Une fois nue, elle ouvre le tiroir de sa table de chevet et enfile ses gants. Elle se dirige alors vers le dressing et compose le code secret d'une main tremblante. Elle s'empare de l'arme. De retour dans la salle de bains, elle intercepte son reflet dans le miroir. Elle se reconnaît à peine, entièrement nue à l'exception de la paire de gants bleus achetés au supermarché. Avec un revolver dans la main droite. Elle tire la chasse d'eau, fait couler le robinet ; Patrick ne doit se douter de rien.

Stephanie redescend doucement les escaliers moquettés, priant pour que son mari ne se retourne pas quand elle entrera dans la cuisine. Mais pourquoi le ferait-il ? Elle arrive pieds nus. Patrick a le dos tourné, il semble perdu dans ses pensées. Elle se rappelle d'incliner légèrement l'arme vers le haut et en un seul mouvement agile, elle fait un pas en avant, pose le canon contre la tempe droite de son mari et appuie sur la détente. Tout se passe en un éclair.

Elle s'attendait au recul, mais pas à l'intensité du bruit. Patrick s'écroule sur la table, au milieu d'une gerbe de sang et de morceaux de cerveau qui éclaboussent le sol, la table et les placards blancs de la cuisine. Stephanie se retient de vomir en voyant une flaque rouge se former sous le trou qui perfore désormais le crâne de son mari. Il est mort, sans aucun doute. Elle sent son cœur s'emballer et commence à paniquer. Respire profondément, tente de maîtriser la situation. Sur son corps, aucune trace de sang visible. Pas de taches non plus sur sa main qui tenait l'arme – Stephanie a pris soin d'appuyer fermement le canon contre le crâne de Patrick –, ni sur ses pieds. Tant mieux. Il ne faut pas qu'elle ramène en haut la moindre trace de sang. Après avoir déposé le pistolet au sol, du côté droit, et laissé la cartouche à l'endroit où elle a atterri, Stephanie monte les escaliers quatre à quatre en ôtant ses gants, qu'elle jette dans les toilettes l'un après l'autre, en tirant la chasse d'eau à chaque fois. Puis elle entre dans la douche, se savonne et se shampooine aussi rapidement que possible.

Quand elle sort dégoulinante de la cabine, elle s'enroule dans un peignoir sans s'essuyer et court jusqu'au rez-de-chaussée en semant une infinité de gouttes d'eau sur son passage. Elle arrive dans la cuisine et compose le numéro d'urgence.

— Quelle est la nature de votre urgence ?

— Mon mari vient de se tirer dessus ! Faites vite, je vous en supplie !

— Quelle est votre adresse, madame ?

— 17 Danbury Drive.

— Pourrais-je avoir votre nom ?

— Stephanie Kilgour.

— Est-ce que votre mari respire ?

— Je… je ne crois pas.

Elle doit à tout prix s'occuper du verre.

— Dépêchez-vous ! sanglote-t-elle dans le combiné.

— Les urgences sont en route, madame. Essayez de garder votre calme, s'il vous plaît, et restez en ligne.

Stephanie écoute à peine l'opératrice. Elle répète en boucle « Oh mon Dieu, oh mon Dieu » en contemplant le carnage. Il faut qu'elle ôte son verre de la table et qu'elle le lave, mais elle réalise soudain qu'elle risquerait d'endommager la mise en scène en rouvrant la vitrine, et qu'en outre l'opératrice pourrait l'entendre utiliser le robinet.

— Dépêchez-vous, je vous en supplie ! gémit-elle encore avant de raccrocher.

Elle rince son verre et le glisse dans le lave-vaisselle. Puis elle se retourne pour examiner la scène. Patrick est effondré sur la table avec un trou au milieu du crâne. Ses yeux sont grands ouverts. Sur la table se trouvent une bouteille de whisky et un seul verre – le tout recouvert de ses empreintes digitales. Elle était sous la douche quand elle a entendu la détonation. Rien de suspect à ce qu'elle se trouve à présent dans la cuisine, qu'elle ait du sang sur son peignoir. N'importe quelle femme serait descendue voir.

Elle reste là à fixer son mari jusqu'à ce que des lumières rouges clignotantes viennent irradier la nuit, de l'autre côté du verre ondulé de la porte d'entrée. Puis elle entend des pas lourds et pressés. Stephanie parvient à rejoindre le vestibule et à ouvrir la porte. Arrivés en même temps, la police et le Samu envahissent son entrée.

Stephanie est sous le choc. En proie à des frissons incontrôlables, elle guide les forces de l'ordre jusqu'à la cuisine. Un policier entre, accompagné de l'équipe médicale ; une autre policière reste à côté de la jeune femme éplorée. Elle la regarde craquer, sangloter, tenir des propos incohérents. Stephanie se pense convaincante. Elle doit juste faire attention à ce qu'elle dit.

Puis la policière la guide jusqu'au salon et l'assoit sur le canapé.

— Mettez votre tête entre vos genoux, dit-elle doucement en posant sur son dos une main compatissante.

Stephanie garde la tête baissée et essaie d'entendre ce qui se passe. Pas grand-chose dans la cuisine, apparemment. Ils ne peuvent plus rien pour lui. Tout à coup, d'autres gens débarquent dans la maison et Stephanie n'arrive plus à suivre. Il y a trop de mouvement, trop de bruit. Elle a du mal à réfléchir alors qu'elle est supposée faire un sans-faute. *Ressaisis-toi*, s'ordonne-t-elle au moment où elle entend les premiers déclics d'un appareil photo, des murmures.

Elle est toujours avachie sur le canapé – elle ignore depuis quand, elle a perdu toute notion du temps – lorsqu'elle voit le Samu passer dans le couloir avec le brancard destiné à recevoir le corps de son mari, enveloppé dans une housse mortuaire. Elle commence à réaliser. Ça y est, elle est débarrassée de lui et de son passé. Il ne pourra plus détruire leur existence. Et elle est toujours en vie, auprès de ses filles, avec sa maison, son argent. Tout va bien se passer, du moment qu'elle garde son calme.

Le policier qui était dans la cuisine vient s'asseoir sur un fauteuil en face du canapé.

— Toutes mes condoléances, dit-il avec lassitude, sincèrement navré.

Stephanie le regarde en avalant sa salive. Elle est en train de reprendre possession d'elle-même, de sortir de son état de sidération.

— Pouvez-vous nous dire ce qu'il s'est passé ce soir ? demande l'homme.

Elle inspire à fond. Chiffonne entre ses doigts le mouchoir que lui a offert un peu plus tôt la policière.

— J'étais sous la douche, dit-elle en resserrant son peignoir autour d'elle, comme si elle avait honte de sa tenue.

Ses cheveux forment une masse humide et emmêlée dans le haut de son dos, ils ont trempé le tissu, elle a froid.

— Patrick était en train de boire dans la cuisine quand je suis montée. Je finissais de prendre ma douche et j'ai entendu le coup de feu. J'ai couru jusqu'à la cuisine… je l'ai trouvé là…

Stephanie fond en larmes en prononçant ces mots. Des larmes sincères. Elle a trop enduré dans cette histoire, trop perdu.

— Prenez votre temps, suggère patiemment le policier.

— Il était soumis à un stress terrible ces derniers temps, confesse Stephanie.

— Quel genre de stress ?

Ils ne doivent pas encore savoir qui est Patrick.

— Je lui ai annoncé ce soir, après le dîner, que je demandais le divorce, lâche-t-elle d'une voix blanche.

Puis elle leur raconte tout – l'identité de son mari, et les mêmes mensonges sur son état d'esprit qu'elle a servis à Hanna et à l'avocat Thompson. Quand elle a fini, l'homme semble touché, aussi submergé qu'elle par leurs ennuis.

— Savez-vous d'où vient l'arme ? demande-t-il.

— C'est sans doute son revolver, chuchote Stephanie. Il le gardait à l'étage, dans le dressing de notre chambre.

— Vous pouvez nous montrer ?

Elle se lève du canapé et les conduit jusqu'à la chambre, montre du doigt le dressing dont la porte ouverte donne à voir le coffre-fort, également béant, tel qu'elle l'a laissé avant de commettre son crime. Les policiers l'examinent.

Quand ils redescendent, le corps de Patrick est emmené sur le brancard dans sa housse mortuaire.

— Êtes-vous allée vérifier que les enfants vont bien ? s'enquiert l'un des policiers en avisant les balancelles des bébés.

Stephanie devient soudain livide. Elle est si profondément plongée dans ses mensonges, ses peurs et ses justifications qu'elle en a oublié l'existence des jumelles. Elle panique. Grimpe l'escalier à toute vitesse, ouvre d'un coup la porte de leur chambre, allume la lumière. Les petites sont là, merveilleuses et intactes. Évidemment. L'officier qui l'a accompagnée se tient juste derrière elle – Stephanie peut sentir dans sa nuque son souffle chaud.

— Elles vont bien, dit-il, manifestement soulagé.

58

Le jeudi 1er novembre, l'examen médical classe la mort en suicide. L'affaire fait les gros titres, accompagnée d'un récapitulatif des événements passés. La mort de Lindsey, l'audience, l'arrestation – tout. De nouveau, « Patrick Kilgour » est sur toutes les lèvres. Mais Stephanie ne s'en soucie guère. Les gens pensent qu'il s'est tué. Bientôt l'histoire s'éteindra d'elle-même, pour de bon, tout comme lui.

Même si elle ne s'attendait pas réellement à être mise en cause, Stephanie éprouve un soulagement intense lorsqu'elle lit noir sur blanc les conclusions de la police. C'est fini, elle peut aller de l'avant. Pour autant, depuis son geste, elle ne se sent plus elle-même. Elle est instable, perdue. Quelque chose dysfonctionne dans sa tête. Elle aurait pu s'y attendre. *Mais on n'a rien sans rien*, essaie-t-elle de se dire en observant ses jumelles d'un œil amorphe. Il va lui falloir du temps pour s'habituer.

Le soir du drame, la police est restée chez elle une bonne partie de la nuit. La cuisine était interdite d'accès. À plusieurs reprises, on lui a suggéré d'aller trouver refuge auprès de sa famille, mais elle n'en a plus. Comme de nombreux voisins, Hanna a été attirée hors de chez elle par les gyrophares et les véhicules d'urgence. Quand les policiers ont fini par accepter de la laisser entrer, la voisine a insisté pour que les jumelles et leur mère viennent finir la nuit chez elle. Stephanie était heureuse d'avoir quelque part où aller.

Le lendemain, l'enquête finie, la police a mandaté une agence spécialisée pour remettre la cuisine en état. Stephanie était soulagée de ne pas avoir à s'en charger elle-même. Le soir même, elle était de retour chez elle, seule avec ses filles. Elle s'est forcée à retourner dans la cuisine pour se préparer une tasse de thé. Un silence perturbant planait. Comme à son habitude, elle a erré dans la maison jusqu'aux premières lueurs du jour.

Idem la veille, mais elle n'est plus travaillée par les doutes – elle n'a plus besoin de se demander, encore et encore, ce qu'elle devrait faire. Elle l'a fait. Mais elle continue à revoir la scène. La façon dont elle a collé l'arme sur la tempe de Patrick, la pluie de sang et de cervelle qui a giclé de l'autre côté de son crâne. Elle n'arrive toujours pas à croire que c'est elle qui a appuyé sur la détente. On croirait l'acte d'une autre.

Hanna passe voir comment va son amie. Plus besoin de rester à distance maintenant que Patrick n'est plus là. La voisine est venue avec Teddy dans sa poussette, et un plat de lasagnes maison. Elle se tient dans l'encadrement de la porte, souriante et prévenante, et Stephanie hésite à la faire entrer dans la cuisine, bien que l'équipe de nettoyage ait rendu au lieu une propreté immaculée et qu'il soit impossible de deviner qu'une tragédie s'y est jouée il y a trois jours à peine. Tout de même, ce serait bizarre de l'y accueillir…

— Je peux repasser une autre fois, propose Hanna. Si ce n'est pas le bon moment.

— Non, non, répond Stephanie en secouant la tête, entre. Je suis contente de te voir. Personne d'autre n'est venu.

Qui attendait-elle ? Niall ? Nancy ? Ils sont restés à l'écart. Idem pour ses anciens collègues, qu'elle a pourtant fréquentés quatre ans avant de prendre son congé maternité. Il n'y a véritablement que Hanna sur qui Stephanie puisse compter.

— Je suis tellement désolée pour toi, bredouille la voisine en refermant la porte derrière elle.

La situation est gênante : Hanna se tient dans l'entrée, son bébé sur la hanche, ne sachant que dire ni que faire. Stephanie lui prend les lasagnes des mains et va les poser dans la cuisine. Hanna hésite à suivre son hôtesse : elle sait que Patrick s'y est donné la mort, elle était là pendant cette nuit affreuse, assise aux côtés de Stephanie sur le canapé.

— Tu peux installer Teddy avec les filles dans le salon, suggère Stephanie, voyant sa voisine mal à l'aise.

Hanna s'exécute avec un soulagement visible tandis que Stephanie prépare le café, les mains tremblantes. L'opinion de Hanna est cruciale. Or Stephanie se demande : n'en a-t-elle pas trop fait le jour où elle a confié à son amie qu'elle était inquiète pour Patrick, qu'il risquait de s'en prendre à lui-même ? Aurait-elle dû la jouer plus fine, laisser la place à la surprise ? Elle se félicite, à présent, de ne pas avoir mentionné l'arme.

Stephanie inspire profondément et se force à se détendre. Hanna n'a aucune raison de soupçonner la vérité. Elle était là la nuit de la mort, elle a vu dans quel état se trouvait sa voisine. Elle ne croirait jamais Stephanie capable de pointer un pistolet sur la tempe de son mari et de lui faire exploser le crâne. Hanna est fine, elle doit se douter que la mort de Patrick apaise secrètement Stephanie – la réjouit même, peut-être –, mais rien de plus.

La jeune femme apporte le café dans le salon. Toutes deux restent un temps assises en silence, ne sachant ni l'une ni l'autre par où commencer, puis elles se mettent à parler bébés, comme chaque fois qu'il faut briser la glace.

— Qu'est-ce qu'il va se passer, maintenant ? ose enfin Hanna.

Stephanie soupire, repose sa tasse de café.

— Demain matin, c'est les obsèques, dans la plus stricte intimité. Je t'en prie, ne te sens pas obligée d'y assister.

Elle a opté pour la crémation.

— Je viendrai si tu le souhaites.

— Je ne préfère pas. Pour tout te dire, j'avais l'espoir que tu gardes les jumelles pendant ce temps.

— Compte sur moi, répond Hanna, clairement soulagée de ne pas avoir à assister à la cérémonie, et heureuse de pouvoir l'aider. Tu sais que suis là pour toi, n'est-ce pas ?

En disant cela, la voisine pose une main tendre sur le bras de Stephanie. Cette dernière hoche la tête avec reconnaissance. Elle n'a aucun souci à se faire du côté de Hanna. Bien qu'elles sachent toutes les deux, maintenant, que tous les problèmes de Stephanie se sont envolés.

59

Le lendemain des obsèques de Patrick, auxquelles elle n'a pas assisté, Erica est assise dans sa voiture, en face de la maison de Danbury Drive. Rien ne s'est déroulé selon ses plans. Mais on ne peut jamais tout prévoir. Il y a toujours un élément inattendu.

Elle sait que Stephanie est chez elle. C'est l'heure du déjeuner, et la double poussette est devant l'entrée. Elle doit être dans la cuisine en train de donner à manger aux jumelles. Erica sort de sa voiture, traverse la rue et sonne à la porte. Elle n'a pas beaucoup à attendre avant que Stephanie ne vienne ouvrir. La vue d'Erica semble la méduser.

— Qu'est-ce que vous faites ici ? demande Stephanie.

Elle a une allure épouvantable – cheveux sales et mal peignés, vêtements fatigués, pas une once de maquillage. Erica espère qu'elle prend mieux soin de ses filles que d'elle-même.

— Je peux entrer ?

Stupéfaite, Stephanie fixe Erica devant sa porte. Elle aurait voulu ne jamais la revoir.

— Pour quelle putain de raison est-ce que je vous ferais entrer chez moi ? siffle-t-elle. Vous n'êtes qu'un oiseau de malheur.

Disant cela, elle s'apprête à refermer la porte au nez de sa visiteuse. Mais cette dernière est plus rapide et s'interpose dans l'entrebâillement.

— Calmez-vous. Je ne suis venue que pour discuter.

Haletante, Stephanie scrute la femme qui lui fait face. Elle ne pourra pas sortir Erica de chez elle sans en venir aux mains, et elle la soupçonne d'être bien plus forte qu'elle. Elle songe un instant à appeler la police, mais quelque chose l'en dissuade.

— C'est donc ici que ça s'est passé ? lance Erica en regardant par-dessus l'épaule de Stephanie, en direction de la cuisine où les deux petites sont assises sur leur chaise.

Erica force le passage et met le cap sur la cuisine. Stephanie garde le silence et se contente de refermer la porte.

— Alors comme ça, ça y est, relève Erica. Tous vos problèmes sont résolus.

— Vous ne manquez pas d'air, réplique Stephanie, acerbe.

— Je ne fais que dire la vérité, et vous le savez. Vous êtes débarrassée de votre mari infidèle et meurtrier.

Stephanie évite son regard. Erica l'inquiète – l'angoisse se niche déjà dans ses tripes.

— Personnellement, je m'en fiche. Bon débarras. Ce salaud a eu ce qu'il méritait. Le monde se portera mieux sans lui, vous ne croyez pas ?

Où veut-elle donc en venir ? Stephanie est déboussolée.

— Que voulez-vous ? demande-t-elle.

— Juste vous féliciter. Vous avez fait du bon boulot.

Stephanie sent son cœur dégringoler dans son estomac.

— Qu'est-ce que vous racontez ?

— Si vous l'avez assassiné, lance Erica avec un sourire mutin, je ne peux que vous remercier.

— Comment osez-vous dire une chose pareille ? se récrie Stephanie. Mon mari s'est suicidé. Je lui ai dit que je demandais le divorce et que j'allais prendre avec moi mes filles et mon héritage. J'avais déjà vu un avocat.

Erica lui lance un regard glacial.

— Arrêtons de nous raconter des salades, lâche-t-elle. Patrick n'était pas du genre suicidaire.

Puis elle laisse le silence gonfler, se délectant de l'effet de sa phrase.

— Mais ne vous inquiétez pas, je ne vais rien dire. En tout cas, pas tout de suite.

Elle sourit à nouveau et ajoute :

— Je m'en vais.

Après son départ, Stephanie retourne à la cuisine où elle vomit tout ce qu'elle avait dans l'estomac. Elle se rince la bouche et arpente la cuisine, ignorant ses filles qui ont commencé à pleurer et à se tortiller dans leurs chaises hautes.

Erica sait tout.

Au bout d'un moment, Stephanie interrompt ses déambulations. Elle aurait dû le voir venir. Pourquoi ne l'a-t-elle pas vu venir ? Elle la pensait sortie de leur vie – Patrick libéré, Erica discréditée et vaincue, malgré tous ses efforts. Stephanie était tellement concentrée sur la meilleure façon d'éliminer Patrick… Les bébés s'époumonent mais elle continue de ne pas les entendre.

Erica veut son argent. Elle va essayer de la faire chanter. Elle va lui infliger le même sort qu'à Patrick. Cette femme a dealé de la drogue, vendu son bébé. Bien sûr qu'Erica cherchera à la faire cracher au bassinet.

Épuisée, Stephanie se laisse tomber sur une chaise en face des jumelles – la même qu'occupait Patrick quand elle a appuyé sur la détente – et reprend la cuillère qu'elle avait dans la main avant l'irruption d'Erica. Emma et Jackie ont le visage écarlate, recouvert de larmes, de morve et de purée de carottes. Stephanie glisse une cuillère pleine dans la bouche grande ouverte d'Emma. Mais ses yeux passent de la petite fille au placard blanc. Elle se rappelle les gerbes de sang. Ferme les yeux. Les bébés s'égosillent.

Après quelques secondes, Stephanie s'arme de volonté, se force à prendre une voix chantante et se met à nettoyer à la lingette le visage de ses petites filles, en leur adressant de grands sourires radieux. Elle se doit d'être une bonne mère. Elle se doit d'être là pour ses enfants. Elle trouvera une solution.

— C'est parti ! claironne-t-elle joyeusement en remplissant des cuillères d'une bouillie orange vif. C'est l'heure des carottes ! Miam miam !

Les petites ont cessé de pleurer et fixent leur mère de leurs yeux ronds de poupée. Elles ressemblent à deux oisillons potelés, bec ouvert dans leur nid.

— Votre papa nous aimait beaucoup, fait Stephanie d'une voix flûtée. Il vous aimait beaucoup toutes les deux. Les gens ont dit des choses horribles sur lui, mais ce ne sont que des mensonges. C'était un homme bon. Il n'a rien fait de mal. Tout a été inventé par une méchante sorcière.

Tandis qu'elle finit de nourrir ses petites filles ravies, Stephanie repense à la soirée où elle a tenté d'écraser Erica. Celle-ci venait de laisser le cadeau pour les jumelles, celui qui avait tant perturbé Patrick. Stephanie ne pouvait pas la laisser aller voir la police de Creemore. Elle avait dit à Patrick qu'elle ne supportait plus les pleurs des enfants et qu'elle allait faire un break au cinéma, mais une fois arrivée devant le guichet, elle s'était contentée d'acheter une place avant de tourner les talons. Plus tard, elle avait raconté qu'elle avait dormi pendant toute la séance. Mais en vérité, elle avait roulé jusqu'à Newburgh – Patrick lui avait dit où habitait Erica. Stephanie n'avait pas de plan ; elle était trop stressée et trop en manque de sommeil pour élaborer quoi que ce soit. Elle était derrière son volant, hésitant à sonner à l'interphone, songeant à quoi lui dire, quand elle avait vu Erica sortir et commencer à marcher au bord de la route. Stephanie l'avait suivie de loin.

Elle avait agi sur un coup de tête. La rue était sombre, il n'y avait personne aux alentours. Soudain, Stephanie s'était surprise à agripper le volant, pied au plancher, toute sa rage concentrée sur la silhouette solitaire cheminant devant elle. Elle n'avait jamais voulu renverser Erica, juste lui faire peur, mais c'était moins une – dans son emportement, Stephanie avait failli ne pas tourner le volant à temps.

Elle était rentrée à la maison en tremblant ; choquée de se découvrir si susceptible de perdre le contrôle. Mais son geste avait produit le contraire de ce qu'elle espérait. Erica s'était précipitée chez le coroner.

Au moins, elle a appris la vérité sur Patrick. Et Erica avait raison ; Stephanie lui en est reconnaissante.

Mais Erica est redevenue un problème.

Stephanie trouvera une solution. Il le faudra bien.

60

Erica rentre chez elle, plutôt satisfaite d'elle-même et de la tournure que prennent les événements, de la façon dont elle a redressé la barre en pleine tempête. Elle n'a pas son pareil pour saisir la balle au bond.

Elle n'a jamais rien éprouvé pour Patrick. Ils couchaient ensemble, c'est tout. D'un côté comme de l'autre, leur relation était purement physique, basée sur l'égoïste assouvissement de leurs pulsions. Mais quand Lindsey est morte… ça, elle ne s'y attendait pas. Erica s'était mise à cogiter : la mort de Lindsey arrangeait son jeune veuf. Et s'il s'était agi d'un crime parfait ?

Quoi qu'elle ait raconté à la police, il n'y avait pas eu de regard triomphant ni de coup d'œil silencieux entre les deux amants sur les lieux de l'accident. Erica s'était contentée d'observer attentivement Patrick. Elle était convaincue qu'il jouait la comédie. Il ne lui avait jamais confié qu'il était malheureux avec sa femme, mais Erica l'avait deviné. Pourquoi prendre une maîtresse, si ce n'était pas le cas ? Et pourquoi semblait-il si peu enthousiaste à l'idée du bébé à venir ? Pas besoin d'être physicien nucléaire pour faire le lien.

Bien qu'elle n'ait eu aucun moyen d'étayer ses soupçons de manière catégorique, Erica avait donc décidé de prendre ses distances et de garder l'information dans un coin de sa tête pour le jour où elle aurait besoin d'argent. Il était intelligent et ambitieux, destiné à réussir. Sans parler de son remariage, quelques années plus tard, avec une riche héritière. Erica n'était pas étonnée : il lui ressemblait. Tous deux étaient de redoutables opportunistes. Patrick avait simplement été plus chanceux qu'elle. Jusqu'au jour où le vent avait tourné.

Erica avait rongé son frein en attendant que Stephanie touche le pactole. Puis elle avait mis son plan à exécution. Sauf que Stephanie avait fait la forte tête et refusé de payer.

Mais rien n'est joué. Maintenant que Stephanie a très probablement tué Patrick, Erica peut tout à fait tirer son épingle du jeu. Sur cela, elle n'a aucun doute.

Elle a par ailleurs d'autres lièvres à courir. Niall filtre ses appels ; Erica l'imaginait moins fuyant mais elle va bien finir par réussir à le joindre, et il n'appréciera pas ce qu'elle a à lui dire.

Et puis il y a les Manning. Elle les tient : ils seraient prêts à tout pour l'empêcher d'approcher le gamin.

Dissimulée derrière les rideaux, Nancy surveille la rue depuis la fenêtre de son salon. Niall et elle sont morts de trouille.

Erica a encore essayé d'appeler Niall ; elle a même osé se pointer à l'agence, mais Kerri avait reçu l'instruction de dire que son patron était sorti. La stratégie n'a fonctionné que parce que Niall a cessé de se rendre au bureau en Tesla, si bien qu'Erica ne peut pas savoir quand il est là. Pour l'instant, Niall se déplace en Uber, mais ça ne peut pas durer.

Erica a imposé au couple un régime de peur quotidienne. Cette terreur partagée les a ressoudés.

Nancy a conscience qu'éloigner Erica de l'agence allait nécessairement la rapprocher de chez eux – faire de leur domicile une cible. Elle sait où ils habitent, elle est déjà venue. Ce n'est qu'une question de temps avant qu'elle surgisse à nouveau. Aussi Nancy passe-t-elle le plus clair de ses journées à guetter par la fenêtre.

Le seul aspect positif de cette affaire, c'est que désormais Niall n'est pas près d'aller voir ailleurs.

Mari et femme ont pris toute la mesure de la menace que fait planer Erica sur leur vie. Ils ne vivront pas dans la frayeur pour le restant de leurs jours. Quelque chose doit être fait.

Gary Manning est assis à bord de sa Lexus de location, dans un parking souterrain du centre de Denver, où il travaille. Il fait déjà nuit, mais il repousse le moment de rentrer chez lui. Il sait ce qui l'attend : une nouvelle soirée de cris et d'hystérie au sous-sol. Il ignore combien de temps il pourra encore tenir.

Il aime Cheryl de tout son cœur, et Devin aussi, évidemment. C'est leur garçon. Un garçon formidable, qu'ils ne laisseront pas sa mère biologique détraquer en lui racontant des choses qu'il n'a pas besoin d'entendre.

Gary repense à ce match de foot auquel il a assisté l'autre jour – combien Devin l'a rendu fier. Le gosse pourrait être la chair de sa chair que son orgueil n'en serait pas supérieur.

Et maintenant, ce sac de nœuds. Erica qui demande encore plus d'argent pour la boucler. Gary aimerait la dénoncer aux autorités, mais il ne peut pas. Quel effet cela aurait-il sur son business ? Son épouse et lui ont littéralement acheté un enfant 100 000 dollars. Ils ont passé un pacte avec le diable. Erica sait bien qu'ils n'iront jamais voir la police.

Bien qu'il déteste voir sa femme dans cet état, Gary comprend pourquoi Cheryl est bouleversée. Elle est terrifiée à l'idée de perdre son fils – à l'idée que le contact avec sa mère biologique et la vérité concernant ses origines le traumatisent à jamais. Le garçon pourrait même se retourner contre eux. Cheryl n'a probablement pas tort d'imaginer le pire. Du reste, Gary lui-même n'est pas prêt à voir détruire la petite famille qu'il leur a fallu tant de temps et d'efforts pour construire. Et Devin se doute de quelque chose : la veille, il a demandé à son père pourquoi ses parents se comportaient si bizarrement. Cet enfant est malin.

Gary a du mal à réunir la somme. Mais il peut le faire, bien sûr, sa famille passe avant tout.

Si seulement Erica Voss venait à mourir, tous ses problèmes seraient résolus.

Épilogue

La Gazette d'Aylesford, 9 novembre 2018

La police vient d'identifier un corps retrouvé dans l'Hudson plus tôt dans la matinée. Il s'agit d'Erica Voss, 31 ans, résidente de Newburgh, dans l'État de New York.

La police du comté d'Orange a repêché le corps à proximité du pont de Newburgh-Beacon après avoir reçu ce matin l'alerte d'un joggeur au sujet d'un corps flottant à la surface.

Mlle Voss a récemment fait parler d'elle lorsqu'elle a témoigné dans le cadre de l'affaire Kilgour.

La cause de sa mort n'a pas encore été déterminée.

Remerciements

Je serai toujours éternellement reconnaissante à mes éditeurs anglais, américain et canadien, qui m'ont donné ma chance il y a cinq livres et n'ont jamais cessé de me faire confiance depuis. Une fois encore, et du fond du cœur, merci à Larry Finlay, Bill Scott-Kerr, Frankie Gray, Tom Hill et à toute l'exceptionnelle équipe de Transworld en Grande-Bretagne ; à Brian Tart, Pamela Dorman, Jeramie Orton, Ben Petrone et à toute la géniale équipe de Viking Penguin aux États-Unis ; et à Kristin Cochrane, Amy Black, Bhavna Chauhan, Emma Ingram et à toute l'équipe dévouée de Doubleday au Canada. Je dois aussi remercier mes nombreux éditeurs du monde entier qui accomplissent un excellent travail en offrant mes romans à lire dans tant de langues différentes.

Un immense merci encore à Helen Heller – l'agente rêvée de tout auteur prolifique, et notamment de thrillers. Je ne peux pas te dire à quel point je t'apprécie. Merci encore à Camilla et Jemma et à toute l'équipe de la Marsh Agency pour le superbe travail qu'ils font en me représentant dans le monde entier.

Je n'arrive toujours pas à croire que j'en suis arrivée là, et c'est à vous que je le dois.

Un merci spécial à Jane Cavolina pour son exceptionnelle relecture éditoriale.

Merci à mon conseiller spécial pour les questions judiciaires, Mike Illes, professeur en sciences médico-légales à l'université de Trent. Je te suis vraiment reconnaissante, Mike !

Merci à Aurora Lydia Dominguez, qui a remporté le droit d'avoir un personnage nommé d'après elle, au profit de la Broward Public Library Foundation.

Comme toujours, s'il y a une erreur dans ce manuscrit, elle est entièrement de mon fait. Dans l'intérêt de l'intrigue, j'ai pris de petites libertés par rapport aux procédures normales d'instruction.

J'aimerais également remercier tous les lecteurs, libraires, blogueurs, bibliothécaires et tous les infatigables organisateurs de festivals – merci à vous tous de défendre si bien les livres, les auteurs, et la lecture.

Personne n'est plus drôle et plus solidaire qu'un auteur de romans policiers, et je suis si heureuse de faire partie de cette communauté.

Et enfin, merci à mon mari, mes enfants, et mon chat – je n'y serais jamais arrivée sans vous. Mention spéciale à Julia. Tu es une première lectrice très perspicace. Manuel – merci pour les fleurs sur mon bureau dans la dernière ligne droite d'écriture. Tu es le meilleur.

Composition et mise en pages
FACOMPO, Lisieux

Pour plus d'information :

#lisez engagé !
www.lisez.com
Imprimé sur du papier issu de forêts gérées durablement.

Imprimé en France par MAURY IMPRIMEUR
en mars 2024
N° d'impression : 276563

POCKET – 92, avenue de France, 75013 Paris

S33824/02